法医学教室のアリーチェ

残酷な偶然

アレッシア・ガッゾーラ

越前貴美子 訳

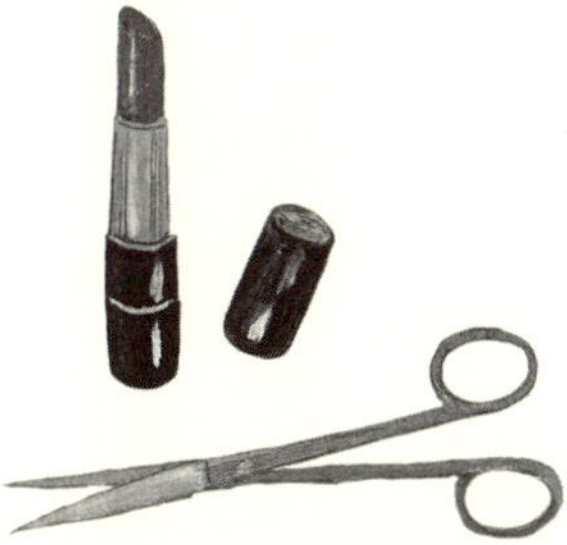

西村書店

私のすべてを与えてくれた母と祖父母へ

装画：サイトウシノ

L'ALLIEVA
Alessia Gazzola

目次

主な登場人物

アリーチェ・アレーヴィ：ローマの法医学研究所の研修医
クラウディオ・コンフォルティ：法医学研究所の研究員　アリーチェの上司
アーサー・マルコメス：ジャーナリスト
ユキノ：アリーチェのルームメート　日本人留学生
ジュリア・ヴァレンティ：ローマの自邸で、死体で発見される
ビアンカ・ヴァレンティ：ジュリアの姉
ヤコポ・デ・アンドレイス：ビアンカとジュリアの従兄弟　弁護士
ドリアーナ・フォルティス：ヤコポの婚約者
カッリガリス：ジュリア・ヴァレンティの事件を担当する警部
ポール・マルコメス〈ボス〉、〈神〉：法医学研究所の所長
アンチェスキ：アリーチェの上司
ワリィ（ヴァレリア・ボスキ）：アリーチェの上司
ラーラ・ナルデッリ：アリーチェの同僚
アンブラ・ミルティ・デッラ・ヴァッレ：アリーチェの同僚
シルヴィア：アリーチェの友人
コルデリア：アーサーの異母妹
ソフィア・モランディーニ・デ・クレス：ジュリアのルームメイト

現場検証

小児科の超活動的な人たちが催す毎年恒例の慈善パーティーに出席すると、私は決まって思い出す。医学部法医学専門課程研修医の自分が――昇進する見込みがまったくないままに――、医学部の一連の研修の最終段階にいることを。他の人たち、つまり私以外の研修医はみんな、我こそが頂点にいると確信している。

『ER緊急救命室』シリーズにはまっている彼らは自分の仕事の現実をかん違いしている。けれども、たとえば、小児科のどうでもいい研修医に、お前はジョージ・クルーニーに似ても似つかないぞと教えてやる者などいない。私が『CSI：科学捜査班』ふうだというのではない。というのも、スポーツ競技のように侮辱が当然のようにまかり通る場所である私の恐るべき研究所において、研修医の役割というか、私の役割は、せいぜいトイレット・ペーパー程度とみなされているのだから。いやもっと悪い。だって少なくともトイレットペーパーは役に立っている。私レベルの研修医に、新聞に載るような大きな事件が任される可能性はない。

そういうわけで、『ドクター・ハウス』気取りの同僚に嘲笑され、自分がコーンウェルの小説の主人公だと感じている人たちに除け者にされている私は、自分を法医学部の盲腸のように無用の存在だとしか考えられない。

だからだろう、小児神経科の疾病研究のための資金集めのパーティーは、間違いなく、私の学年度のうちで最も悲惨な状況なのだ。

私は仮病の誘惑にひどく駆られている。急な偏頭痛、ぜんそくの発作、下痢止めが効かないサルモネラ症。でも、パーティーで欠席者が悪口を言われるのは常なので、そんな目には正直なところあいたくない。だからくよくよしたって無駄だ。このパーティーに耐えるには、たっぷりの意欲が——そして強力なアルコールが——必要だ。

がんばれ、アリーチェ。長くて三時間の我慢など何でもない。窒息についてのワリィの授業よりずっとましだ。

私は入り口を前にしてなおも逃げたい思いに駆られるが、持ちこたえる。

広々としたホールにダスティ・スプリングフィールドが魅惑的な声で歌う『恋の面影』がかかっていて、みんながすし詰め状態で混み合うなか、研究所の同僚たちは、精神と感情の成熟度を競う資格試験《パーティー》会場で、かつてないほどしんぼう強く大声で話している。

ミツバチの巣と同じく、どんな職場の小宇宙にも〈女王蜂〉がいる。誰もがアンブラ・ミルティ・デッラ・ヴァッレがいることを誇りに思っていて、ちょうど今も、同僚はみんな太陽系の惑星のように彼女の周りを回っている。ラーラ・ナルデッリが唯一の例外で、彼女はおそらく私以上にやる気なくこのパーティーに出席している。ラーラと私が選抜試験で合格して同僚になって一年になるが、私たちは、事実上私にまったく不利な競争をするかわりに、連帯感に基づいた関係をずっと保っている。彼女は研究所で私が信用できる唯一の人だ。ラーラが私にやさしく微笑みかけ、カナッペで山盛りの皿を差し出しながら近づいてくる。まだらに染まった赤茶けた髪の毛をまとまりの悪いシニョンにした彼女の退屈した様子が私を安心させる。私たち二人は、アンブラがユーモアがあることとしつこいことの違いを把握できずにご自慢の独擅場を繰り広げるのを見る。

ところが、わが研究所の〈注目の男《エッケ・ホモ》〉は彼女を評価しているようだ。

彼はクラウディオ・コンフォルティ。一九七五年生まれの獅子座の独身。香水グッチ・バイ・グッチの広告のジェームズ・フランコみたいにかっこいいが、間違いなく私が知っている最もいやなやつ、いやおそらく全世界で最もいやなやつだ。彼は優秀で、研究所の誰もが認める天才で、〈ボス〉にとっては最上の弟子だ。伝説的な経歴の持ち主で、頭角を現しつつある若き大学生の模範である彼は、大いにごまをすることによって、最近、研修医という無形の沼地から研究員の身分へと昇格した。

彼の目はいくらか金色に輝く深みのある苔色で、いつも不安気だ。極度に疲労すると左目がわずかに斜視になるものの、それが彼の際立った美しさの全体図を損なうことはない。行きすぎた感のある顔だが、たぶん他でもないそのために彼ならではの何とも言えぬ放埓《ほうらつ》な雰囲気が出ていて、それが魅力の鍵となっていると思う。必要とあれば活動的な人間になるが、概して思索的で観想的なタイプのクラウディオは、有能で人当たりもいいから研究所でみんなから尊敬されている。私が彼を格別に尊敬しているのは、この長く辛い仕事を始める幸運を私が手に入れてからというもの、研究所の社会教育的組織という無関心と無秩序の海原で、彼が私の絶対的な基準点となっているからだ。

私が働く法医学研究所は、第一に検死の仕事を、付随して大学の研修活動を委任されている。内部で行われていることよりもそこにいる構成員によって冷酷と思われている研究所には、医学部の新卒業生がやって来るのだが、彼らは念入りな資格選抜とそれに続く二回の筆記試験に合格してようやくこの耐えがたく不吉な領域に足を踏み入れることができる。そのヒエラルキーは簡単に要約できる。

頂点には、私を含めたみんなが単に〈ボス〉と呼ぶ人がいる。けれど私は、彼をときどき心のなかで、別の呼び方、つまり彼の仕事のレベルにふさわしいと思える比類のない呼び方で、〈神〉と呼ぶ。〈ボス〉は法医学の世界において今や伝説の存在になっている。というか、彼は法医学そのものであり、込み入った事例において彼が最終的に発言すれば誰もが納得する。

彼のすぐ下には、多種多様な構成員が、手腕の手荒さについてはたいてい甲乙つけがたい状態で並んでいる。その全員の上に屹立《きつりつ》するのがワリィと呼ばれているヴァレリア・ボスキ教授で、彼女はただ一つの定理「あなたがどう考えようと自由よ、もちろん私が決定を下すまでは」で言い表せる。

それ以外の人のなかでは、そのやり方において、また特異な才能で、ジョルジョ・アンチェスキ医師が際立っている。彼は大変な人格者であるものの、歯にナイフをくわえたアンデス地方のゲリラ兵のいるこの密林で幅を利かせるには性格が弱すぎる。とてもいい人にありがちだが、おとなしく協調的であるがゆえに、残念ながら他の上層部の人たちからはよく見られていない。小さい頃からの肥満体質に悩むお人好しで、見た目はサンタクロースみたいだ。人に寛容で穏やかであり、まれに見る知的な気前の良さをもつ男性だ。アンチェスキ医師はやる気をなくしてしまったのか、研究所の仕事を、できるときにこま切れの時間でする、さして重要でない一種の趣味とみなしているが、関わり合うには最高の教師だ。彼には間違いも見落としも問題もたいしたことではない。つまるところ、法医学のエピキュリアンなのだ。だから、間違いも彼の前で起こればそれほど深刻じゃない。

最近、この研究所がまさに必要としていたクラウディオが入ってきて、ただちに私たちの日々は確実に以前より緊張したものとなった。というのも、彼は心底目立ちたがり屋で、第一線で活躍する人を演じたがり、実際その役を非常にうまくこなすからだ。事実、自分の配下にいる少数の女子研修医に対して頻繁に何かをほのめかしたりあいまいな態度をとったりと、彼ならではの味わい深い接し方をしているもかかわらず、女子研修医たちは常に彼のことを盲目的に崇拝している。クラウディオが「見つめ合っても触るな」という戒《いまし》めにずっと従ってきたのは、おそらく彼が下層民と交わるのを不適切だと考えているからだ。ジョンズ・ホプキンズ大学で一年間学んだ研究員で、法医学研究所のみならず、もしかすると医学部全体の貴重な独身である彼が、女子研修医など誘うはずがない。それに、〈ボス〉あるいはワリィに絶対知られたくないから、ときにきわどい遊びをすることはあっても具体的なことはしない。気配り上手で、どの女子研修医にも心遣いを忘れない。

今この瞬間、彼は気配りの相手を私に定めて、マティーニを手に中央アフリカのサバンナの肉食動物さながらの正確さで私に近づいてくる。

「やあ、アレーヴィ」彼が私の頬にキスをし、私を彼の香水で包み込んで開口一番に言う。初めて会ったときから同じ香水だ。デクラシオンの刺すような香りとミントドロップと清潔な肌と髪用ジェルの混ざったにおい。「飲む？」と、自分のドリンクを私に差し出して言う。

「強すぎるわ」私は首を振って答えるが、水みたいに難なく飲み干してしまう彼にはもちろん強すぎはしない。

「楽しんでる？」彼はぼんやりあたりを見まわして尋ねる。

「ええ。あなたは？」

答える前に彼は疲れ切ったように私を見つめる。「楽しいはずない。毎年ひどくなる。こんなパーティーはボイコットしたらいいいんだろうが、政治的にまずいだろうな」ソファにへたり込んで言う。「ここにおいで。二人分スペースがある」

私はドレスの皺《しわ》を伸ばしながら慎重に近づいていく。というのも、十センチあるウェッジソールにまだ完全に慣れておらず、ふらついて危なっかしいからだ。実際、私は彼の上に倒れそうになり、彼が反射的に私の手首をつかむ。「アレーヴィ、気をつけろ。こんなふうにみんなの前で僕の足元にひれ伏すのはかっこ悪いぞ」

「あなたが地上で最後の人間だとしてもね」私は辛らつな笑みを浮かべて彼に答える。でも本当はまったくのうそだ。正直なところ、私は彼に簡単にまいってしまいそうなのだから。

「もちろんそうだろうね」彼はあからさまな皮肉を込めてやり返し、ぞくっとするような顔におどけたしかめ面を浮かべる。「アリーチェ、でも本当のところ、僕らは近いうちに親密な仲にならなくちゃね」と、肌を露出させた私の肩に軽く触れて耳元でささやく。

軽く触れられただけなのに私はびくっとしてしまう。

私は振り向いて彼の目を見つめる。クラウディオのいつものやり方だ。手榴弾なみの手ごたえがある言葉なのにとても軽妙で、「僕が真面目に言っているなんて思っていないよね?」と、ほのめかしてもいる。彼はこの種の見上げた冗談をほとんど毎日言っているから、私の女性としての魅力に関して彼がいつも言っていることを信じたら、今頃私は思い違いで死んでいるはずだ。

ACミランの応援歌が鳴り、私は言い返すタイミングを逃した。

「なんという野暮だ」

「忠誠とはこういうことなのね」

自由国民党に必ず投票し、毎年ラルフ・ローレンのシーズンごとのコレクションすべてとメルセデスSLKクラスとモンブランの限定版のペンを持っていても、いつも単なる偶然のように見えるクラウディオは、昔風の名士そのものであり、出世中の法医学者ならではの模範的で確固たる一貫性があるゆえに、パンダ以上に絶滅の危機に瀕している。念入りに作りあげられた名士ともいうべきクラウディオは、重心がどんどん変わっていくこの世界で、人は常に自分自身のままでいられるという安心感を与える。

「もしもし、はい、私です。了解しました。正確にはどこですか?　アルフィエーリ通り六番地。メルラーナ街を入るんですね」彼がメモを取るよう私に合図しながら大きな声で言う。

「問題ありません。だいじょうぶです。伺います」

ｉＰｈｏｎｅをポケットにしまうと、彼はさり気なく栗色の豊かな髪を整えて再び立ち上がり、興奮して私を見る。

「君がかつてないほど辛らつなのは多分何年も独り身でいるからだろう。君を現場検証に連れて行く。感謝してもらいたいね」

私に約三年恋人がいない事実を彼は意地悪く言ったが、私は大喜びせずにはいられなかった。やった！　現場検証だ！

「どこへ行くの？」出口へと向かう私たちを見てアンブラが恨みがましく聞く。何にでも首をつっこまなければ気がすまないのだ。

「現場検証だ」クラウディオがそそくさと言い返す。

「私も行く！」アンブラは飲み物をコーヒーテーブルに置きながら大声で言う。

「まあいいけど、頼むから急いで。ぐずぐずしないでくれ」彼は充分に気取った調子で強調する。

そして彼女は他の同僚を一瞬うっとり眺めたかと思うと「待って！」と金切り声を上げて、私たちの背後についた。自分だけが人生の驚くべき瞬間に居合わせられるとでもいうかのように、図々しく出しゃばりなのだ。

偶然に次ぐ偶然

私たちが向かった建物は一七〇〇年代末のローマの典型的な造りで、他の建物とあわせてこの街の通りを魅力的にしている。高層で長い歴史があり、壁はバラ色で、明らかに上流階級の人たちが住む。入り口に続く中庭にはジャーナリストとカメラマンと警官がひしめいていて、そこに漂う熱を帯びた興奮に私は不安で混乱した感じになった。赤いコートを着て寒そうに身を縮こませるアンブラさえ一瞬場違いに思える。

間違いなくこの場になじんでいるのがクラウディオで、どんなときも特別に招待された有名人《スペシャル・ゲスト・スター》のように入っていける。彼の自信は生まれつきのもので、どんな状況にも役立つのだ。今は現場検証で役立っていて、踊り場に集まり、何が起こったのかもっと知ろうとアンテナみたいに耳をそば立てている建物の住人の視線に、彼は関心を示すことなく階段を上る。アンブラと私はリードにつながれた二匹のプードルみたいに彼のあとを追い、できるだけ目立たないよう努めるが、私は十センチのヒールを履いているから難しい。アンブラのヒールは十二センチあるだろう。

「先生、セクシーな女性たちをご同伴ですか?」クラウディオ以外には聞こえていないと思ってヴィゾーネ中佐が小声で言う。中佐はサレルノ出身の五十代で、見るからに狡猾《こうかつ》で、あらゆる犯罪の舞台に必ずといっていいほどに現れる。感じは悪くないが、少し性差別者のきらいがある。

「先生、このお嬢ちゃんたちがなんで法医学の女先生なんかするんです? テレビに出られるほどべっぴんのあんよなのに」中佐がまたしてもクラウディオに言った。クラウディオはこのセクハラまがいの話を研究所でしたことがある。そのオリジナルを完璧に真似できるのだ。

「こんばんは、中佐殿」私はにこっとして挨拶する。

「こんばんは、先生」中佐が礼儀正しいふりをして答える。

「何の事件ですか?」私は中佐に小声で聞く。

「若い女性です。痛ましいことに!」

クラウディオが私に黙るよう合図すると、アンブラが軽蔑したように私をじろっと見た。

私が黙って再びクラウディオのそばにつくと、彼は家のあらゆる部屋を手順通り写真に撮り始める。家はミニマルデザインのアパートメントでとてもシックだ。キッチンはコーヒー色のオーク材で、壁は有名な写真家のモノクロ写真で覆われ、黒革のソファの近くに枯れかけた盆栽がある。映画で見るマンハッタンのアパートメントの雰囲気で、これが二人のまだ大学生のアパートメントとは驚きだ。借り手はとても裕福な家の出の法学部の学生、ジュリア・ヴァレンティとソフィア・モランディーニ・デ・クレス。被害者はジュリアで、ジュリアの死体を発見したソフィアは、私が一《いち》瞥《べつ》したところ、ブロンドの巻き毛できちんとした身なりをしていたが疲れきっていた。

みんなでジュリア・ヴァレンティの部屋に行くと、私は胸がしめつけられそうになった。

間違いなく私は彼女を知っていた。

おぞましいパーティーを見据えて、その夜に意義をもたせようと決めた私は、それを口実にコルソ通りのとてもシックな店で新しいドレスを買うことにした。私は自分の支払える額をはるかに超える金額の赤いシルクのドレスと、いささか季節外れと思われる藤色のドレスと、ネックラインが帝国様式の、とても優雅なレース飾りがひらひらついた黒いドレスで迷っていて、決められないまま一着ずつ交互に試していた。黒いのをやめようとしたところで、か細いが歌うような声に私は注意を引かれた。

「アドバイスしましょうか?」

振り向くと、驚くほどきれいな女の子がいた。でも私を驚かせたのは単にその美しさではなく、それ以上の何かだった。まるで他の惑星から来た生き物のようで、肌はにきび用化粧品の広告モデルの肌より完璧で、豊かな髪はまっすぐで黒くウエストあたりまであり、ほどよい身振りがたちまち私の印象に残った。栄養不良といえるほど痩せていて、赤く塗られた爪が彼女の疑いようのない若さに不釣り合いだった。だが、マニキュア以外はまったく化粧をしていないようなのに、彼女はほとんど現実離れした完璧さで輝いていた。制服を着ていないから店員ではなかった。店員どころか、彼女は私と同じように、試着室のストゥールに重ねて置かれた大量のドレスを試着しているのだった。

「お願いします」私はすぐに感じよく答えた。

「黒いドレスにするべきよ。ものすごくシックで、本当にびっくりするほどあなたに似合っているわ。真珠のネックレスをつければ完璧よ。信じて」

私は初めて見るように鏡の中の自分をもう一度見た。

「本当？」

「私、ドレスを選ぶのには才能があるから信じていいわ。他のことはだめだけど」うっとりするような微笑みを浮かべて彼女が答えた。「とても似合ってる」

その言葉を信じるのが礼儀というものだった。彼女の目を通して自分を見ると完璧に思えた。

試着室にこもって私がドレスをもう一度着ていると、彼女が賑やかに誰かと言い合っているのが聞こえた。

「あなたいったい何を言ってるの？　おかしいんじゃない？　そうでしょう？　だから、あなたちょっと変なふうに考えすぎているのよ。そのことはもう話すつもりはないわ。返事をしろと言われても、答えるのが私でないのは確かよ」

それから、かち合うくらい同時に試着室を出た私たちは微笑みを交わしたが、今回は彼女の顔に影が差したように思えた。

「その服があなたに幸運をもたらしますように」彼女は私に言ったが、それまでの元気は跡形もなかった。


今晩、私はその女の子ジュリア・ヴァレンティが選んでくれた服を着ている。

幸運をもたらしてくれるはずのドレスを着た私は、恐怖で麻痺したようになって彼女の死体を眺めている。

ジュリアは彼女の部屋と廊下のあいだのなかほどの床で、目を閉じて無造作に横たわっていた。色褪せて乾いた落ち葉のように見える。

彼女が横たわる床には、生々しい血が大きなしみを作っていた。手入れされ、赤いマニキュアが塗られた長い爪はまだ完璧な状態だった。クラウディオが彼女の上に身をかがめて目を開き、体温を測ろうと彼女に触る。「まだ温かい。アンブラ、死斑を調べてくれ」

彼が言うとすぐにアンブラはちょっと滑稽なほどの小股で駆けつける。些細《ささい》なことで張り切る性格なのだ。それはともかくとして、数カ所で凝血している、死亡を確定づける血痕を探すことは、高い能力を要求される大仕事ではない。手袋をはめないのは、「皮膚ほど繊細なものはないのだから、どんなに気持ちが悪くても素手で死体に触れる必要がある」という昔かたぎの法医学者である〈ボス〉の偉大な教えだ。アンブラは、ジュリアの頭をわずかに動かして首に軽く触れる。そのうえ、やり方を知っているのを見せびらかそうと、ジュリアの喉をつまみ、これも明らかに死亡を証拠づける下あごの硬直を調べる。

「死斑《しはん》はほとんどありません。わずかに紫がかってはいますが、それだけです。硬直はまだ始まっていません」

まだ亡くなったばかりということだ。

「アンブラ、君は気が利く。素晴らしい才能だ。アリーチェ、一方で君は遅いので際立っているぞ。同僚を見習えよ」

「このとおり、才能などほとんどありません」私は実際に悔しいとは思わずにつぶやいた。質が高いから成功するわけではないという事実に大方あきらめの境地でいる。

現場検証の最中でも大胆にみだらなまなざしを投げ合う冷酷な二人にいやな思いをさせられるより、この部屋の細部に注意を集中させよう。

壁は少し色褪せた微妙な色調のラベンダー色で、ベッドは大雑把《おおざっぱ》に整えられている。ジュリアが白いシャツの上に着ていたと思われる黒い薄手のセーターがベッドの端にぶら下がっていて今にも落ちそうだ。化粧台の上にはシャネルの化粧品がぎっしり詰まった化粧箱があり、黒檀《こくたん》色の革製の凝った手袋が乱雑だが上品に置かれている。グッチのGGプラスの灰色の財布は開いていて、クレジットカードでいっぱいだ。背面に彼女のGVのイニシャルが彫られたアンティークの銀のブラシ。黒いブラジャーが数枚。パウダーコンパクト。避妊用ピルの包みもある。壁にはいろんな写真が掛かっている。海で撮ったもの、どこかわからないエキゾチックな場所のもの、大学の授業中退屈しているときに密かに撮られたものまである。私はそれらを興味深く眺める。そのなかに、ジュリアと彼女によく似た女の子を捉えた写真が数枚ある。いずれもアスコットタイをつけた男の子との写真も数枚ある。他に友達仲間を捉えたものもあって、ジュリアはいつもうれしそうな表情をしている。

深い苦しみにとらわれるが、再び死体の観察に戻る。

その血さえなければ、ジュリアは眠っているように見えるかもしれない。東洋的な目、褐色の濃い睫毛《まつげ》に象牙色の肌。白雪姫みたいだ。

あいにく私が衝撃を受けるのは細部だ。だいたい私はいつも細部に心を揺さぶられる。だから、ジュリアのちょっと扁平足で、目立つほどの背の高さに比して不釣り合いな小さな裸足の足を見ると、かわいそうになって泣きそうになる。色つきですりへった、どこの露店で買ったのかわからない華奢《きゃしゃ》なブレスレットが、ダイヤモンドの高価なテニスブレスレットと一緒につけられているのを見ると、その死体にこれから生きられるはずの命があったことを、そしてその簡素なブレスレットを彼女が選んだに違いない無邪気な時間がもはやないことを、思わずにいられない。

こんなふうに考えるから、クラウディオは私がこの仕事に向いていないのだと言う。

私は熱心にメモを取る我が優秀な助言者に近づく。

「何が起こったんだと思う?」

「首筋に打撲による傷がある。だがちゃんとした照明でもっとよく見る必要がある。ドアの側柱を見てごらん。血がついているし、腕には時間の経っていない青あざがいくつかある」

「他殺だと思う?」

クラウディオはせっせと写真を撮っているレフレックスカメラのマニュアル設定を調整しながら額に皺《しわ》を寄せる。「即座に返答するのは難しいがその可能性もある。傷は例えば倒れたときのものかもしれない」

「うん、でもあなたがおそらくそうだと思うのは何?」私はねばる。

「今それがわかる方法があると思うか?　検死がまだだから死んだとしか言えない」彼は尊大に頭を振ってぴしゃりと答え、「だが、表面に正当防衛の傷がないということは、偶然の事実も考慮しなければならないかもしれない」と付け加える。それから、まるで私の質問で考えが浮かんだかのように、明らかに誰よりも仕事ができると証明すべき場においてお決まりの傲慢な雰囲気で、〈偉大な教育者〉は音節ごとに言葉を切って、アンブラとヴィゾーネ中佐に聞こえるよう締めくくる。「ということで、アリーチェ、現場検証の方法論をざっと復習するいい機会だ」

まったくこんな感じになるときの彼が私は嫌いなのだが、残念ながら彼はとてもよくこんな感じになる。というのも、〈ボス〉の鞄持ちの順番において目覚ましい飛躍を遂げて以来、彼は教師やボスに知識をひけらかすことで自分の法医学の実績を増やすべきだと考えているからだ。それにしても、私たち研修医と仕事以外で一緒にいるときくらい、自分の知識を分けてくれてもいいものを。

彼には不思議だろうが、私は答えられる。だって私は、みんなから注意散漫で自分の仕事に無関心だと非難される見かけによらず、法医学が**大好き**なのだから。

「基本的なルールを手短に述べてみて」彼はたいして注意を払いもせず写真による検証を続けながらしつこく求める。

公の場で話すとなると私は口ごもってしまうので、尋ねられたことがわからないと思われる。だから優秀に見られない。アンブラは腕を組んで私が派手にしくじるのを今か今かと待っている。

「あらゆる細部をできるだけ念入りに分析しつつ周りの状況を調べる。見た目は関係ないと思われる詳細もすべて記す。死体の姿勢、服装、傷とみなされるものも忘れずに。つまり、犯罪学的に意味のある可能性があるものすべてを」

「例えば？」

「もみ合いのあと」

「それから？」

「周囲の状況に基づいて死亡推定時間を推定する」

「完璧だ。その他に？」

「まず、写真を撮りメモを取る以前に現場の何物も変えてはならない」

「それで十分だ。アンブラ、死体の状態についてメモを取ってくれ。それからアリーチェ、君は漏れそうならトイレに行ってもよろしい」アンブラはうれしさを隠そうとするかのように肉感的な唇を手で覆い、クラウディオはその最高に意地悪なひけらかしさえもよしとさせてしまう彼ならではのあの共感を示して私にウィンクする。

そしてようやく彼は家の他の状況を検証するために部屋を出るが、私は彼について行かず、念入りに観察しようと彼の鞄から出した手袋をはめ、近づいてジュリアを観察する。角膜はまだ半透明になっておらず、ハシバミ色の温かみが今も認められる。睫毛が長い。私は周りを慎重に見る。

もしクラウディオに現場を押さえられたらこっぴどく叱られる。**条件ははっきりしている。僕は君をどこにでも連れて行くが、君は空気を読む術《すべ》を心得ていなければならない。**

「アレーヴィさん」少しして自分が呼ばれるのを耳にした私は急いで振り向く。アンブラだ。知らない人たちの前だからなのか、単なる野心と下心のある研修医ではなく評判のいいプロのふりをしている。

「アンブラ、何かしら？」

「私たちがやるべきことはほぼ終わりましたね」「私たち」だなんて笑わせる。クラウディオは至上の人であり、手柄を分け合う気など、ましてや私たちみたいなアメーバと分け合う気などないというのに。でも、アンブラはきっとすべてを自分の思うようにさせるという確信をもっている。彼女は時計をチェックして私をいらいらして眺め、それから二匹のプードルにおかまいなく家の玄関ドアを出るクラウディオを追いかける。


車の中で、クラウディオがバックミラー越しに私を見る。アンブラのおしゃべりに私たちはうんざりしていて、私は後部座席でげんなりしている。

「どうしたの？」彼がアンブラを遮って私に聞く。

「別に」

「動転しているな。いつも言っているが君はこの仕事に向いてない」

私は急に耐えられなくなって額に手を置く。夜中の二時近くで、疲労で倒れそうだ。

「そんなことないってわかってるじゃない。この数年、私はどんなものを見ることにも、どんなものにおいにも耐えられたわ」

「じゃあ今回は何が違う？」彼が急《せ》き立てる一方で、アンブラはあくびをしている。

「私、ジュリアア・ヴァレンティに会ったことがあるの。あなたは個人的に事件にショックを受けたことは一度もない？」

「科学的な見地によってならある。アレーヴィ、興味をもつべき側面は科学的な見地だけだと学ぶべきだ。そうすれば自分の仕事を客観的にこなせるようになる」

「検死はいつするの？」私は辛らつな言葉を受け流して尋ねる。

「そうだな、月曜か火曜になる」

ということは、ジュリアは冷蔵室に閉じ込められて、最低でも四十八時間そこにいることになる。

私は自分がとてつもなく大きな悲しみに一飲みにされそうになっているように感じる。


ようやく家に着いたが、エレベーターのない建物の階段を上がるのが信じられないほど辛い。私は地下鉄カヴール駅前の、値段交渉の余地もない賃料の小さなアパートメントに住んでいる。空気が足りないと感じることがあるほど狭いうえにかなりうらぶれているのに、所有者であるフェッラーリ氏はけちで、住宅を住みやすくするのに一ユーロたりとも使う気がなく、私たちの不満には「場所が素晴らしいですからね」と答える。私たち、というのは、私と同居人の中浜雪乃——あるいはもっと簡単に西洋風にユキノという——のことだ。ユキノは京都出身の日本人で、イタリアの言語と文学を勉強していて、その知識を増やすべくこの二年間ローマで過ごしている。二十三歳で小柄、奇抜な着こなしをして、その黒髪はかつらに見えるほど前髪が完璧で乱れのない豊かなボブに整えられている。

私はユキノが大好きだ。アーモンド型の目をした彼女は守護神ラルのように家を守ってくれる。開いたドアから、ヨガのポーズをして肘掛椅子に座る彼女が見える。小さな手で漫画をもつ彼女の整った小顔が、テレビを前にあっけにとられている。

「まだ起きているの？　何かあったの？」私がハンガーにコートをかけながら聞くと、彼女はびっくりしたような表情で私を見る。どういうわけか彼女はいつもびっくりしているように見える。ユキノは「三つ」と、子どもみたいな手の指で三を示して答える。「一つ目は、学食のカードをなくして、同じものをもらうのに午後ずっとかかった。二つ目は、天ぷら《ソッフリット》から雨水が漏るのにフェッラーリ氏は修理代を払おうとしない。三つ目は、一時間前からゴシップ番組『E！』を見ていて吐き気がするのに、何て言うんだっけ、テレビから分けられない《スパッカールミ》」

「ユキ、離れられない《スタッカールミ》よ。それに天ぷら《ソッフリット》じゃなくて天井《ソッフィット》」

「同じじゃない」

「必ずしも同じじゃない。とにかくもう一度フェッラーリに電話しなくちゃ。弁護士に電話するって脅してやる」

「私たち弁護士なんて頼めないし、無駄だよ。全然お金ないもの」それが費用を抑える唯一の方法だ。

「でも家の中で雨に降られるわけにいかないでしょ！　何事にも限度があるわ！」

ユキノはテレビを消して立ち上がる。「そのとおり。でもあなたが電話したほうがいい。私が話すとわかってもらえないから」

「うん、明日電話する」私は適当に終わりにする。

ユキノがうれしそうににっこりする。「パジャマパーティーする？　プリングルスのバーベキュー味買ってあるよ」

「本当にへとへとなの」

「パーティーに行ってたんだから疲れるわけない」彼女はふくれて言い返す。

「現場検証に行ってたの。パーティーなんかじゃないわ」

ユキノが漫画の登場人物にそっくりに見えるあのいつもの大げさな仕方で目を見張る。私は彼女の頭上に漫画の吹き出しが現れるのを思わず期待することがある。

「そうか……ごめん」彼女はしょんぼりして言って、「じゃあリラックスする必要があるね！」と、状況を自分にいいように変えられるのがうれしくて大声で言う。

「本当に無理。ひたすら寝たいの」

「『彼氏彼女の事情《カレカノ》』と『犬夜叉』と『フルメタル・パニック！』から選んでいいよ」彼女はＤＶＤのケースを手にして提案する。「『イタズラなＫｉｓｓ』も捨てがたいけど、何度も見たしね」

「ユキノ、もう遅いよ！」

「そうだね、三時になったら寝よう。約束する。私が日本に帰ったら……なんて言うんだっけ、私《ミ》をごうかいする《リンピアンゲライ》よ」

「ユキ、あなたは後悔する《リンピアンジェライ》、よ」私は重箱の隅をつつきたくて直すのではなく、彼女が明らかにそうしてほしがるから直す。

「『ベルサイユのばら』は？」彼女が食い下がる。

「ユキ、明日ね」

「そうだ！『彼氏彼女の事情《カレカノ》』の、つばさが異母兄弟の弟と知り合って、弟を十二歳だと間違える回にしようよ、おねかい《ティペコーロ》！」

「お願い《ティプレーゴ》、ね」

「そのうち私、京都に帰るし……」

　こうやってユキノは、私が彼女に抱く愛情や彼女がそのうち日本に帰ると考える際の絶望を卑怯にも利用し、『彼氏彼女の事情《カレカノ》』のすごくおもしろい回を選ぶという最後の手段に訴えた。私はその手段を突き付けられるともう何でもいいという状態に陥ってしまう。私たちの夜はいつもこんなふうだ。

毎朝、ライオンでもシマウマでも構わない、走り出せ！

死体安置所で一日中いつものようにわびしく過ごした翌日、少なくとも二カ月は帰っていない両親の家に帰るために、私は州をつないで走る列車に乗らざるをえない。帰りたくないわけではないし、よく非難されるように両親に会えなくても淋しくないわけでもない。これは単に責められて当然の怠慢なのだ。

車窓から見える例年とは違うこのところの景色が淋しい気持ちを呼び起こす。ローマに雪が降らなくなって何年になるだろう。大地はどこもうっすらと霙《みぞれ》で白んでいる。退屈と悲しさに蝕《むしば》まれたように感じる二月中旬の日というより、クリスマスの柔らかさを思い起こさせる景色だ。そのうえ列車が郊外を通るものだから、郊外特有の打ち捨てられた感じが人間の侘《わび》しさまで思い起こさせる。

鍵を忘れた私が呼び鈴を鳴らすと、兄のマルコが開けに来た。マルコは彼のアパートメントに大家が自分で住むことになったため明け渡さなければならなくなり、この二、三カ月、やむをえず実家に戻っている。

マルコはゲイかもしれないと私はもっともな理由があって考えている。でも彼の私生活については何も知らないのだから、アルカイダの指導者ということだってありうる。

兄は実際何者なのか？

それはわからないが、昔どうだったかは知っている。十七か十八歳まで兄はかなりよくいるタイプだった。もしかすると、やや孤独を愛し内向的で、視覚芸術や具象芸術の世界に魅せられて現実にほとんど興味がないのかもしれない。この点については、私も私なりに現実に無関心だから、というか、少なくとも研究所ではよくそう言って非難されるから、私たちはかなり似ている。兄は高校を卒業後の、六カ月にわたるロンドンでのすさんだ日々の影響で、(長髪を含めて) 初期のフレディ・マーキュリーのようになって帰ってくると、憎めないが得体の知れないやつといった感じになっていた。そのとき以来、彼の私生活は分厚い神秘のヴェールに覆われた。

このことが両親をなにがしか心配させているということはなく、むしろマルコが他の若者と違うことを付加価値のように感じ、彼を偉人のようにみなしてそれをとても誇りに思っている。

その偉人の彼が、二月の土曜日の夜七時四十五分、満面の笑みで私を迎えてくれた。彼ほどきれいな歯は見たことがない。顔にきゅうりの栄養クリームをつけ、体にぴったりの黒いシャツで (数年前から黒しか着ない)、形の良い指に煙草をはさみ——ピアニストのようなとてもきれいな手はずっと変わらない——、爪には黒に見えるがたぶん濃いプルーン色のマニキュアをきれいに塗っている。

「チャオ、マルコ。鍵忘れちゃった」私がつぶやく。

「やあ、金魚の糞」と、彼が応えるのは、かつて私が始終兄にくっついているために彼が一人でトイレにすら行けないほどだったからだ。私は兄が大好きで一緒にいたくて仕方がなかった。兄と遊ぶのが一番楽しかった。

彼はコンセプチュアルな写真家だが——それが何を意味するのか私はいまだにわからない——、

働いて自立するために何でもする。結婚式の手伝いもする。

「顔をよくすすがないとクリームが乾いてくっついてるよ」私が思いのほか辛らつな調子で言うと、彼は思わず手の平を肌に当てる。

「洗いに行ったほうがいいね」彼はちょっと困ったように返して、妙なソースを混ぜる陶器の鉢を抱えて私を迎えに来た母に場所を譲る。「おかえり、アリーチェ。明日だってみんな思っていたわ」母が頬にキスして迎えてくれる。そうなのだが、明日もっとゆっくりできるよう今日移動したかったのだ。それに、街の喧騒を離れて素敵なサクロファーノで日曜日の朝目を覚ますのも悪くない。

「マルコ、待って。妹の旅行鞄を彼女の部屋に持って行ってあげて」

マルコが仕方なく華奢《きゃしゃ》な腕で鞄を持って上階に上がる。

「ママ、マルコがきゅうりのクリームを使うのまともだと思う？」

「どういう意味？」母は無邪気に答える。

「ううん、何でもない」

「アリーチェ、部屋で煙草を吸わないようにしてね。毎回空気を入れ換えるのに一日中窓を開けておかなきゃいけないの」

「約束する」私はガールスカウトのしぐさをして言うが、十分も経たないうちにどうしようもなくなってメリットに火をつける。

マルコが部屋に顔をのぞかせ、夕食ができたと知らせてくれる。

私がまだ半分しか吸っていない煙草を消すと、彼は「心配しないで、言いつけたりしないから」

と、にっこりして言う。

「不公平ね、あなたはよくて私はだめなんて。憲法違反よ」

「僕のことはあきらめているのさ」

「どうしてまだここにいるの？　サクロファーノはいやじゃない？」

マルコは半開きのドアに手をかけて少し考える。「自分のアパートメントがなくなったときはすぐ途方に暮れたよ。でも良くないことが必ずしも悪くなるわけではないってわかった。実際、村の清々《すがすが》しさを気に入っている。なじみもあるし、目立つ必要もないし。街の騒々しさを懐かしく思い出したりもしない、少なくとも今のところは。何か必要なときは車に乗ればローマはすぐだ。そのあとここに戻って自分を浄化できる。いいものさ」昔から彼の特徴であるちょっとあいまいな雰囲気を身にまとって、彼はあっさりと締めくくる。「さあ、早く。下で待ってる」

空気を入れ換えようと私は窓を開ける。空は暗くて雲が多く、月は見えない。

これが土曜の晩だなんて、悲しすぎる。

人生がゴルフ場なら、月曜日はバンカーだ

完全にリラックスした週末のあと月曜日に仕事に戻るのは、へとへとになるほどの効果がある。「所長の部屋で全員出席の会議があるの。他の人たちに知らせないと」今日は商売女風アマンダ・リアを気取るアンブラが告げる。

「今日ジュリアの検死はないの？」私は彼女に聞く。実はこの週末、私はジュリアのことばかり考え、彼女を取り上げるあらゆるテレビ番組をいやというほど見て、両親とも話題にした。

「クラウディオが今日は忙しいから明日に延期したって知らせてきたところ」彼女は感じよくしようとするものの、実際はクラウディオの気持ちをめぐって私と密かに競っているかのように恨みがましい調子で説明する。何もないものをめぐって競うことなどできないのに、おそらくそんなことは思いもよらないのだろう。噂では、彼女はずっと本気で彼とゴールインしようと企んでいて、落ち込む気持ちを克服するために現在抗うつ薬を使っているらしい。

そのすぐあと、私たちは権力の化身である〈ボス〉の部屋にいる。

国中に知られている仕事人の彼は最近六十歳を超えたが、だからといって彼の元気の源は損なわれることも絶えることもなく、したがって驚くばかりの冷酷人間になる。ロンドンかバーミンガムか、もしかするとブライトン出身の、と言っても基本的には同じだが、イギリス人で、仕事上のどんなごたごたがあったか知らないがここにたどり着き、私たちを絞っている。各分野の頂点――と

りわけ社会においても学問においても非常に高い階級の頂点――に達した多くの人と同様、悪名高い有名人だが、法医学の天才であることに間違いない。何度か離婚を経験しているようで、子どもが地球上に何人いるかわからないと言われている。現在の役職につくために常に超人的なリズムで生きてきた彼に、どこで子どもたちをもうけて育てる時間があったのかわからない。

黒板に向かって私たちに背を向ける〈ボス〉の体から葉巻の煙が不吉に立ち上る。喫煙は禁じられているものの、彼にそれをあえて指摘する者はいない。彼の助手で、彼の〈天才〉の直系であるワリィという愛称のヴァレリア・ボスキ教授は早くも一番いい場所を占めている。紙とペンを手にした彼女の目が遠視メガネのせいでとても大きく興奮しているように見える。髪の毛の伸びた部分が灰色になり、私の母が若かった時代に流行った薄緑のモスリンの短い服を着ている。

一見したところ重大な事例について〈ボス〉が私たちに話し始める。交通事故死における責任の付与についてだ。彼は私たち一人一人に専門的な課題を出す。アンブラが考えをひけらかすが、実にタイミングがいい。彼女はいつもこうで、格別に優れているわけでもないのに、どうやってなのかなぜなのかもわからないが、エスキモーに氷を売ることができるのだ。心ここにあらずの私は彼女の考察の一部を掴《つか》むのがやっとだ。私は自分が聞いたジュリアのあの電話のことを考えているものだから、彼女のかん高い声を聞くと何となく不安になる。私は電話のことを誰かに話すべきだったかもしれない。事件に関わることかもしれないのだから。

「アレーヴィさん、あなたはそれについてどう考えますか?」突然〈神〉が聞く。不意を突かれた。私は気が散っていたから、自分がどう考えているのかも何の話なのかもわからない。

「エアバッグ上の上皮細胞を収集する必要があるのではないでしょうか」私はおずおず言ってみる。

「その通りですが、あまり独創的ではないですね。あなたの同僚が言ったばかりですから。あなたは私たちの話に加わっていますか、それともそのふりをしているだけですか?」彼が厳しい調子で言うと、アンブラのあばずれ女みたいな小顔に意地悪な笑みが浮かぶ。

みんなが毎日コレクションする私のこのような失態にはうんざりだが、かといって私はそれが次々に起こるのを止めるために何もしていない。

会議が終わると、ひねくれ女のワリィが手招きして、「私の部屋に来てください」と、それほど大きくない声だが一語ずつはっきりと発音して言う。誰かに「話がある」と言われるたびに私はなぜか動悸《どうき》がする。

なぜ〈醜女《しこめ》〉に呼ばれたのかという考えにふけっている間に——原則として彼女の中に私は存在していないのだから、異例のことだ——みんなが行ってしまい、結局私一人になっていた。どれくらい時間が経ったのだろう。

走れ、アリーチェ。

私はワリィの仕事部屋に駆けつけ、扉をノックする。

デスクに腰かけて腕を組む彼女の顔には不思議なことに隈《くま》がない。

「ああどうも、アレーヴィさん」

「大急ぎで参りました」私は自己防衛する。

「お掛けください」あたりに悲劇の気配が漂っている。

「何か問題でも？」私は早くも彼女の長談義にあきらめの境地で尋ねる。

「アレーヴィさん、今日私は教師全員を代表してお話しします。我々はあなたの仕事に満足していません。注意散漫で集中力が足りません」

すでにこの前置きが私をいらいらさせ、目は制御不能となり潤《うる》んでくる。

「我々はさまざまな研究ユニットを始めましたが、あなたはいずれにも参加することができず、有益な結果を出していません」私は首を垂れ、言葉を失う。「検死技術がいまだに大変遅れをとっているのを最近目にしました。先週は、自分の指を切りそうになったり、大脳をぐしゃぐしゃにしそうになったりしていましたね。しかも同時にです。二年目を終える研修医に、我々は質量ともにもっと高いものを望んでいます」

消え入りそうな自尊心が私に抵抗する力を与える。「おそらく、いいえ、確かに、私には改善の余地があります。ですがこれでも精一杯やっているのです。どうしても限界を超えられないのです。とにかくご忠告は大切にいたします」ワリィが冷酷な表情を見せる。

「へつらって嘘を言う必要はありません。同意できないということは、あなたに慎みや自己批判のかけらもないということです」

だからといって、私はあらかじめ自分の凡庸さを思って身を粉にすればよいということなのだろうか？　私に改善のための頑張りが足りないのはたぶん本当だ。だとしても、物事には言い方というものがある。断固とした調子で言うのはいいが、人間的な理解があったうえでのことだ。さもないと彼女のように、破壊的で残酷になる。

「仕事があるのなら私は絶対に辞退したりしません」

「例えばオートプシー・イメージングの仕事ですが、同期であなただけがプロジェクトに加わっていません」

オートプシー・イメージングとは放射線診断の検査を通して仮想的に行われる検死のことで、素晴らしい検査法だとみんなが言っている。私はオートプシー・イメージングがいやなのではなくて、新しいものはどれもそうだが恐ろしいのだ。

「実はテーマにあまり興味がないのです」私は本音を言って彼女を驚かせる。

「あなたは無知なうえに傲慢です」こう言うと彼女は私を批判的な厳しい目で見る。「アレーヴィさん、私は……あるいはみんなを代表して話していると言うほうがいいですね……我々はあなたに警告します。もしこのままでいれば、あなたを留年させざるをえません。我々はあなたについて責任があり、事態をこのまま進行させるわけにはいきません」

私は背中に冷水を浴びせかけられる。留年？

研修医にとってこれほどひどく悲惨なことはない。

泣くんじゃない。お願いだから泣いちゃだめ。態勢を立て直すのよ。

「ご冗談ですよね！」私は明らかに自制を失って思わず言う。

「本気です！」彼女が挑発的な笑みを浮かべて答える。「期限をあげましょう。もし来期までに改善が見られなければ、もちろん中身のある改善ですよ、留年です。毎週末、仕事の報告書をこのデスクに提出してください。次回の検死ではあなたを厳しく訓練します。大失態をおかしても恩情はありません。わかりましたか?」

もちろんだ。

「これは……やりすぎではないでしょうか」私はどうにか答える。

「これは決まったことです。あなたの未来は私ではなくあなたの手の中にあるのです。以上です」

自分が抜け殻になったように感じる。大虐殺に居合わせながら止めるために身じろぎひとつしなかったかのように。私はよろけながら、女性の同期たちに、とりわけアンブラに何も見透かされないよう自分の研究室に戻る。

「ワリィは何だって?」彼女が猿みたいに興味津々で聞いてくる。「ああ、別に何も。私が彼女に提出した仕事について話があったの」

アンブラは信じられないというように陰険に眉をひそめ、それ以上何も尋ねないでコンピューターで仕事を再開する。私のほうは、引き続きショックを受けたまま自分の場所に座っている。

いったいなんてことなの。どうしよう――!

状況は最悪でないとしても悲劇的だ。

この研究所で自分がまったくのお飾りとみなされていることはずっとわかっていた。不当な扱いを受けるために、選抜試験を勝ち抜き毎年学費まで払わなければならないこの拷問の館で。自分のことを特に気に留めている人はいないのではないかとは常に思っていたものの、一度も、一度たりとも、自分が最後尾に近いと考えたことはなかった。

進級試験に落ちるのはきわめてまれなことであり、まれであるだけに恐ろしく深刻なことでもある。そんな目にあった人はいないし、それが自分に起こるのかと考えると息もできない。今にも心臓発作が起こりそうだ。ムンクの《叫び》の人になった気分だが、この狭い場所では叫ぶことさえできない。

泥沼にはまったときは、知恵を使ってそこから抜け出さなければならない。

頭を使うのよ。まだ三カ月あるから、状況を打破するのはそれほど難しくないはずよ。

生き残ってみせる

不測の事態を前に、人は生き残ることも屈することもできる。

私は生き残る。

私がアリーチェ・アレーヴィであるのは確かで、いつも注意散漫でジョニー・デップが好きな私は、絶対留年しない。たとえ悪魔に魂を売るようなことがあっても、研究所の伝説にはならない。

今までは何もかも失敗してきたかもしれないけど、挽回できる。

アリーチェ、あなたならだいじょうぶ。アリーチェ、あなたならだいじょうぶ。アリーチェ、あなたならだいじょうぶ。アリーチェ、あなたならだいじょうぶ。

私はある種の自律訓練法を唱えるが、今朝は普段より気が散って、地下鉄から降りようとすると躓《つまず》いてアンナ・カレーニナのような最期を迎えそうになる。

誰よりも先に研究所に着き、ワックスがかかった長い廊下を進み、完璧ともいえる静寂を味わい、簡素だが歴史ある調度品を眺める。

この場所が大好きだから絶対に去りたくない。

だがそれは片思いみたいに胸を引き裂かれる感情であり、私の研究所への愛ほど報われない愛はないかもしれない。

廊下の窓に向かってずいぶん物思いに沈んでいたものだから、私は背後に誰かがやって来るのに気づかない。

「アリーチェ、こんな時間から何してる？」

クラウディオだ。

「目が覚めちゃったから家で待機しているのもね。それよりあなたは？」

「今日ジュリア・ヴァレンティの検死があるのを忘れたのか？」

忘れるはずはない。金曜の夜から待っている。

「何時に始めるの？」

「九時だ。とにかく僕は九時に始める。ああ、アレーヴィ、いつもみたいにＳＦじみた仮説を立てたりしたらお尻を蹴飛ばして外に出すからな」


八時五十分、私は死体安置所にいる。

冷たい鋼鉄の上に横たわる哀れなジュリアはいっそうやつれて無防備に見える。

「死体は仰向けで解剖台に横たわっている。コットンの白いシャツとタータンチェックのウールのスカートを着け、足には黒いストッキングをはいている。背の高さは一七七センチ。生体組織の腐敗がわずかに見られる」クラウディオがオリンパスのレコーダーに抜かりなく所見を吹き込む。「第二段階の赤紫色の死斑《しはん》が胴体後ろ表面と四肢に広がっている。硬直は妥当な程度で全体に広がっている。表面に腐敗の兆候は見られない」

それから技術担当者が彼女の服を外しにかかる。スカートとシャツが切断されると、灰色がかった真珠色の下着が露《あら》わになる。クラウディオはその間も続ける。「後頭部の領域には横に広がる裂傷があり、そのぎざぎざした傷口に組織片が挟まれている」

表面の調査を進めるクラウディオにアンブラが個人的に協力する。彼女は彼に損傷部の大きさを計る定規を手渡し、写真を数枚撮って、体液を採取する注入器を渡す。ジュリアの爪の中に量はわずかだが上皮をうまく見つけた彼女は、それを当然サンプルとして採り、できるだけ早く遺伝子検査を行うと予告する。

性的な暴力があったかどうか確かめるために婦人科の診断をしたクラウディオが、暴力の跡はないが亡くなる直前合意に基づいた性交渉があったことをレコーダーに口述している。

「残存物質を集める試験管を取ってくれ。念のために」彼は本日彼の信頼のおけるアシスタントを務めているアンブラに言う。

外面の検査が終わっていよいよ検死が始まる。メスでクラウディオがY字の切り目を入れる。とても痩せているから組織が簡単に開く。見るべき見方で彼女を見ることができない、というか、死体を学習材料として扱う研修医の見方で見ることができない私は、クラウディオに、お手柔らかに、そして、ジュリアの艶《つや》やかな髪の毛がこれ以上血で汚れないように解剖台をきれいにして、と頼みたい。私はこの検死に立ち合いたくないのに一歩も動けず、ジュリアの手が解剖台の外へ垂れているのをぼんやり眺めている。単なる慣性なのかもしれないが、死体が発したかのような一種の力を自らに伝える奇妙な現象が起こることがある。だから死体が動くように、というか、脱力するように思えるのだが、これは何とも言いようのない悲しい幻覚であり、今なお私は慣れることができない。

「これは驚きだ」クラウディオが言うのが聞こえる。

私は解剖台に近づいて彼が手にする咽頭を観察し、視線をあげて彼のまなざしに確認を求める。

「アナフィラキシーショックかしら？」

「相当な声門浮腫であることは確かだ。頭部の傷は何の意味もない。ほら、皮膚の裂傷にすぎない。本質的というより表面的だ。意識を失ううちに側柱にぶつかって傷ついたんだろう。肺を見てみれば答えはわかる。アンブラ、手袋をはめて肺を抜いてくれ。早く」

アンブラが張り切って従い、威厳をもってその任務をこなす。

「急性肺水腫だ」念入りに肺を見てクラウディオが確認する。「ラーラ、この原因は何だ？」

「ヒスタミンのようなものを介した制御不可能な弛緩《しかん》で毛細血管の浸透性が増し、粘膜浮腫と低血圧を伴った血管拡張と気管支痙攣《けいれん》が起こっています」ラーラがすかさず答える。

「ということは？」と、自ら肺を切開しながらクラウディオが急《せ》き立てる。

「ショックと呼吸障害を併発しています」

「よくできた、ラーラ。心臓を切開していいぞ」

「ということは、他殺じゃないの？」私は彼に尋ねる。

「アリーチェ、殺人でなくてもおもしろい事例もある」彼が皮肉交じりに答えると、アンブラが陰険に微笑む。

「そうだけど、彼女が酷いことをされていないとわかればほっとするわ」

「僕にはこんな平凡な死に方をしたと考えるほうがよほどいらいらする。免疫系への刺激があったなんてつまらない。そのほうがずっと非常識だと思わないか？」

「でも、他殺じゃないって本当に確かなの？」

クラウディオが目をきょろきょろさせる。「今のところ殺されたと考える要素がないからだ」

「腕の紫斑は？　爪の中の上皮は？」

「そうだな、アリーチェ、紫斑は家具に打ち付けただけでもできるし……」

「本当に何もないと思う？　例えば、誰かが彼女にそのあざをこしらえたとすれば、いつ、誰がやったのか？」

「もちろんあざのことは記録しておこう。いつなのかは当然僕が考える。現場検証のときは赤かったからあざがその日に出てきたと考えた。今の時点で、誰が彼女にあざをこしらえたのかまで知りたいのか？」

「ショックで彼女はどうなったの？」私は話題を変えて聞く。

クラウディオが肩をすくめる。「それはわからない。既往症と毒性検査から引き出していく」

「胃の残存物は？」

アンブラがしびれを切らして私を見る。クラウディオはまるで私が彼におこがましく仕事を教えているかのような状況に困惑して、ほとんどむっとした顔で私を見据える。クラウディオはいい人で親切だが、彼の仕事については〈神〉以外誰も意見をくどくどと述べてはならないのだ。

「アレーヴィ、胃は空っぽだった」

「つまり死因は食べたものではなかった。食べたものなら、胃に残ったものでわかったわけね」

「そのとおり。ただ、断言はできない。食べたものや胃が空っぽになる速さにもよるから」

「虫に刺されたのかしら？」

「家で？　刺された跡でもあったのか？　皮膚の腫《は》れは？」

「ないわ」私はがっかりして首を振って答えて、「何か薬を飲んでいたのかしら？」と、飽きもせず言ってみる。

「アリーチェ、君は僕にアナフィラキシーのあらゆる原因をだらだらと繰り返すけど、その利点は何だ？」

「彼女に何が起こったか理解するためよ」

クラウディオはため息をつき、血で汚れた手袋をはめる。

「そうだな、もし薬なら毒性検査でわかるだろう」

私は死体に近づいてもう一度、一つずつ観察する。

見たところ新たな点はない。

しかし何かがクラウディオの注意を逃れている。私からも。

私は彼女の真っ白な首と透き通るような肌の硬直した腕を観察する。

「クラウディオ！」

彼がふいに振り向く。アンブラはちょうどクラウディオから何かみだらなことを言われるところだったから、その魅惑の瞬間を台無しにした私を恨みがましく見据える。

「どうした?」

「思っていたとおりよ!　ここを見て」

ほとんど見えないし、わからないほどの跡がある。

極小で小さなほくろにも見えたから、私たちが気づかなかったのは無理もない。

「針で刺した跡だ」彼は小さな穴を拡大レンズで念入りに観察して断言する。「でも、皮下に紫斑がないのはおかしい。アンブラ」彼が呼ぶ。「メスを取ってくれ。出血しているかどうか見るのに切開しなければいけない。アリーチェ、切開する必要がある理由は?」

「傷が生前のものか死後のものかを見極めるため」私はすかさず答える。

「よろしい」アンブラが彼にメスを渡すと、彼は一瞬ためらってからそれを私に託す。

「アリーチェ、君のねばり強さへのご褒美《ほうび》だ。切ってごらん」アンブラがくやしさで青ざめる。

今回ばかりは私は喜んで彼女にこの栄光を譲りたい。

私はジュリアの死体に触れたくない。

「さあアリーチェ、時間がない」クラウディオが時計をちらっと見て急《せ》き立てる。私のためらいを前に、なおも言う。「アリーチェ、さあ切って」

私は相変わらずメスを手にしてぐずぐずする。解剖検査で切り刻まれた体が目の前で待っているというのに、私は麻痺しているかのようだ。

「わかった。したくないんだな」しまいに彼は厳しい声だがやさしい口調で言う。「アリーチェ、君はこの仕事に向いていない」私の手からメスを取り、ジュリアの肘の内側の腕を切開しながらぶっきらぼうに締めくくる。

「出血している」

「何か注射したのね」アンブラが控えめに言う。

「それとも、何か注射されたのね。現場検証では見つけられなかったけど」私は指摘する。

「あるいは単に採血されたか」アンブラが付け加える。

「これは確認すべきデータだ。とにかく毒性検査をすればわかるだろう」クラウディオが締めくくる。


あとはもう立ち去るだけだ。ジュリアを背後に残して、それ以上考えない。


そうすれば問題はなかったのに……。クラウディオが私を呼び止める。

「アリーチェ、ヴァレンティの家族に僕らがジュリアから外した私物を持っていってくれ。家族は外にいるはずだ。それだけで五千ユーロするブレスレットがあって、問題になるのはいやだから。引き渡し用紙にサインしてもらうのを忘れないように」


ジュリアがつけていたブレスレットとイヤリングが入ったビニール袋をクラウディオが私に差し出す。これは手順であり例外的なことでも何でもないが、気の重い頼まれごとだ。亡くなった人の親族に接するのはうれしいことではないから。私は、痛みから衝撃を受けることはないということもあって、法医学を選んだ。死体が解剖台に横たわっているとき、痛みはすでに過ぎ去っている。

私が白衣のポケットに袋を入れて死体安置所の外の待合室に行くと、そこには若い女性が一人長椅子に腰掛けていた。

彼女は栗色に近いような赤く照り返す色の髪の毛をポニーテールにまとめ、黒褐色のツイードのスーツを着て真珠を耳につけている。何となくラファエル前派の絵を思い出させる。彼女はジストニア患者がよくするように胴体を揺すっている。

「だいじょうぶ、だいじょうぶ。何も起こっていない。だいじょうぶ、だいじょうぶ」

独り言を言うその目はうつろだ。

「あのう」私は慎重に近づいて彼女に呼びかける。「だいじょうぶですか?」

「ジュリア、ジュリア。かわいそうなジュリア」

女性は落ち着くことができないといったように頭を振る。手を膝の上で組んでいる。彼女を見ていると、手の表面に紫がかったあざがあることに気がついた。

私があざを興味深そうに見ていることに気づいた女性は、本能的に手を引っ込め、恐怖に捉えられたように私を見る。

「ドリアーナ」貫録のある、明らかにいらついた声が彼女を呼ぶ。

若い女性がふいに振り向く。自分が呼ばれたわけでもないのに私は萎縮する。

そこには三人の人がいた。彼らの顔に見覚えがあるのは、ジュリアの部屋の壁に掛かっていた写真で見たからだと私はすぐに気づいた。

一人目は銀髪をシニョンにまとめた年配の女性で、老いた貴族女性の申し分のない雰囲気を漂わせていて、指輪をはめた指が関節炎で変形している。

二人目は硬い表情をした若い男性で、かなり魅力的だが目鼻立ちがいくらか険しいのが玉に瑕《きず》だ。青い絹のアスコットタイを着けているためとても英国風に見える。

三人目はジュリアによく似た若い女性だが、明らかにジュリアより年上だ。ジュリアほどではないものの目のくらむような美人で、そのまなざしは大げさでなく人を引き付ける。

「ドリアーナ、何をしているの?」関節炎の女性が聞く。

ドリアーナはきちんと話すことすらできない。

「な、にも」

「このお嬢さんはどなた?」その女性は私のほうを向いて聞く。

「アリーチェ・アレーヴィと申しまして、法医学研究所の研修医です」私は気後れすることなく答える。「ショックを受けておられるように思われたのでそばに参りました」私はドリアーナをちらっと見ながら説明の義務に駆られる。

「ありがとうございます」三十代の男性が慇懃《いんぎん》ではあるがきっぱりと答えて、わずかに見て取れる、だが誘うような微笑を私に浮かべる。はっきり見える二つの隈《くま》が彼のそれ自体冷ややかなまなざしを暗くしている。「さあ、ドリアーナ」しまいに彼は言って、促しながらも気短に若い女性の肩に軽く触れ、「手袋をはめて」と、当然のことのように命じる。

ドリアーナが立ち上がり、視線を落として私の目を避ける。

「ジュリアさんのことはご愁傷様です」と、私は言う。それから自分でも驚いたことに、衝動的に付け加える。「私はジュリアさんのことを存じ上げていました」

ジュリアにそっくりな女性がぼんやりした目をあげる。

「そうなんですか?」彼女は震える声で聞く。

八つの瞳がすべて自分に注がれているのを感じて私はうなずく。

「よく知ってるわけではありません。表面的に偶然接したことがあるだけなんですが」

「そうですか、ジュリアは記憶に残るタイプだったから」その女性が哀惜の念をたたえた調子で付け加える。彼女の声は低くてとても官能的だ。

「そのとおりですね」と、私は同意する。

何もかもが本当に辛い。

辛いのは、老女の目が今にも泣きそうだからか、この見るからに冷酷な男性の顔に静かな極限の苦しみが現れているのに、彼が感心するほどの自制心で持ちこたえているからか。あるいは単に、こんなに若く今なお美しいジュリアが、間もなくすべての死体を飲み尽くす恐ろしい腐敗に見舞われるのに誰も何もできず、やがて骨だけになって忘れられるからか。

絶望にあふれる静寂が部屋を満たす。居心地の悪さを感じた私は、それが退出するタイミングだとわかった。

彼らだけを残して立ち去る直前、私は、ドリアーナが手をさすって男性を見つめ、その目にいくばくかの慰めを求めているのに、それが得られないでいることに気づいた。

私が退室しても彼らはほとんど気づかない。

死体安置所に戻ってようやく私はクラウディオに頼まれた用事を思い出す。ジュリアの宝飾品はまだ私のポケットのなかだ。しまった!　忘れてしまうなんて。

私は彼らがまだ待合室にいることを願いつつ走って引き返す。

私につきまとう災難の当然のなり行きとして、もちろん彼らはもういなくなっていた。

「渡した？」クラウディオが几帳面な字で埋めている死亡原因の申告書から目を上げて聞く。

ああ、どうしたらいいの？

「クラウディオ、私……袋を渡そうと彼らのところに行ったんだけど、それからどういうわけか私たちは話し始めたの。それでいつのまにかおしゃべりに引き込まれてしまって、結局袋を渡すのを忘れてしまったの」

クラウディオが手で机をたたく。

「なんたることだ、アレーヴィ、そこまで不注意だなんて」

「本当にごめんなさい、クラウディオ」

「謝ってもはっきり言って何の役にも立たないだろ。それより解決策を考えろ」

「いったいどうやって？」

「電話番号を探すか何かしろ。君がだ。僕の時間を無駄にさせないでくれ。君の責任だ」

ざあざあ降りの雨音がするなか、私は事務所の肘掛椅子に座り、電話帳を指で追ってヴァレンティを探すが、なぜそうしているのかさえわからなくなる。ヴァレンティという姓はたくさんあって、そのどれもがジュリアの親類かもしれない。

今日のところは何もつかめそうにない。明日考えよう。

その日遅く、私は家のソファでテレビのリモコンを片手に、オレオの箱をもう一方の手に持っている。

少し興味を引かれてテレビに耳を傾ける。

「引き続き女子大生ジュリア・ヴァレンティさんの捜査が行われています。死因はまだ明らかになっていません。現在のところ事故であるという仮説のほうが可能性は高いようですが、殺人の可能性も除外できません。検死の結果待ちです。今朝、取調官と親族および友人から聞いたところによれば、二十三歳のジュリア・ヴァレンティさんと二十八歳の姉のビアンカさんは小さい頃孤児になり、母方の伯父夫婦に育てられました。被害者の伯父のコッラード・デ・アンドレイスさんはキリスト教民主党の著名な指導者で、七十年代に数回国会議員に選ばれています。二〇〇一年に亡くなったあと、彼の政治的野望は刑法が専門の若き有望な弁護士である息子のヤコポさんに受け継がれました。一家の代弁者であるヤコポ・デ・アンドレイスさんは陳述を行うのを拒否しています」

よし、私が追跡するのはこの人物だ。

ビアンカ

「こんにちは、医学部研修医のアリーチェ・アレーヴィと申します。デ・アンドレイス弁護士とお話ししたいのですが」

「お待ちください」秘書がややつっけんどんに応じる。ヴィヴァルディの『春』の調べに乗って秒がゆるやかに流れて分になる。私はかなり長く待たされた挙句、切ってかけ直す。

「すみません、先ほどのアリーチェ・アレーヴィですが……」

「少々お待ちください」前と同じ秘書が私の言葉を遮る。

同じ音楽が再び始まるが、幸い今度は待ち時間は短かった。

「はい?」うんざりした調子の声が答える。

「先生、お邪魔して申し訳ありません」

「どちら様ですか?」

「法医学研究所の研修医アリーチェ・アレーヴィです」

「ああ」彼がいらいらして答える。「何か問題でも?」

「あのう、問題ではないことは確かですが、ご面倒をおかけすることがありまして。検死のあいだ私どもで預かっていたジュリアさんの私物を、どなたか研究所に取りに来ていただけないでしょうか」

「ああ、それならたやすいことです。伺う者はあなたを訪ねればよろしいですか?」

「はい、私がお預かりしています」

「お名前をもう一度お願いします」

「アリーチェです」

そのあと居心地の悪い沈黙が続いて、私は彼が姓のことを言っているのだとわかる。

「あ、すみません。アレーヴィです。アリーチェ・アレーヴィです」私はあわてて付け加える。

「わかりました。それでは午前中に家の者が受け取りに参ります」

＊＊＊

私が自分の研究室でラーラと検死調書の下書きを作成していると、ドアが控えめにノックされ、私たちはそのときのジレンマから――つまり、紫斑の色調が紫がかっているのかむしろ青っぽいと書くのが正しいのかというジレンマから、我に返る。

「どうぞ!」

ジュリアに似ているが、生き生きとしていて表情豊かな顔がドアからのぞく。

「アレーヴィ先生を探しているのですが……。あなたですか?」と、私に聞く。私は感じよく微笑んでうなずく。「ビアンカ・ヴァレンティです。昨日お目にかかりました」彼女は自分が何者かわかってもらえないのを心配しているように言い添える。

「どうぞお入りください」私は椅子から立ち上がって彼女を招き入れる。

女性らしい優雅な歩みで入って来るビアンカは、彼女を満たしているはずの苦悩を感じていないように見える。睡眠不足の目をしている。彼女が着ている青いカシミアのコートがその姿を少し陰うつにさせていて、長く伸ばした髪はポニーテールに結われている。背がとても高い、というか、とにかく私やラーラよりは高い。

私はジュリアの宝飾品をしまい鍵をかけておいた引出しを開けて、彼女に近づいて渡す。

私の手からおずおずと宝飾品を受け取るビアンカは、おののいているように見える。

「ああ」と、後ずさりしながら小声で言う彼女の目に涙があふれて、「このブレスレットは……」と、つぶやく声が、しゃくりあげていたせいで喉につかえる。

「お掛けになりますか?」彼女が青ざめるのを見て私は尋ねる。

「水を少し差し上げましょうか?」ラーラが眉をひそめてあいだに入る。

「ええ、ありがとう」少したためらってからビアンカが応じる。

私が彼女に椅子を持っていき——非常にありがたいことに今日いないアンブラの肘掛椅子だ——、ラーラが急いで水を取りに部屋を出て行く。

「すみません。生前の私たちと一緒にいたときの彼女の思い出が絶えず背後から襲ってくるようで……耐えられないんです。耐えられない」

「わかります、ご心配なく」

ビアンカはビニール袋からブレスレットを出して手で握る。「これは彼女の十八歳の誕生日に伯父が贈ったものです。ジュリアはこれを決して外しませんでした。毎日身に着けるには高級すぎると私はいつも言っていたのですが、他のアドバイス同様、彼女は取り合いませんでした。それからこれは彼女が二年前の休暇のときシチリアの露店で買ったもので、今も持っていたなんて信じられない。願い事を叶えるブレスレットなんです。いったいどんな願いごとをしたのでしょう!」ビアンカが話す必要に駆られているのは明らかだから、私は落ち着かないもののあえて割り込まない。

「先生……ごめんなさい、こんなことお聞きしたくないのですが……。実は……私は……妹がどうして亡くなったか知りたいのです。殺された可能性はあるのでしょうか? 写真を見たのです。血にまみれて見つかった妹の……。それに、捜査担当の警部ははっきり言って下さらない気がします」

「申し訳ありません……私には守秘義務があります。ところでお聞きしたいのですが、妹さんには何かアレルギーがありましたか?」

ビアンカが悲しみをたたえながらも輝く大きな目をむく。「ああ、ごめんなさい。急《せ》かしてはいけないことはわかっているんです。私はたいへん失礼でしたね。答えて下さらないのは当然です。ご質問に答えますが……ジュリアはいろいろな物にアレルギーがありました。喘息《ぜんそく》でしたから何度もアナフィラキシーで死にそうになりました。さしつかえなければお聞きしたいのですが、アレルギーが原因だったと思われますか」

「その可能性はあります」と、私は話題を終えようとして認める。

ビアンカがため息をつく。そうこうするうちにラーラが戻り、私は彼女の質問から解放される。

「どうもありがとうございます。本当に親切にしていただいて」彼女はなおも礼を述べて空のグラスをラーラに差し出し、それから私のほうを向く。「ところであなたはジュリアが亡くなる……直前に彼女と知り合われたのですか?」

「恐るべき偶然でした」

ラーラが驚いて私を見つめる。「そうなの、アリーチェ?」

私は二人にジュリアとの短い出会いをかいつまんで話す。ラーラは一連の偶然に大いに衝撃を受けたようだ。ビアンカは話を詳しく知りたそうだ。

「ジュリアは取り乱して不安そうでしたか? 何よりあなたはそのことを警察に話されたのですか?」

「ええ、彼女は少し興奮していました。このことはまだ話していませんが、話すつもりです」

ビアンカは耐えがたそうに再びため息をつく。暇乞《いとまご》いをする素振りも見せない。彼女の影のある視線が私に注がれる。「そうしてください。もしかすると重要なことかもしれません」

「お約束します」

「あの血が……忘れられなくて」ビアンカが低い声で付け加える。「最初、私は彼女が殺されのだと思いました」

「なぜ警察はあなたに写真を見せたのでしょう? 逆効果でしたね、あなたには」

「私が見ると言い張ったのです。見ずにはいられなくて」

「ビアンカさん、少なくともこれは研究所の守秘義務を破ることなくお話しできます」私は言う。

「あの血は頭部の小さな傷から出たものですが、なんら重大なものではなく、死亡を決定づける要因ではありません。関係がないのです。あれはおそらく彼女が意識を失って転倒してできた傷です」

ラーラがぎょっとして私を見つめ、「アリーチェ、話があるの」と、いかにも傍観できない感じで割って入る。

「ごめんなさい、お仕事がおありなのに……長くお邪魔してすみません」

「いいえ、そんなこと。全然邪魔じゃありません」私は気をつかって彼女に言う。

「とにかくお暇したほうがいいですね。先生、捜査担当のカッリガリス警部とお話になられるのをお忘れなく」

ビアンカは青白い整った顔にあいまいな笑みを浮かべて立ち上がり、まず私にそれからラーラに手を差し出す。

そのあと、「アリーチェさん……」と、滑らかな肌の手をドアノブにかけてから私を呼ぶ。「万一……つまり説明が必要なときは、あなたにお聞きすればよろしいですか？」

私は何も考えず親切すぎるくらいに答える。「もちろんですとも」

ドアが閉まり床のヒールの音が遠のいていくと、すぐにラーラが眉をしかめて私を容赦なく睨《にら》む。「あなたって本当に軽率ね。検死のことについてしゃべるなんて。もしクラウディオが知ったら……」

「知るはずないわ」私は気楽に答える。

「もちろん私は言わないけど、わからないわよ。あの女性はなにしろ部外者だし、明らかにショックを受けているんだから。口実を作ってあなたのところに来ては、どんな真実を聞き出そうとしたっておかしくないわ」

「写真の血を見て理性を失っているのよ、きっと」

「そうだけど、亡くなった人の親族と親しくするのはだめよ。〈ボス〉もいつも言っているわ」

「あなたは〈神〉に心みたいなものがあると思ってるの？」私が彼女に聞く。

ラーラは思い切り首を振り、「ううん、でもこのことでは正しいわ」と、ぶっきらぼうに答える。

それから、「今夜、暇？」と、話題を変えて聞いてくる。

「特に何もないわ。ユキノがおにぎりを作ってくれるの」

「アニメに出てくるあれ？」

「そう」

「私が加わったら彼女いやかな？」

死者は死ぬことなく、頭の中で生き続けている

「ジュリアが亡くなる前日、私、彼女の電話の会話を聞いたの」

クラウディオが唖然として目をあげる。私たちは彼の研究室で遅れている事例に取り組んでいる。ジュリアの死から約一週間が経過していた。

「テレビでも起こらないようなことがあるものだ」クラウディオがチューイングガムをゴミ箱に吐き出して思いを述べる。

「でも私には起こったの」

「君は厄介事を引きつけるからな。取調官に話さなくちゃだめだ。義務行為なんだから」

「うん、わかってる。ぐずぐずしちゃって」私はそう言いながら、何となくビアンカ・ヴァレンティに申し訳なく思う。

「それはそうと、クラウディオ……もう一つ言わなければならないことがあるんだけど、ばかにしないって約束して」

「もう一つ?」

「ええ、これもジュリア・ヴァレンティのことなの。昨日、死体安置所から出ようとしたとき若い女性を見たの。ジュリア・ヴァレンティの親類か、もしかすると友人かな。取り乱しているようで……。なんとなくあやしい雰囲気だった」

「君のいつもの妄想が突っ走っているね」

「信じてくれないの？　私ってそんなに信用ない？」

クラウディオが額に皺《しわ》を寄せる。「いや、そんなことはない」と答えるが、信用できない。

「聞いて、クラウディオ。もし二人が一緒に何かを注射していたとしたら？　彼女、手に青あざがあった。もしかするとあのあざは注射によるものかもしれないわ」

「そうだとしても、なぜ君が気にする？」

「もし事故じゃなかったとしたら？」

「いつも言っているが、『CSI：科学捜査班』があらゆる世代に悪影響を与えてしまった」

「冗談はやめて。まじめに言ってるの」

「もちろんそれはわかってる。なあアリーチェ、君が見た打ち傷は偶発的なものだろう。あれは事故だったんだ。殺人じゃない」

私はクラウディオを尊敬しているが、そうした尊敬する人を仕事であてにできないと気づくことほどがっかりさせられることはない。

「クラウディオ、私を信用しないのね？」

彼が私に辛そうな顔を向ける。「経験不足の君が間違いをおかすのは当然のことだ」

「でも、私には才能があると思う？　潜在能力は？」私は今まで彼に示すことができなかった率直さで尋ねる。「それをどうしても知りたいの。私はあらゆる間違いをするし、大好きなのにうまくできないこの仕事に自分は向いていないと毎回感じるけれど、自分はできると信じる必要があるの。

優秀な法医学の医師になるためにね」

　見るからに戦意を失った彼が私の頬にかすかに触れて、ためらいがちに私を見る。何かやさしいことを言いたいのに、そうしていいのかわからない感じだ。

「クラウディオ」

　彼がわずかに微笑むと、一瞬私が知っている皮肉な人とはまったく別の人に見える。彼のまなざしは共感にあふれていて胸が締め付けられそうだ。

「法医学の医師になる才能などなくて、すべて習得するだけだ。君なら……できる」と、最後に私の手を取って言う。「アンチェスキと話そう。彼はヴァレンティの件を担当するカッリガリス警部の知り合いだ」クラウディオがアンチェスキ教授のドアをノックして状況を手短に説明する。

　伝説的な沈着さで知られるアンチェスキになんら驚いたふうはない。「ロベルト・カッリガリスに気楽に話してごらんなさい。彼とは懇意にしているから電話しておきましょう。私の名前を言って下さいね」アンチェスキは何となく私を急いで下がらせたいふうで、気づくと私は部屋の外にいる。

クラウディオが垣間見せたあの人間性の光に活力を得た私は、すかさず彼に懇願してしまう。

「クラウディオ、一緒に来てくれるでしょ？」

「だめだ」彼はぴしゃりと答える。

「ろくでなし。いいじゃない」

「絶対だめだ。無駄にする時間はない」

「ねえ！」

クラウディオは大きなため息をついて、目をきょろきょろさせる。「アレーヴィ、僕に甘える悪い癖はやめろ」

「迷惑をかけるんじゃないんだから、たまにはちょっとやさしくしてくれてもいいじゃない。そうすれば少しは人間的に見えるわよ」

彼は納得いかない様子のままうなずいて、自分の研究室のエルメスの小物入れから——それは彼よりずっと年上の有名な判事の恋人からの贈り物らしい——車の鍵を取り出し、メルセデスベンツ**SLK**クラスの革張りの座席へと私を連れていく。ラジオからポリスの『ソー・ロンリー』が流れている。

到着すると、「車で待っている、いいね?」と、シートベルトを外しながらあからさまにうんざりした様子で言う。

「だめよ、運転手をしてほしかったんじゃないの。それならタクシーを拾ってたわ。精神的な支えがほしいの」

「アレーヴィ、君はとんでもない厄介者だ。僕は午後ずっと暇なわけじゃないんだから、さっさとするべきことをしに行ってくれ」

「それでも紳士なの?　クラウディオ」私は車のドアを乱暴に閉めながら悲しげにつぶやく。

「わかったよ」しまいに彼はぶつぶつ言ってエンジンを切り、うんざりして車を降りる。

私が彼にしばしば耐えられなくなるのは、無礼なほどぞんざいだからだ。でも、研究所で私が愛着を抱くのはクラウディオしかいない。

カッリガリスと一緒に働く男性が私たちを彼のオフィスに案内してくれた。煙草のにおいがしみついたその部屋は、混乱を極めている。

ロベルト・カッリガリスは特徴のない、薄毛で痩せぎすの人物だ。白いシャツと悲しくなるような黒いネクタイを身に着け、いかにも息が臭そうな顔をしている。

「ジョルジョ・アンチェスキのところから来られたんですね？　アリーチェ・アレーヴィ先生ですね？」

「そうです」私は少し興奮して答える。

「コンフォルティ先生、あなたもご一緒で」カッリガリスが今度はクラウディオのほうを向いて言う。クラウディオの顔には耐えられないと書いてある。彼はうなずくだけだ。

「ジョルジョによると、ヴァレンティの件についてお話しがあるそうですね」それからカッリガリスは私を見て言う。

「そうです」

「どうぞお掛けください」彼が私たちに勧めると、クラウディオは時間を見て、とても急いでいることを彼にわからせようとする。その気になればとてもうまく粗野な人のように見せることができるのだ。

カッリガリスは軽く咳払いをして私のほうに愛想よく微笑んでから言う。「それで先生、私に何のお手伝いができますか？」

私は彼にジュリアの電話の会話をできるだけ詳細に話す。彼はとても注意深く私の話を聞く。

「つまり、かなり短い会話だったわけですね」彼が言う。

「それはどうかわかりません。私の耳に入った会話の断片は、ええ、とても短かったです」

「ヴァレンティの口調は興奮していましたか?」

「憤慨していたというか」

「攻撃的でもありましたか?」

「攻撃的ですか?　ええ少し。繰り返しますが、何より辛そうでした」

「で、名前とか、とくに具体的なことは耳にしませんでしたか?」

「話している相手の性別以外は何も。それはすでに申し上げましたよね?」

「確かに気になる偶然ですね」彼は困惑し、首を振って言う。

「何が気になるのですか?」クラウディオがわずかに声音を変えて聞く。

「コンフォルティ先生、あなたには信じられますか?　偶然出会った女性を、翌日再び解剖室で見るなんて。そのうえ、かなり心配になるような電話の会話を聞いているのですから。ヴァレンティの件ではあることないことを言う人まで出てきていますから、受けた陳述は十分慎重に扱う必要があります」

「私が嘘をついていると間接的におっしゃっているのですか?」私はうろたえて聞く。

「私は自分の仕事をするだけで、個人的なことは何もありません」

「もう行こう」クラウディオが急に私たちの間に割って入る。

「コンフォルティ先生、かっとなるに及びませんよ。とにかく私は証言を調書に書くだけです」

「いいの、クラウディオ」私はカッリガリスを無視して率直に答える。「アレーヴィ先生、失礼を言うつもりは本当にないのです。疑うのが私の仕事でして。徹底的に解明すると保証します」

調書の作成はそれほど長くはかからない。それが終わると私はタイプで打った紙に署名をする。

「ありがとうございます、アレーヴィ先生」思いがけない丁寧さでカッリガリスが締めくくる。

「当然のことです」調書をバインダーに入れ直して私に挨拶して去ろうとする彼を、私はいきなり引き留める。

「カッリガリス警部」と、私が言うと、クラウディオが興味深そうに私を見る。

「この電話は大変重要だと思います」

「もちろんです、先生」

私は何となく不完全燃焼だと感じて視線を落とす。クラウディオはトイレに行くときでさえ手放すことのないプロ意識をもってカッリガリスに挨拶して、私を部屋の外へと導く。

「とんでもないやつだ」建物の階段を一緒に降りながら、クラウディオが軽蔑を込めてコメントする。「例のもう一人の女性に君が見つけた打ち傷のことを何も話さなくてよかった」

「でも彼は正しいかも。慎重を期さなければならないのだもの。でたらめな報告をいっぱい受けているんでしょうね。警察で働くのも悪くないわね」

「君にその素質があることには気づいていたよ」

「じゃあ、あなたは？」

「ごめんこうむりたい」彼はいやそうに答える。

「そうよね、あなたは〈神〉の偉大な後継者だもの」

「はっは」

「クラウディオ」最後に私は車の変速装置に置かれた彼の手を握って言う。「付き添ってくれてありがとう。大事なことだったの」

彼がやさしい微笑を浮かべて私にウィンクするが、それは自分のかっこよさに意識的で情熱的な彼の顔には珍しい。「どういたしまして、アレーヴィ。自ら墓穴を掘っちゃだめだぞ。君はおせっかいのかわいい魔女だが、情熱がある。優秀な法医学の医師になるのに本当に役立つことがあるとすれば、それは情熱に他ならない」

無意識の美

ソファにばたりと倒れ込んで本を読んでいると携帯電話が鳴り、マルコからだとわかって私は驚く。彼は私の番号を知らないと思っていた。

「マルコなの？　何かあったの？」

「ううん、安心して」彼がやさしく答える。「邪魔するつもりはなかったんだけど」

「邪魔じゃないわ。ただ電話をもらうことがないから」

「今日はいいことで電話してるんだ。展覧会に招待したくて。素敵だよ。それに僕の作品も展示されるし……。来れる？」彼は腕白小僧のような子どもっぽい魅力をたたえて私に知らせる。

「これはまたぎりぎりになっての招待ね、マルコ……」

「まあ、そうだね……ごめん。早く電話したかったけど忘れちゃって。もったいぶらないで、さあ。来る？　来ない？」

「もちろん行く！」私は途方もない疲労から蘇って宣言する。

マルコは私が招待を受けると考えていなかったかもしれないが、まさか他でもない自分の謎に包まれた兄の写真展に私が行かないはずがない。「シルヴィアも連れて行っていい？」と、私は聞く。

弁護士のシルヴィア・バルニは小学校の初日から私の仲良しだ。彼女の知能指数はそれを聞くと自分が無能だと感じるほどだが、彼女によればその鋭い知性のせいでシングルのままなのだそうだ。

「もちろんさ。実はアレッサンドラも招きたいんだ」

有能な小児科医でずっと私の研究仲間でもあるアレッサンドラ・モランティは、どういうわけか私の兄に惹かれている。それは「パッチ・アダムスの赤鼻の医師」プロジェクトの仕事を彼らが一緒にしているとき起こったことで――マルコが講座のちらしを作った――、私が知る限り――もちろん彼女から聞いたのだ――二人はお互い好意を抱いたが、予想通り本気でつきあうまでには至らなかった。「でも、こんな説明じゃわからないよね」と、アレッサンドラは私に話したのだった。「あのね……。マルコは女性に興味がないんじゃないかと思うの」私が彼女に打ち明けると、彼女は私にこう答えた。「ううん、それは大間違い。そういうことには私、第六感があるの。彼はゲイじゃない。単に私が彼の好みじゃなかったのよ」私はそのときはこの話題に深入りする気はなかった。

「残念ながら、もう彼女の電話番号がわからないんだ」兄が再び話を続ける。

「だいじょうぶ、私が知らせるから」

「ううん、僕が個人的に知らせたい」

「残念だけどマルコ、アレッサンドラとのことは終わってしまったの」もちろん私はアレッサンドラが彼の興味を引くなんて思ったことは一度もなかった。

「実は何もなかったんだ。まあそれはいい。仲良くなりたくて彼女を招くわけじゃない」

「マルコ、ところであなた彼女いるの？　私があなたのことを何も知らないなんて本当に変ね」

マルコが口をつぐむ。私の陽気な口調を喜んで受け入れた感じではない。「いや、いない」彼は少しして答えて言葉を添える。「アリーチェ、急いでるんだ。番号を教えてくれるの？　くれないの？」

八時ちょうどに私はユキノとフォッジャ出身のタクシー運転手とともにシルヴィアの家の下にいる。予想通り彼女はまだ準備ができておらず、二十分経って降りてくる。私は頭にきていて機嫌が悪い。招待に何か魂胆があると確信しているアレッサンドラは、すでに私に六回ほど電話してきていた。

私の横に座りゲランのサムサラのにおいを放っているシルヴィアは、とび色の髪がディオールのゼブラ柄のストールの上で絹のマントみたいに広がっていて、素晴らしく魅力的だ。「アリーチェ、あなたもっと魅力的にする努力くらいできたんじゃない。芸術関係のイベントは何よりシックなものだってこと知らないの？　医者の薄汚いパーティーとは違うのよ」彼女が軽蔑を込めて言う。「自分のステータスを誇示する人たちにとってこんなパーティーに参加するのは、フーリガンにとってスタジアムに行くようなことなのよ。お金がある彼らは、芸術を理解するためと言い訳して小金を使いたいのよ。私が芸術をどう考えているかって？　芸術はもうない。ルネサンス時代に終わったの」

「何も知らないのね」

「私が正しいのわかってるでしょ。とにかくマルコには言わないから心配しないで」

私たちが怒り狂ったアレッサンドラを乗せるのに立ち寄ると、彼女はシルヴィアをあからさまに無視する。そして私たちはようやく目的地に着く。

ギャラリーは——明らかに新古典主義の建築に着想を得ている——世俗的な些事《さじ》を超越している

と感じつつアルマーニの洋服を買う誘惑に打ち勝てない類のインテリでスノッブな人たちであふれている。彼らは、アンブラ・ミルティ・デッラ・ヴァッレがオートプシー・イメージングについて話すのと同じ知ったかぶりの口調で芸術をこと細かに論じていて、私はそれだけでもう彼らにがまんならない。ユキノはとても居心地よさそうにしている。というのも、彼女の国籍が多くの人を惹きつけるし、彼女も新たな人と知り合いたいからだ。シルヴィアとアレッサンドラはユキノとは異なり、旧友みたいにおしゃべりしている――彼女たちは一人ぼっちで仲間外れだと思われることに耐えられないのだ。

BGMにはセロニアス・モンクの音楽がかかっているようだ。

ギャラリーは階と部門で分けられているが、私は他のアーティストにはとくに興味がないからマルコの作品にあてられた場所に向かう。

迷路状に配された壁面に、わが兄の有名なコンセプチュアルの写真が掛かっていた。私が目にするのは初めてだ。アスファルトの上の秋の赤い葉っぱ、ベンチで寝ている乞食、白髪頭のカウボーイ・ハット、ズームで撮った滴《しずく》の虹色の反射。写真の種類は多岐にわたり、マルコのテーマはひとつだけとは言えない。

そしてすべての写真のなかに、それはあった。客観的にいって一番美しくない。自分のポートレートのことを私は何も知らなかった。

あまりにも驚いてしまって、私は、じっくり見てしまう。下にある小さな紙には、《無意識の美》とある。

それは数年前の写真だ。庭で昼寝をしていて、胸のうえに本を抱えている。影が光で見事にやわらげられ、私の輪郭がくっきりとして、トルコ石色の空が唯一、白黒の画面を特徴づけている。私の人生はうまくいかないこともあるかもしれないが、私には並外れた兄がいる。

写真の前でぼんやりしていると、マルコが来て私の肩を抱く。黒ずくめの服装だ。ああ、彼はなんと痩せていて、なんと優雅なのだろう。本当に信じられないくらい独特だ。

「マルコ……とても……感動しちゃった！　すごいわね！　この写真……言葉が見つからない……」私の声が感情で詰まる。マルコが私の頬をやさしくなでる。

「怒るかなって心配してたんだ。許可をもらうべきだったかもしれない……」

「そんなことない！　素晴らしい驚きだった。平凡な瞬間を特別にできたんだから、すごい才能よ。あなたのことを自慢に思うわ」

マルコの青白い頬がほんのりと紅潮する。「来てくれて、写真を気に入ってくれて、うれしいよ」

「私、この写真がほしい」

「焼き増ししてあげる。ママもとっても気に入ってたから、彼女にも一枚」

猫のようにお尻を振って歩きながらアレッサンドラが私たちの方にやって来る。

「マルコ」彼女が魅惑的に聞こえるような声音でつぶやく。「あなたはまたすごくなった。数年前に見た写真よりずっと深みが出たわ」

「アレ、どうもありがとう」

「《ベッレイル》という題の写真がほしいわ。私の寝室にとても合うはず」

「よければ君にその写真を贈るよ」

もしかすると何か起こるかもしれない彼らを二人にして、私は残りの時間を一人で過ごす。アレッサンドラはあらゆる方法でマルコの気を引こうとする。一方シルヴィアは現代アートのコンセプチュアリティについて深い考察をひけらかす。そしてユキノは大勢のインテリに囲まれて日本の小説について話している。

私は写真を全部じっくり見たうえで、《無意識の美》に戻って堪能する。

この写真は私の転換点だ。私みたいな不運な者でも芸術の対象になれる。自分が何者か理解するには注意して観察する必要があるのも真実だが、重要なのはそれじゃない。芸術を生み出す場面の恩寵が重要なのだ。

そんなことを考えていると、近寄ってきた見知らぬ男性によって中断された。

「写真の女性はあなたですか？」私の背後の声が尋ねる。私はふいに振り向く。

かなり低い少ししわがれてどきりとする、アングロサクソンの抑揚がわずかに感じられるその声の持ち主は、三十代の、背が高く頑強そうな人だった。私の勝手な読みによると、日の当たる風の吹く場所で長い一日をヨットで過ごした人といった感じだ。その証拠に、明るい色のウェーヴがかかった髪の毛は乱れているが、かといって、全体的にだらしない雰囲気はない。肌は琥珀色で健康的で、白いシャツの袖が四分の三まくられているから、金色がかった肌の色が際立っている。爪はとても短いがきれいな手をしている。深い青色の目の上には明るい色の濃い眉があり、その眉のひとつに小さな傷跡があるのだが、目自体にはある種の満足感が感じられる。鼻は大きいが彼に似つかわしい。手首にはめた派手な黒檀《こくたん》のブレスレットは昔の恋の思い出だろうか。概して、彼は別世界の人に思える。

「ええ」と、私は気遅れせず答える。

「とてもくつろいでいたんですね」と、彼が評する。

「そうかもしれません。実は覚えてないんです。気づかないうちに撮られましたから」

「そもそも気づかないうちに撮られた写真が一番おもしろいと言いますね」見知らぬ男性はそうコメントすると、「読書はお好きですか？」と、本を指して聞き、フレームに近寄りタイトルを読んで軽くウィンクする。

しまった、本のことなど考えてもみなかった。どうか、その本が昔ときどき読んでいたロマンス小説でありませんように。『恋の虜』など読んでいるようでは、《無意識の美》は私を不滅にしてくれないだろう。私をインテリだと思っている人がまだ周りにいるのだ。

「『男が愚かな女を好む理由』」見知らぬ男性は少し皮肉な抑揚をつけて声に出して読む。

私は吹き出してしまい、「とてもためになる本でしたよ」と、真顔に戻って説明する。

「男は愚かな女のほうが好きだとわかりましたか？」彼も微笑む。明るく自信のある笑顔だ。

「ええ、この本のお陰でそのことを確信しました。あなたは男性の代表としてどうお考えですか？」私は考え深げな表情を浮かべ、首を傾けて聞く。

「女性にも同じことが言えます」その通りだ。見知らぬ男性はモヒートをすすって微笑を投げかける。「誰がこの写真を撮ったのですか？」彼はじっと私の目を見つめて尋ねる。

「私の兄で、この展覧会の一部は彼の作品です。マルコ・アレーヴィです」私は誇らしげに説明して、「ところで、私はアリーチェ・アレーヴィといいます」と、彼に手を差し出して言う。

「アーサー・マルコメスです」彼が手を差し出して言う。

「マルコメス？」私は額に皺《しわ》を寄せて答える。「うそ！　私のあのいやな上司と同じ名前だわ」そんなことを言うのはエレガントではなかったが、モヒートを飲んで気が大きくなっていた私は少し解放的にもなっているようだ。

彼が眉をひそめる。「ポール・マルコメス？」

「ええ」と、答える私の心臓の鼓動が高鳴る。何というへまをしてしまったのだ。マルコメスがローマにどれほどいるか知らないが……今や彼らが親類であることは明らかだ。

「法医学者のポール・マルコメスですか？」

「ええ」と、私が弱々しくつぶやくと、アーサー・マルコメスの顔に意地悪な微笑が浮かぶ。

「僕の父です」彼はなんとも思っていないような口調で愛想よく答える。

そんなあ！

赤面するのがわかる。私は思わず額に手をやり、泣き出さないようにまだ残っている自分の尊厳にすがる。

「だいじょうぶだよ」その気になれば繊細であると同時に男らしい仕方でやさしくできるというように、彼は私の頭に軽く触れてささやく。「実は僕も父をかなりいやなやつだと思う」

私は彼の目を見ることができない。この世は間違っている。こんなの受け入れられない。めったにいないような男性と知り合ったのに、その人の父親をいやなやつ呼ばわりしかできなくて、しかもそれが〈神〉だなんて。

私は視線を落としたままだ。

こんなときには洒落《しゃれ》が必要だ。誰だって自分の上司は嫌いだ。もちろんアーサー・マルコメスだって自分の上司が嫌いなはずだ。それに、彼自身が私と同意見だと言ったのだ。

それにしても、アーサーは本当にとても魅力的だ。〈ボス〉がある種の魅力を発していることは否定しないが、アーサーのこの独特の輝きとは違う。

「ということは、君も法医学の医師だね」彼がまったく自然に言う。

「だったの」と、失意のうちに答える私は、約十日前から首に懸賞金を掛けられていて、問題を解決するどころか悪化させていた。

「君の言葉を父は褒《ほ》め言葉ととるかもしれないけど、僕は秘密を守ると約束するよ」

私の口から絶望の嘆きがもれる。「さっきのは、実は人が言っていることで、私は偉大な職業人だと思ってる。実際それほどいやな人じゃない。そうね、まあ……誰だって上司はちょっぴりいやなものでしょ。それは管理職の立場にある人には避けられないものよ」私の非論理的な話に、彼は興味がなさそうだ。

「そうだね」彼はうわの空で答える。

「お仕事は何をなさっているの？」私は話題を変え、いくらか立場を回復しようとして聞く。

「ジャーナリスト」

「どちらの?」私が尋ねる。

その名前がてらいもなく告げられると、私はあやうく驚きで声をあげそうになる。たぶん彼はわかっていないのだ——あるいはその正反対かもしれない——、イタリア最高の新聞社の一つで働いていることを。

「担当は何?」

「旅行さ」

「御社の雑誌でブエノスアイレスについてのとてもおもしろい記事を読んだことがあるわ。すぐにでも行きたいと思ったほどで、今も行きたい場所の一つなの」

「ブエノスアイレス?　一年前くらい?」

「ええ、そうだと思う」

「書いたのは僕だ」彼は困惑しながらも率直に認める。

「そうだったのね。遅ればせながら素晴らしかったわ!　すごい!」私は思わず言ってしまう。「みんなの憧れの仕事よね。仕事でバカンスに行けるんだもの」

「そんなにわくわくするものじゃないよ」彼は答えて、戸惑い顔の私を見て言い添える。「うーん、いいところもたくさんある。僕はみんなの代わりに楽しんで、何を見て回ればいいか提示するわけだけど、本当は別の目的で旅がしたい」彼の口調がいっそうあいまいになる。

「よくわからない」私は白状する。

アーサーが微笑む。「出会ってまだ五分で、君を退屈させたくない」

「本当に興味があるの」私は食い下がる。
「次回また君に会う口実になるかもしれない」彼はウィンクしながら明るく屈託のない表情で答える。彼と知り合ったのは五分前なのに私はすでに彼が大好きだ。〈ボス〉の息子だというのに。私も慎みがない。「飲み物でもどう？」と、彼が続ける。

　私はうなずき、二人でカウンターのほうへ向かう。話を続けるうちに、私はアーサーがかっこいいというより興味深い人であることに気づく。これってすごいことだ。

　要するに彼は旅のレポーターであり、こういうことだ。第一に、日焼けサロンで焼いた色じゃない日焼けをしている。第二に、とても印象的だったあのエキゾチックな腕輪はバリ島かどこかのものだ。第三に、人を惹きつけるあの何ともいえない魅力は、とてもおもしろい仕事をする人に典型的なものだ。

　私たちが彼が最近行ったリオデジャネイロの旅について話していると、彼の友人が割って入ってきた。マルコの写真仲間だ。この〈邪魔者〉がどうしても急いで行かなければならないということで、彼が素敵なアーサーまで連れて行ってしまうのを私は止めることもできない。
「知り合いになれてよかった」と、私は二人のあいだに生まれた完璧で魅惑的な雰囲気をしぶしぶと後にしつつ彼に言う。今日以降〈神〉に会ったら、私はアーサー・マルコメスの近況を尋ねずにはいられないだろう。
「本当によかった、不思議の国のアリーチェ《アリス・イン・ワンダーランド》さん」彼は少し落ち着きなく言って、指先で私にキスを送り、雑踏の中の〈邪魔者〉を、タイトルがどうしても思い浮かばないちょっと物悲しい歌の調べにのって追いかけて行く。

　パーティーが終わって出口へと向かうあいだ、私は自分のとても私的な不思議の国《ワンダー・ランド》で心が揺れているように感じる。だって私は、まずアーサー・マルコメスというすごい人物と仲良くなって、次に自分をシャネルの香水「ココ マドモアゼル」の宣伝のキーラ・ナイトレイみたいに愛らしくてシックだと感じて、そして最後に、と言っても同じくらい重要なのだが、私はモヒートを飲みすぎたせいで、ショッピングセンターで「メモリーフォーム」というマットレスを試したときのように、自分の体から浮遊してしまったように感じているのだから。

　タクシーのなかで私は今しがたの手柄を友人たちに話す。シルヴィアは笑いをこらえられず、アレッサンドラは当惑している。ユキノには、微妙な言葉の綾を理解するのに今一度出来事を繰り返す必要がある。

「ねえ、ユキノ。アリーチェにアプローチしてきた素敵な人のお父さんをアリーチェがこけにしたってことを理解するのに、イタリア語を熟知する必要はないのよ」とシルヴィアは言って笑い出す。

　三人は私がいないかのようにそのことについて話し続ける。正直なところ、私は彼女たちの話など何も耳に入ってこない。

　家に帰ってグーグルで「アーサー・マルコメス」を検索する。

　すると彼が働いている雑誌のサイトにつながり、そこには彼についてのこれまでの情報がいくつか載っている。

アーサー・ポール・マルコメス。一九七七年三月三〇日にヨハネスブルクで生まれ、十八歳まで暮らす。満点でボローニャ大学政治学科を卒業、二〇〇四年パリのソルボンヌ大学で国際外交学科の博士号を修了。二〇〇五年から旅行部門担当。

彼の記事がさまざまなブログで全部あるいは部分的に引用されているのも見つけた。引用されたそれらの断片は、私が今晩知り合った最高に素敵で魅力的な人物を再び完璧に浮かび上がらせ、疲れてへとへとになりながらも、私はまるで彼がまだ私に話しているように思って読み続ける。

おやすみなさい、アーサー。

あなたは、議論されつくした遺伝子浸透が実に変わりやすいということの証《あかし》です。私はそれに関する研究をアンチェスキに申し出るべきかもしれない。

よい友達がいればいいのに

驚くほど温かい二月末の日。空は濃い青色で、空気は松葉とコーヒーの香りがする。

残念ながらしばしばではなく時々だが、私はダモクレスの剣が頭上に吊るされていることを忘れて幸せを感じることがある。今がそんなひと時で、アーサーとの出会いのことを思い出すと、すべてをものともせず喜びに満たされていると感じる。少なくとも自分の研究室に入るまでは。

ラーラは机について数枚の写真を昆虫学の本にある別の写真と比較しながら調べている。彼女の横には尿を入れる赤い蓋の容器があり、そこには特定しないほうがよさそうな汚物が浮いている。

「ラーラ、いったい何が入っているの？」ラーラが近視の目を上げる。

「どこに？」

「そこの壜《びん》に……」私が顔をしかめて場所を示す。

「ああ！」彼女は感情たっぷりに声を上げる。「私の幼虫たちよ！　アンチェスキに依頼された研究をしているところなの。昨夜現場検証があって、それであなたも来たいか聞こうと思って電話したんだけど出てくれなかったでしょ。残念！　かわいそうに死体はすでに腐敗していて、まさにハエ目の幼虫がたくさんたかっていたの……」

「ラーラ、もうやめて」私は彼女を遮る。「ぞっとする！　その容器捨ててよ、吐きそう」

「捨てられないわ、必要なの。がまんできないなら図書室に移って。でも、本音を言えばあなたはそういう思い込みを克服しなくちゃ」それから彼女は聞く。「昨晩はどこにいたの?」

「兄の写真展よ。で、誰と知り合ったと思う?」

ラーラが肩をすくめる。

「マルコメスの息子」

「十人の子どものうちの誰? 話して、詳しく知りたい。私はマルコメスが好きなの。もし彼が三十歳若かったら彼に首ったけよ」

「その前に幼虫を私の視界からどけてちょうだい」

「わがままね!」ラーラは面倒臭そうに言い、週末に母親とパリで休暇を過ごすために休んでいるアンブラの机に容器を移した。「これでいいわね?」

私がいくつか細部(何よりも〈ボス〉に失礼なことを言ったこと)をはしょって話をしている一番いいときに、クラウディオがドアをノックもせずに入って来て——これは彼の専売特許だ——中断された。彼はラーラを見もせず私に聞く。「カプチーノでもどう?」

彼の口調は陰うつと困惑と快活のあいだで揺れている。

「もちろん」私は少し驚いて答える。

「いいわよ、行ってきて」ラーラは私が彼女を一人にするのを詫《わ》びるより前に言ってくれる。

私は彼の腕をとり、二人で研究所近くのバールに向かった。

「ジュリア・ヴァレンティの新情報?」私が無頓着に聞くと、彼は「毒性検査の結果が出た」と、何気なく答える。

「もう？」私は当惑して尋ねる。彼が一緒に仕事をする毒物学者は普段もっと時間がかかる。

「昨日は法医学の毒物学者と一日じゅう夜中の三時まで仕事をしたんだ。今にも倒れそうだ。カフェインでようやくもっている。それはそうと、ヴァレンティは習慣的に麻薬を過剰摂取していた」

「もっとうまく説明して」

「彼女は薬物市場に出回るあらゆる種類の麻薬を使っていた。ヘロインも、頻繁じゃないが習慣的にね」

「つまり？」

カプチーノにサトウキビの砂糖を混ぜるクラウディオの目が少し疲れている。

「いわゆるジャンキーではなく、中毒にならないよう節度をもってやっていた。始めたばかりだったか、単に自制できたかだろう。確かなのは彼女がヘロインに限っていなかったことだ。コカインと大麻の痕跡も見つかった」

「過量投与だったの？」

「アレーヴィ、ストップ。過量投与だって？　アナフィラキシーショックの報告書をもう忘れたのか？」

「えーっと、彼女はアナフィラキシーショックを突発させる物質が混ざったヘロインを服用した可能性がある」

「正確には解熱鎮痛剤のパラセタモールで、薬理的には血中に入ると強い作用を起こしアレルギーを引き起こす可能性のある唯一の物質だから、ショックの原因となった物質である可能性が高い。

パラセタモールがヘロインに混ぜられた可能性が高い。法医学の毒物学者の言によれば、巷《ちまた》で売買されている麻薬にとてもよくあるらしく、効果も強いようだ。他でもない家族がジュリア・ヴァレンティがパラセタモールにアレルギーがあると言ってたのだから、彼女が意識的に服用したはずはないだろう」

「ここでよくわからないのだけど、なぜ彼女の家に注射器がなかったのかしら？」

「いい質問だ。注射器は実は現場検証の日に見つかっている。家じゃなくて、ジュリア・ヴァレンティの家の近くのゴミ箱の中にあった。注射器内部の血液とシリンダー上に残された上皮細胞の痕跡のDNA鑑定をすることになった。このすべてが今日の午後、僕に任される」

「つまりあの夜、彼女は一人で麻薬をやっていたわけではないかもしれない、ということね。彼女には外へ出て注射器を捨てる時間はなかったはずなのだから」

「ここが重要な点だが、実際には彼女にはその時間があったかもしれない。毒物学者は彼女が何時に麻薬を摂取したかを血液や他の体液中の代謝物質をもとに割り出そうとしている。摂取の瞬間から死亡までどれだけ時間がかかったかを調べるためだ。死亡後の生化学的な過程を考慮する必要があるから何ができるかはわからないが、何か役に立つデータが得られるかもしれない。いずれにしても検証が必要だ。そういうわけでアレーヴィ、事件は君が喜ぶミステリーの色合いを呈している。おまけに、近所の女性が、まさに死体が発見されるまでの数時間のうちに、アパートメント内部で激しい言い合いがあったとも言っているんだ。ヴァレンティが一人じゃなかったことは確かで、彼女といた人物がどれだけ彼女の死に関わっているかを確認する必要がある」

「あなたはあの紫斑に何か意味があると見た?」

「どういうことだ」

「何者かがもみ合っているうちに彼女に紫斑をつくったのかもしれない」

「なるほど、可能性の世界では無数のことがありうる。だが、仮定は必ずしも僕らの仕事じゃない。だから一般的な規則として、バランス感覚をもってうまく疑問を投げかけていくようにしよう」

「はい先生、わかりました。注射器の検査をする手伝いをしてもいい?」

「うん、いつもの条件で、こっそりとだぞ」それから彼は、話そうか話すまいかのあいだでとまどっているかのようにほんのり顔を紅潮させ、私の目を見ることもできずに話題を変えて続ける。「あのさ、アリーチェ。君にすごく重大なことを話さなくちゃいけない」まるで黙示録を今まさに宣告するかのようなドラマティックな調子で説明する。

「何を?」私はそれほど驚きもせずに尋ねる。私の仕事の状態について、私がすでに知っていること以上に彼がひどいことを言うことはないだろう。死体埋葬の認可証のコピーを私がとるのを忘れて、彼に絞め殺されそうになったときよりひどいはずはない。

「アリーチェ……いったい、どう説明すればいいんだ?」彼は自分自身にではあるが大声で言う。

「さあ、クラウディオ、大げさにしないで、言ってよ」

「あのさ、ワリィは、君の研修がうまくいっていなくて、その状況を回復させる唯一の方法は君を一年留年させることだと考えている」

私は恥ずかしくて髪の根元まで真っ赤になる。私が悲報のあらゆる細部まで知り尽くしても、それはまだ私の頭を真っ白にする力を失っていない。

「そんなの知ってるわよ」私は無邪気に認めて、バッグを必死にあさり煙草の小箱を探そうとする。クラウディオは目をぎょろつかせる。「で、大失点を埋め合わせるのに君が何をしているか教えてくれないか？」

「一生懸命仕事をしている」

「そりゃ、もちろんそうだろう。で、何の？」彼は慇懃《いんぎん》無礼に聞く。

「いろんなプロジェクトの」

「具体的には？」彼が急《せ》き立てる。

私は大きなため息をつく。「クラウディオ、今日明日で何かをつくりだすなんて無理よ。プロジェクトを熟成させるには時間もいる。だから突破口を待ちながら毎日の些事《さじ》に取り組んでいるの」

クラウディオがカプチーノを飲み終える。「アリーチェ、君の状況は本当に危機的だ。どうにかしないと。ワリィの最終通告を甘く見ちゃいけない、最後のチャンスだ」と、かしこまった口調で諭《さと》し、最後に、「君に知らせるべきだと思って」と、自分を正当化するかのように不愛想に締めくくる。

「まあ、ありがとう」私は素っ気なく答えるが、正直なところ彼の好意に苛《いら》ついている。立ち上がろうとする彼の腕を私は思わず押さえる。彼が私を困ったように見る。「クラウディオ、ワリィは本当に私を留年させる気かしら？」

彼がすかさず答える。「その権限は充分にあると思う。君が挽回可能なことをできればいいが。とにかく学年末試験に合格しても、ワリィとマルコメスは結局自らの意見に愛着を感じる人種だから、彼らに君を評価してもらうのは難しいだろう」

クラウディオは人から助けを求められると、いつも首を吊る綱を見つける手助けを喜んでする。

「わかった」私は胃のあたりを押さえられているようないやな感じを覚えてつぶやく。

「あとで注射器の検査で会おう。十五時ちょうどだ」最後にこう言ってバールのテーブルに一人私を残す彼のくたびれてあわれな白衣が、私とは逆に自分の目標に達するために必死な人たちのほうへと歩いていく。

羊の百日より獅子の一日のほうがいい

その後再び寒くて雨降りの日が数日続いて三月が始まり、私たちは、DNAを比較して環境からの汚染を排除するため、注射器に見つかった血液と注射器のシリンダーから採取された上皮細胞や、ゴミ箱の中の注射器のそばにあったあらゆるものの検査を熱心に行った。結果はかなり議論を巻き起こすものだった。少なくとも私にはそう思えた。

注射器内部のピストンに付着していた血液からはジュリアのDNAが検出され、注射器が彼女に使われたことを証明している。シリンダーの表面からは、二人分のDNAが得られた。男性由来のものと女性由来のものである。

「明らかに汚染だ」クラウディオが断言する。「女性のDNAは、注射器のそばにあった涙と鼻水を含んだティッシュから採取されたものと同じだ。両者は緊密に接していたから、女性のDNAがそこからのものであることは確実だ。だが男性のDNAには汚染源が見つからなかったから、より重要だ」

「もっとうまく説明してくれる?」

クラウディオがため息をつく。「アリーチェ、こんなこともまだわからないとはあきれる」

「ここにいるのは私に説明してくれるためでしょ、私のヒーローさん!」

「いいかい、DNAは浮遊しないが接触によって物体に付着するから、人物は二人のはずだ。汚染された者と汚染した者だ。今回の事例では、注射器のシリンダーにヘロインを注射したジュリア・ヴァレンティの痕跡が確かにある。しかし表面にはXX、つまり女性に属する痕跡と、男性由来のXYに属する別の痕跡もある。このDNAはどうやって注射器についたのか？」

「私にそれをまじめに聞いてるの？　それとも単に聞いてみているだけ？」

クラウディオが唖然として私を凝視する。「まじめにだ」

「わかった。二つの仕方でついた可能性がある。一つは、あの晩、注射器を触った人物によって。二つ目はゴミ箱のティッシュによって」

「よろしい。では、女性のDNAの場合、どちらのほうがありえると思う？」彼が大げさに皮肉な口調で尋ねる。

「もちろん二番目の仮定よ。私が聞きたいのは……ティッシュも、あの晩ジュリアと麻薬をやった女性のものであるかどうかということ」

「アリーチェ、はっきり言わせてもらうけど、君は自分の熱意を法医遺伝学の問題に関する途方もない無知とミックスしてモンスターを生み出そうとしている。なぜ、女性でなくちゃならないいんだ？　僕が汚染を除外している男性ではなくて？」

うーん。私は自分の確信が、私が聞いた電話の会話とあのドリアーナの支離滅裂な言葉に基づくことを、彼に言えない。彼はわかってくれないだろう。

「じゃあ、ごめん、クラウディオ。私たちがティッシュにも見つけた女性のDNAが、あの晩ジュリアといた人のものかもしれないとあなたが認めないのはなぜ？」

「私たちが見つけたと言うのはかなり不適切だ。僕が見つけたと言ってくれるか。君は今日信じられないほど注意散漫だったから失敗をたくさんする危険があったが、君がいるにもかかわらず検査がうまくいったのは幸いだった」

「ずいぶん辛らつね」

「辛らつじゃなく本当のことを言っているだけだ。君もよくわかっているように君にはリスクがいっぱいあるのだから、真実に耳を傾けるようにしなくちゃ」

「了解。今は私の欠点はおいておくとして、アンブラの話を聞くときのように私の話を聞いてよ」

私の言葉がこたえたらしく、クラウディオが顔を曇らせる。「どうしてアンブラが関係ある？」

「あなたは彼女をくだらない研修医たちのなかのダイヤモンドの原石だと思っているでしょ？」私は目を細めて陰険に尋ねる。

「彼女は優秀だ」彼は認める。「だが僕は君たちを分け隔てしたことはない。けれども言っておくが、ダイヤモンドの原石は彼女じゃない」

一瞬私の心臓の鼓動が早まる。ということは……私？

クラウディオは彼なりに、私が研修医全員のなかで最も優秀なメンバーであると考えていることを言おうとしているの？

「本当のことが知りたければ、全員の中で一番博識で鋭くて優れているのはラーラだ。残念ながら彼女は見た目がひどすぎる。君が思いもよらないほど容姿が彼女を台無しにしている」

私が彼に全面的に同意していることは否定できないが、このことについて話を掘り下げることに私は興味がない。問題の核心に戻るべきだろう。

「じゃ、ラーラだと思って聞いてよ」

「いいだろう、問題は何だ？」

「問題はあなたが可能性というものを考慮するのを拒《こば》んでいること」

「アリーチェ、女性の痕跡が捜査の目的に重要じゃないことがわからないのか？　汚染の可能性のほうが高くて、あの晩ジュリアと一緒にいた何者かのDNAに一致するとは思われない。注射器を手にした者のプロファイルは僕が突き止めていて、そのDNAは男性のものだった。これではっきりわかったか？　女性のDNAが法廷で信頼できる痕跡とみなされる見込みはない。ささいなことで裁判がうまくいかないこともある」

「でもだからといって無用のものじゃない。クラウディオ、私真剣なの、聞いて。女性の痕跡は意味のある発見で、無視すべきじゃない。あなたのために言うわ」

クラウディオが首を振る。「実際僕は無視などしていない。それがあるのは指摘するが、僕は自分の見立てを発表する。君の小説みたいな仮説に言及するのは拒否するよ。いつかみたいに……」彼は笑いをこらえきれず話を途中でやめる。「あのとき君は、女性が窒息したのは屋敷が倒壊したからではなく殺人のためだと確信していた」そして彼は引き続き人目を憚《はばか》らず高笑いしながら、小さな戸棚から必要な試薬を取り出す。

「おかしいことなんて何もないわ」私はひどく感情を害されて答える。私はそうやって考えを掘り下げていくの」

「いや、それは君の現実の見方であり、いかなる論理からも完全に外れている。でも、君は幸運にも僕という人に出会ったのだから、僕は君に何かしてあげよう。例えば正しい判断の仕方を教えるとか」

仕事のことになるとクラウディオは誰よりも頑《かたく》なだ。彼がなぜ対話に応じず、それをペストのように避けるのか私には理解できない。それとも、単に私と話し合いたくないだけなのだろうか。とにかく私は彼の考えに確信がもてない。電話のベルによって私たちの意見のやりとりは中断され、秘書の一人が彼に、カッリガリス警部が来たことを知らせた。

「もう行ってくれ、アレーヴィ、することがある」

「あなたがカッリガリスと話すあいだここにいちゃだめ?」私はとっさに聞く。

「なんで君はタコみたいにいつも僕にくっついてなきゃならないんだ? すでに君が知っていること以上のことで、彼に言うべきことは何もない」

「わかった」私は彼の研究室を出るが、再びいつもと同じ落ち着いた気持ちで彼の部屋に入るまで長い時間を要することになるなんて思いもしていなかった。

私の研究室へと続く廊下を通っていると、カッリガリス本人に出くわした。

「やあ、ごきげんいかがですか?」彼が愛想のよい口調で私に挨拶する。

「はい、ありがとうございます。コンフォルティ先生と話をしにいらっしゃったのですか?」私はすでに答えがわかっているのに聞く。

「ええ、彼がいくつか結果を知らせて下さるので会うことになっています。待っているあいだジョルジョにも挨拶できました。とても気持ちのいい研究所ですからもっと頻繁に訪ねて来るべきですね」

私は愛想笑いをする。思いきって彼が私の指摘を確認してくれたかどうか尋ねたいが、遠慮してその質問を差し控える。私たちは丁重に挨拶を交わす。

思いがけずカッリガリスが私にある考えを思いつかせてくれた。ある人物だけが、私の疑問を傲慢な態度でなく知的な誠実さをもって解決してくれることを。つまり、太っちょのアンチェスキだけが。彼の純粋さと温和さは理想的で、気楽でいられるし、失敗してもたいした結果にならないですむ。だが、そんなアンチェスキがクラウディオに耐えかねているのは周知のことだ。彼を秀才というよりわがままで生意気な小僧だとみなしているのだ。

私はアンチェスキの研究室のドアをノックする。ヴァレンティの事件とクラウディオの振る舞いについて言及しないよう注意して、当たり障りのないことを話すことにする。

彼は私を迎え入れて、いつになく興味をもって聞いてくれる。

「要するに、コンフォルティ先生が細部をおざなりにしていると考えているわけですね」

私は赤面する。

「コンフォルティ先生のことを申し上げているのではなくて、一般的なこととして気になりました」

「さあアレーヴィさん、正直にお話しましょう。ヴァレンティの件についてなのは明らかです。ゴミ箱から見つけたDNAについてのもろもろの質問ですよね……。まずそれを認めたらよろしい。クラウディオのやり方に納得がいかないと」

こんな風に言うと私の側にクラウディオについて個人的な感情があって告げ口しているように思われるが、もちろんそうじゃない。少なくとも私の気持ちのうえでは違う。

「違います。間違っているのは私で、些細な要素について考えすぎているのかもしれません」

「とにかく掘り下げなくてはなりません」彼はくたびれたように電話の受話器を取る。

「クラウディオ、話したいことがある」私は驚いて目をむく。アンチェスキはクラウディオを呼び出して、私の疑問を知らしめようとしているのだ。

これはもう恐ろしい展開の始まりでしかない。クラウディオが喜ぶはずない。

クラウディオが研究所のスタッフになったのは最近のことで、以前はワリィに称賛されている、単なる研修医だった。しかしこのことは、実際には法医学の政治の場において、彼自身が望み考える以上に意味があったのだ。昇進の一連の流れのなかで飛躍的に前進した今、彼は駆け出しの大学教師に固有の特徴をいくつか身につけた。まず何よりある種の厚かましい尊大さを。だから私が彼の仕事を疑い、そのことをアンチェスキと話すなど、彼にとってはSFみたいな出来事なのだ。

いや、SFみたいな出来事だった。今彼はそのことをいやでも認めることになる。

アンチェスキがやんわりと彼を困惑に（私の困惑でもある）追いやると、真意を読み取ったクラウディオがふてぶてしく私を凝視する。今までもずっと険しかった彼の目が（それは彼のメフィストフェレス的な魅力の鍵だ）、今や絶対的な困惑と侮蔑をたたえている。

「わかりましたか、クラウディオ？　就いておられる役職にかかわらず君はまだとても若いから、私は君が獅子の穴で殺されるのを見たくない」アンチェスキが締めくくると、私は大急ぎで逃げたほうがいいのではないかと考え始める。

もはや私は彼らが言っていることさえ掴《つか》めず、心底居心地が悪い。

最後に、アンチェスキは私たちを一緒に下がらせる。ドアを閉めるクラウディオの手が、いつもならしっかりしているのに、軽く震えている。

「クラウディオ……」私は切り出す。

「何も言うな」冷ややかに答える彼の目がものすごく怒っていて、私は自分が虫けらのように思える。彼は私を後に残し、足早に自分の研究室へと歩いていく。私は足を速めて彼に追いつく。「失礼」彼は冷淡に言い、恨みに満ちた微笑を浮かべて私の面前でドアを閉める。

私はそれでもノックするが、彼は応えない。彼に怒りを鎮めさせるほうがいいとわかってはいるが、そう簡単に追い払われるわけにもいかないので、しまいに私は彼の部屋に押し入る。

「ばかなことをするつもりはなかったの。はっきりさせたかっただけなのに、あなたはすぐ感情的になるから……。アンチェスキに聞いてみようと思ったら、彼はヴァレンティの件だってわかっていた。でもあなたの名前を出すつもりも困らせるつもりもなかったの。お願いだから信じて」

クラウディオが意地悪な笑みを口に浮かべて答える。「なるほど、つまり無邪気な言動だったと信じなくちゃいけないのか！　君は愚か者かもしれないが、まさかこれほどとはな」彼は怒りに満ちたまなざしを私に向ける。「何度も言ったが、口を開くな。君が自分の事例を扱うことがあれば、それがあればの話だが——君はこんなことばかりしているからないと思うが——、そのときは君の思うように好きなように話していい」

「とにかく私はひどいことは何も言っていないと思う。あなたが頑として私の話を聞かなかったから、アンチェスキでなければ私は誰とも疑問について話せなかったの」私は落ち着いて自己防衛する。

「君がアンチェスキにいい格好をしようと知ったかぶりをしたのは、そして彼が君を信じたとすればラッキーだったが、はっきりさせておこう、それは君が無能だからだ」

私はびっくりして、言い表せないほどがっかりする。

「上司たちが私を評価してないのは残念ながらよくわかってる。でも、まさかあなたが……」私は話すことさえできない。「私たちは友達だと思ってた」

「友達か」彼が意味不明な笑みを浮かべて繰り返す。「僕は自分で留めておくべきことを君に話して友達であることを示したこともあったが、僕たちは同僚でもある。いやむしろ僕は、君は忘れることがあるが、君よりも一段上なんだから、敬意の感じられる振る舞いをするよう君は努めるべきじゃないか」

私は泣いてしまう。いまいましい。私の感情と自制心は思春期の子どものそれみたいだ。

「ねえ、クラウディオ、あなたちょっとうぬぼれすぎている。でも悪いのは私ね。あなたが私にとって神様みたいだって思わせてきたのは私なんだから。私は自分がでくの坊であることにうんざりしているの。私はあなたみたいに優秀じゃなくて、法医学の世界ではスライスチーズの厚みしかない哀れな研修医にすぎないけど、それでも仕事について少なくとも自尊心はあるのよ。その自尊心を奪うのはあなたじゃない」

クラウディオが笑いをこらえている。

「アンチェスキと話したことは職業人として間違っていて、道徳的には間違っている以上に悪い」

彼は肘掛椅子に体を預けて言い切る。

「よかれと思ってしたの」私は説明する。「それに私がどんなことをしたとしても、あなたが私にたった今見せたひどい軽蔑は受け入れられない。言っていることわかるでしょう」

「行動する前にじっくり考えることを覚えろよ」

私は唖然として他に言い添えることもできず黙ったままだ。こうして私の疑いは確実となる。彼も私を無能だとみなしている。他の誰より私をよく知る彼が。

どうすることもできない。夢なら好きなだけ見られるが、そのうち現実にがっくりさせられる。愕然とする私を前に、明らかに善人主義に駆られたクラウディオが顔の表情を明るくする。「もういいよ、どのみちたいしたことじゃない。君はもうそんなことしないよ」

顔が思いを表しているとすれば、私の目つきは痛ましい。私は悲しそうに首を振る。「あなたは間違っている。私にとっては本当に重大なことなの。あなたに思い知らされるまでこれほど自分が無価値に思えたことはなかった」

彼は下を向いて答えず、立ち上がって私に手を差し伸べる。

「このことを考えるのはもうやめよう」

私は彼の仲直りの申し出を拒んだ。深く傷ついていて、にっこりと彼に応えて起こったことをいとも簡単に消し去ることなどできない。

「考えるのをやめるなんて無理」私は彼の顔を見ず、ほとんどうわの空で答える。「もう行くわね」

私は自分の目が潤んでいることに気づいて締めくくる。一番悲しいのは、彼が私を引き留めようといっさいしないことだ。それに何より、私の耳と折れた心が必要としていることを彼は言わない。

君が無能だなど本気で思っていなかった。かっとして、ついそう言ってしまったんだ。

ありのままの真実の言葉。それもシルヴィアの

かなり落ち込んだ私は、地下鉄で帰宅する。これほど落ち込んでいるときの解決策は一つしかない。シルヴィアだ。それは彼女が私を慰められるからではなくて、その正反対の理由による。つまり彼女は、私をまじめに取り合うことなく悩みを減らしてくれるのだ。最も素晴らしいのは彼女が信用に足ることで、だからそのうち私は彼女が正しいと納得するのだ。

私は彼女に電話して、緊急に話す必要があると説明する。悪女なのは有名だが、とにかく彼女は頼れる人で、八時ちょうどに、ド派手な新車の黄色いコンバーティブルのスマートに乗って私の家の下に来た。

「さあ、吐き出してしまいなさい」彼女が単刀直入に言う。近視用メガネをかけてまったく化粧っ気がない。これは彼女がただ私に応えるためにいやいやながら出てきたことの証拠だ。彼女はだいたいいつも完璧だ。

「先にどこへ夕食に行くか決めよう」私が異議を唱える。

「マクドナルド。私一文無しなの」

「だめよ。あなたみたいな素敵な人はマックには行かないの。あなたのお姉さんのラウラの家の近くの中華はどう？」

「私は中華料理屋には出入りしない。あんな野蛮な人種いないわ。それにあの店だって私には高す

ぎる」

「そこまできちゃってるの？」

「そう、家賃とプラダに給料の四分の三を使っちゃったから。臓器を売ろうと思ったほどで、もう食べることもできない」

シルヴィアは高額のお給料をもらっているのに月末までもたないタイプの人だ。彼女の欲望をすべて満たすほどお金は潤沢にないのだ。

「おごるから」

「私に恥をかかさないで。どうする？」

「じゃあマクドナルド」私はあきらめて答える。「でもどうでもいいの。私、耐えられなくて、精神的苦痛を取り除かなきゃいけない。ねえシルヴィア、私、最悪なの。仕事で大きな危機に瀕しちゃって」

シルヴィアが額に皺《しわ》を寄せる。「どういうこと？」

「私の上司の助手のボスキを覚えてる？」

「なんとなく。で、どうしたの？」

「あのね……あのね……」私は話すことすらできずに泣き出す。慰めるとなると困ってしまうシルヴィアは、見るからに動揺している。

「アリーチェ！　落ち着いてちょうだい」彼女はきっぱりと言う。

「あなたにはわからない。あのね……」

「だから何？　話す気はあるの？」彼女がしびれをきらして言う。

「留年させられるの！」私は大声で一気に言う。それは誰にも言っていないことで、初めて言葉にした。職場の同僚も、ましてや両親も、ユキノも、私の肩の重荷のことを知らない。

シルヴィアが目をみはる。「本当に？」

「もちろん！」

「つまり、それは合法なの？」

「ええもちろんよ、シルヴィア。すごい考えよね」

彼女はとても衝撃を受けているようだ。「なぜ留年させられなきゃいけないのかわからない」

私はバッグからティッシュを出して音をさせて鼻をかむ。「ワリィが私の仕事に満足してないからだって。私はすごく遅れていて、みんなを率先する精神もないって……」私は話をやめて再び泣き始める。この数週間どうにか保っていた平静が、今は取り返しがつかないほどなくなってしまい、私は自分自身の言葉を聞いて事の重大さを感じている。「期限を言い渡されて……もう二週間経つのに、状況を立て直すために必要なことは何もできてない！」

シルヴィアは、もちろんクラウディオの次にだが、私が知っているなかでは最も野心的な人だ。それなのに今、彼女はショックを受けまくっている。もし私がスーパーで口紅を盗んで取り押さえられたと打ち明けたとしても、彼女の目にはこれほど深刻には映らないだろう。

「うわぁ、それは本当に深刻ね」彼女は、マクドナルドのカウンターで注文している最中につぶやく。「期限はいつなの？」

「学期末」

「厳密には、あなた何ができるの？」

「わからないけど……何か。例えばいい研究論文を書くとか。複雑な事例に参加して実績をあげて完璧に検死ができることを証明するとか、そういうようなことかな……。彼女、はっきり言わなかったの。どうしよう、シルヴィア。もし留年しなければならないとしたら、恥は別として……お金がもらえなくなる！　五年先まで借金があるのに！」シルヴィアは考え込んでいるようだ。「聞いてるの？」私は彼女に尋ねる。

「考えてるの！」彼女がいらいらして大声を上げる。そうこうするうちに注文したものができてきたので、トレイを持って一番隅っこのテーブルに着く。「クラウディオに助けを求められないの？つまるところ……彼があなたを何かの仕事に巻き込んでくれれば、それでもう何かにはなるわ」少ししてシルヴィアが意見を言う。

クラウディオだって？「シルヴィア、あなたに言わなきゃいけないことがあるの」

彼女がぞっとしたような顔で私を見つめる。「クラウディオとは寝てないわよね？」

「そうならいいんだけど」私はぼんやりと陰うつな笑みを浮かべて言葉をもらす。

シルヴィアは安心しているようだ。「だとすれば、あなたがしそうな、したそうなばかげたことのなかでも最低のことになるわね。それよりひどいことはないはず。そうなれば破滅よ」

「そのとおりね。私、彼と喧嘩したの。彼、本当にひどかった」私は後悔の念を少し感じつつ説明する。私たちが言い合ったのはおよそ三時間前なのに、最低なクラウディオがいなくて私は早くもちょっと淋しい。

「一時的なことよ」彼女はフライドポテトをつまみながら平然と答える。

「そんなことない、彼は本当にひどかった。私を傷つけたうえに、私が気落ちしたことをとてもよくわかっている」

「彼はあなたを助けるのを断ったりしないわ」

「要は、私は彼に絶対助けを求められないということ。自尊心の問題なの」

「大変なことになっているのに自尊心を云々するの?」彼女が厳しい目つきで私に聞く。「彼がいやなやつだってことはわかりきったこと。でも、彼は彼なりにあなたが好きなんだから、妥協して助けてもらいなさい」

「留年の方がまし」私はきっぱり答える。留年になると思うと恐ろしいが、そのほうが本当にましだと思う。

「だったら別の方法を探したほうがいいわね」

彼女が考え込み、私たちは黙っているが、やがて彼女が再び熱心に話し出す。

「あなたの上司に助けを求めるのよ。あの感じがいい、ちょっとがっちりした……。彼に状況を説明して、挽回したいと、何でもしますと言うのよ。何かきっかけを与えてくれて、あなたのためにあいだに入ってくれるかもよ」

「ワリィによれば、彼も私に満足してないらしいの」

「いったいなんでそこまで落ちぶれちゃったの?」彼女は気の毒に思うというよりいらいらしたよ

うに憤懣《ふんまん》をぶちまける。

「わからない。これほどひどいことになっているとは思ってもみなかった」私は彼女に言う。実際私は本気でそう思っていて、だからこそ何もかもがいっそう悲劇的に感じられるのだ。

かなり遅く家に戻ると、居間はからっぽで、テレビの前のソファに張り付くユキノがいない。眠くない私は彼女の王座をこの際利用することにする。

RAI《ライ》では午後の番組の再放送が流れていて、気取った女性がビアンカ・ヴァレンティをインタヴューする言葉を私は細心の注意を払って聞く。

耳障りな声の気取った赤毛の更年期女性（赤毛の更年期女性）：「ビアンカさん、子ども時代に孤児になった二人姉妹の長女として、あなたはジュリアさんの母親代わりもされてきました。彼女について何かおっしゃりたいことはありますか？」
ビアンカ・ヴァレンティ（ビアンカ）：「ジュリアはとても創造力のある気まぐれな性格でしたから、集中力やバランス感覚を必要とする活動に彼女を仕向けるのは困難でした。見かけは大変陽気で活発な女の子でしたが、うわべだけでした。実際、彼女をよく知る人は、彼女をむしばむ深淵のこともわかっていました。彼女は強い感情を感じるときのみ生きていると感じ、見かけではわからないほど暗く憂うつな子でした」
赤毛の更年期女性：「それは彼女が孤児だったからだと思われますか？」
ビアンカ：「人はそれぞれの仕方で不幸に反応します。彼女のほうが気が弱かったし、私たちが置かれた状況は彼女に影響したかもしれません。実際には、彼女に愛情はいつも足りていたのですが。と言いますか、私たちに愛情はいつも足りていました。私たちは伯父たちの家で二人の娘として迎えてもらいましたし、私たちと従兄のヤコポとのあいだに差を感じたことはありませません」

赤毛の更年期女性：「では、お聞きしたいと思っていたことがもう一つあります。メディアの騒ぎが一段落して、デ・アンドレイス弁護士は正真正銘の個人的な闘いをしようとなさっています」

ビアンカ：「ヤコポほど自分の姉妹を愛した兄弟はいません。怒りが、私たちみんなを苦しませることの不満の感情が、彼のなかである種の強迫観念になりつつあるのかもしれません」

赤毛の更年期女性：「あなたは弁護士と仲が良くないのですか」

ビアンカ：「いいえ、もちろんいいです。ただ彼のやり方が気に入らないのです。筋の通らない要素があるものですから。それに何より私は、晩年ジュリアが危なっかしい友達付き合いをしていたことをよく知っています」

赤毛の更年期女性：「どういった意味で？」

ビアンカ：「退屈した金回りのいい倒錯的な人の話にあるような危なっかしさです。そんな付き合いがよい方向に行くことはあまりありません。もちろん私はジュリアの交友関係が彼女の死に関係していると思っています」

赤毛の更年期女性：「そのような交友関係についてご存知なのですか？」

ビアンカ：「もちろんです」

赤毛の更年期女性：「取調官に名前をおっしゃいましたか？」

ビアンカ：「もちろんです」
赤毛の更年期女性：「今、ジュリアについてどんな思い出が残っていますか？」
ビアンカ：「永遠の少女の思い出です」

ビアンカは非常に落ち着いて礼儀正しく上品に答える。どうにかごまかした目の隈《くま》と不健康な青白さは彼女が苦しみに耐えていることを表しているが、彼女の声はいかなるためらいも漏らさない。

最初のデート

午後私が『メンズ・ヘルス』を読みふけっていると、携帯電話が鳴ってディスプレイに知らない番号が表示される。

「アリスですか?」その男性は私の名をそう発音した。私の名は、英語では『不思議の国のアリス』のようにアリスという。

信じられない。私の最も鋭く天分に恵まれた部分が、すかさず電話の向こうにいるのがアーサー・マルコメスであるのを感知した。マルコの写真展からおよそ十日が過ぎていた。彼から電話をもらうのは素敵だけどびっくりする。

「アーサー?」

「こんにちは」彼はまったくのんびりと切り出し、私がすぐさまためらうことなく彼だとわかったことに全然驚いていない。

「こんにちは」私はようやく答える。

「今だいじょうぶ?」私は興奮と狼狽《ろうばい》の合間でわずかに揺れながら、だいじょうぶだときっぱり告げる。

「君のお兄さんから電話番号を聞いたんだ。《無意識の美》を買ったから、そのことを君に直接言ってもいいかなと思って」

「そうなの？」

「写真を編集室に飾りたいんだけど、いやかな？」

「そんなことない。むしろ自尊心をくすぐられるわ」

「それならよかった」

「今回はどこから帰って来たの？」

「ハイチ」

「素敵ね！　ポリネシアから……戻って来たなんてすごい」

「実はハイチはカリブ海にある」と、彼が言うのは、声を出して笑いそうになるのを悪いと感じて押し殺すためだと思う。「ポリネシアにあるのはタヒチだ」

「ああ」

「みんな勘違いする、君だけじゃないさ」彼は私を弁護しようと付け加える。私がそれに応えて再びおかしなことを言う前に、アーサーが私の不意を衝《つ》く。「君にまた会いたい。今夜はどう？」

「今夜……うん、だいじょうぶ」

「どこに住んでいるか教えてくれたら迎えに行くよ」

私はｅＢａｙでエルメスの九十センチ四方のスカーフを七十ユーロで買ったときより幸せだ。

アーサー・マルコメスはなんて素敵なの。彼に一つだけ欠点があるとすれば、とても危険な家の直系だということ。

でもこんな人なら誰の息子であってもかまわない。

そのあと私が洋服ダンスの前でデートにふさわしい服を選ぶのに苦労していると、マルコが電話してきて、私の気はそがれる。

「アリーチェ、君の知り合いだって言う人に《無意識の美》を売ったんだけど、君の許可がほしいということで、電話番号を聞かれたから教えたよ。まずかったかな?」

「とんでもない! ついさっき彼が電話してきたわ。あなたの写真展のおかげで、ついに私の恋愛生活に転機が訪れそうになっているわけ」

マルコがくすくす笑って、「写真展が福をもたらしたわけだ」とコメントする。

「あなたも誰かを引っかけた?」

「アリーチェ、まったく下品だな」彼がえらそうに答える。「それはともかくとして、あの男性はおもしろそうだった」

あの男性だなんて、かなりあいまいな言い方だ。あるいは、私はちょっと意地悪すぎるのか。

「誰が?」

「写真を買ったイギリス人だよ、ばかだな。本当におもしろそうだ」

「どうなることやら。どうもありがとう、マルコ」

「どういたしまして」

九時五分前、家の下でカメレオンみたいに動かない私は、一大事を前にお腹が痛くなっている。ちょっと緊張して、自分にあまり自信がなくて、でもとても興奮している。まさに試験に臨むときの気分だ。

「遅れてごめん」私の思考の流れをさえぎって、あのわずかにしわがれた声音で彼が言う。

「十分は遅れのうちに入らないわ」私は彼を思いやって答える。

彼はまるでついさっき家を出たかのように息を切らした様子だ。彼が落ち着かない様子ながらも官能的に私に微笑む瞬間、後戻りのできない感情が私を貫く。

「何を食べたい？」彼が聞く。母語が英語だからだろうが、アーサーの語彙は限定されているような気がした。

「あのインド料理店で食事がしたいな……トリルッサ広場の、階段を上ると庭のあるあのお店。今は庭は閉まっているけれど」

「そうだね。今夜は摂氏四度だから。インド料理か」

「気のりしない？」

「インド料理はインドで食べるものだ」

「あなたにかかるとエスニック料理店は店じまいになっちゃうわね」

「そんなことない。興味はわかる。でも、今はローマにいるからローマ料理を食べよう。明日の夜は、僕のわがままのお詫《わ》びにインド料理店に連れていくよ」その提案に私は惹かれるが、それ以上に彼と二晩続けて過ごす考えに惹かれる。

彼が車を示して私にドアを開けてくれる。アーサーの車は人目を引くジープで、まぎれもない新車のにおいがして、七十年代のアメリカ音楽ばかりがかかっている。そして運転はモンテカルロのサーキット上にいるようだった。彼がマルチェッロ劇場の近くに駐車して車から出ると、私はジェットコースターから降りて来たばかりのように興奮している。

私たちは冷えた道を歩いて行く。目の前に壮大なヴィットーリオ・エマヌエーレ二世の記念堂がある。

「私、マルチェッロ劇場の廃墟にのっかったあの家みたいなのが何なのかまったくわからなかったの」私は小さい頃コロッセオと間違えていた劇場の、上部に立つ小ぶりの建物の窓を目で追って言う。

「中世にピエルレオーニの要塞に変えられ、そのあと十六世紀にある建築家が著名な一族の住居にしたんだ。でも建築家が誰かは尋ねないで、覚えてないから」

私が感心して見ても、彼は手をポケットに入れたまま直立不動だ。彼の息が冷気で小さな白い雲になる。

「アーサー、あなたは正確にはどこの出身なの?」

「僕の父がロンドンっ子なのは知っているよね。母は南アフリカ出身で、僕は高校卒業まで母とヨハネスブルグで暮らした」

「そのあとは?」

「ボローニャ大学で学部を終えて三年間パリにいて、それからローマで仕事を見つけた」

「どうしてローマだったの?」

「ローマほど情熱的な街は世界にないし、オファーのあった仕事がおもしろそうだと思ったから」

「過去形で話すのね」

「実際過ぎたことだ」

私たちのあいだにかすかな戸惑いが感じられる。戸惑いというより軽い胸の高鳴り——気の利いた知的な人を気取りたいが、そううまくいかないとわかっているから必死にならなければいけないときに感じるドキドキ感を。だが、彼の驚くほどきらきらした目とかち合うと、私は何か魔法みたいなことが起こっている気がする。

私たちはユダヤ人街まで来て、そこにある五十年代風で温かく心地よい雰囲気の、ローマらしい食堂に入る。

ウェーターが私たちを他の客と離れたテーブルに導き、気を利かせてろうそくの火をつけてくれた。にんにくの葉が壁をつたわせて飾られていて、私には何もかもがとても新鮮に思える。私をここに連れてくることにしたなんて本当に変わっている。

ほどなくして私たちはメニューをもらい、私はそれを吟味するふりをするが彼から目が離せない。彼のとびきり素敵な顔立ちから、意志を感じさせる顎から、女性のようなきれいな唇から、その色から天気のいい六月の昼間の青空を思い浮かべる物思いに沈んだ目つきから、目が離せない。

「君はこんな店は来ないよね。すぐわかったよ。だからここに連れて来た」

私は目を見開く。「大胆な手ね」私がコメントする。

「うん、新たな経験のために。ローマっ娘が知らないなんて逆説的だと思わないかい。ここではローマの空気が吸える。でも、こんな場所を知らない人にはタイ料理よりずっと異国情緒がある」

注文した料理がすぐに出てくる。それに美味しい。甘くて濃厚で脂っこい。祖母がまだ生きていて、私が両親とサクロファーノで週末を過ごしていた頃を思い出す味だ。夕食でご機嫌になり赤ワインで顔色がほのかに明るくなった私は、彼と一緒にいることで酔っているような感じがして、すべてが楽観的で情熱的な光のもとにあるように思える。

食後酒のアマーロを飲んだあと、私たちは店を出て、長いこと街を見て回る。ファブリチョ橋とティベリーナ島を渡ってトラステヴェレまで来る。私はだいぶ時間が経ったことにも気づかず、寒ささえ気に留めていないが、彼もそうだ。私たちは、軽業師と火吹き男を——明日は謝肉祭だ——、仮面をつけた女の子を、彼女らの笑った顔を、テヴェレ川に映るライトを見て楽しむ。

私が彼に直近の旅行について聞くと、彼がハイチとそれから夕ヒチ——冗談ではなく——について、それから他の旅行についても話してくれる。私は何時間でも彼の話を聞けそうな気がした。

ハイチについて彼がこう説明してくれる。「両親との休暇で大昔に行ったことがあったけど、彼らは喧嘩ばかりしてた。で、実際二人はその直後に離婚した」

「〈ボス〉が私生活でいろいろあったのは知ってる」

「昔も今も大した女たらしさ」

「奥さんが五回変わって、子どもが十人いるって、本当？」

アーサーがにっこりする。「おおげさだな。奥さんは三人だ。一人目は彼と同じイギリス人、もう一人は僕の母で南アフリカ人、で、三人目がイタリア人。一人目から四人、二人目から——僕だが——一人、三人目から一人の子どもがいる。現在は、四人目になるべくがんばっている三十代の女性と一緒にいる。そのうえ、彼は僕らの誰とも本当の関係はもたない」

「そのことであなたは大変？」

「いいや」彼はあっさり答える。

「とても強烈な性格の人ね」私がコメントする。

「そして、強烈な性格の人に違《たが》わず性格が悪い。」

「で、どうしてあなたたちはお互い行き来しないの？」

「どうしてかな」彼はためらいがちに答える。「彼はいつも子どもに割く時間がほとんどなかった。僕らは数が多くてあちこちに散らばっているから」

「大変だった？」

「いいや」彼は面倒くさそうに答える。「僕はとても自由にできて、男の子が望むすべてを与えられた」


アーサーは私とかけ離れているようだ。私たちは、平行していて、同じ宇宙に属していないと思えるほど離れた二つの世界の出だ。子ども向けのアニメさえ同じものを見ていない。母語だって違う。興味も、おそらく目標も違う。でも、私たちの間には魔法に似た何かが生まれようとしている。

車のラジオからクイーンの『輝ける七つの海』が聞こえてくる。真夜中に近く、夜の冷気が私の頬をちくちくさせ、手が自然とアーサーの手を求める。それを握る彼の手は温かくて、冬のあいだ男の人の手によくあるように少しかさついている。

私がアーサーに惹かれる気持ちを抑えられないのは、彼の男ぶりやコスモポリタン的な魅力やちょっと変わった人となりにどれだけよるものなのか、わからない。彼がいると私はしばしば考えがつかなくなり、感覚が狂って混乱する。本当に恋をしてしまいそうだ。

デ・アンドレイスの家

　翌日、ぼんやりと放心状態の私は仕事をあまりこなせないでいる。そのうえ、十二時頃研究室の電話が鳴り、電話を取ったアンブラが眉をひそめてわずかに敵意のこもった驚いた顔で私に告げる。「あなたによ」

　私はすかさず受話器をとる。

「アリーチェさん？　ビアンカ・ヴァレンティです」

「こんにちは」と、私はアンブラに見られているのを感じて、当たり障りのない口調で答える。

「いくつか質問をさせていただきたくて。個人的にお会いできないでしょうか。もちろんあなたのご都合がいいときに」

「ええ、もちろん。どこでお会いしましょう？」

「伯母のオルガが淋しがるものですから、現在彼女の家に引っ越しておりまして、できるだけ一人にしないようにしているのです。もしご迷惑でなければ、うちでホットチョコレートでも召し上がりませんか？」

　私は自分がまったく知らない人の家に出向く事実とそこで感じるであろう居心地の悪さを考えもせずに受ける。ジュリアの話に磁石のように惹きつけられ、そうせずにはもういられない。

　シルヴィアに異常なまでにすすめられて、あるハチャメチャな午後に買った、持っているなかで一番上等なクロエの服を着た私は、五時きっかりにハンガリー広場の九番地にある息をのむほど美しい建物の前にやって来た。インターホンにはデ・アンドレイス家を示すものが何もないので、ビアンカに朝教えてもらった携帯電話の番号にかける。

「ごめんなさい。インターホンに名前がないと伝えるのを忘れてしまって。すぐに扉を開けます。最上階にお上がりください」

エレベーターに乗ると、かなりゆっくり一番上の五階へと上がっていく。エレベーターを出ると、温室のようなよく茂った植物で飾られた踊り場に一つだけドアがある。私が金色の呼び鈴に手をかけようとしたとき、ビアンカ本人がドアを開け、私を最高の笑顔で迎えてくれる。

「図々しくお呼び立てしてしまって、お許しください」彼女が切り出す。

許さないなどありえないことを彼女が本当に気づいていないなんて信じがたい。彼女には、ジュリアがその容姿のいたるところから放っていたのと同じカリスマ性がある。それ以上かもしれない。

「とんでもない。とにかくお役に立てるのならうれしいです」

「どうぞお入りください。もしおいやでなければ友達言葉で話しませんか。私たちは同じ年頃のようだからそのほうがずっと自然だわ」

「ええ、喜んで」

ドアが閉まり、私はジュリアが育った家のなかにいる。落ち着かないような不思議な気持ちだ。

私はビアンカにコートを渡しながら玄関を観察する。壁はクリーム色と濃い緑色の細いストライプの壁紙で覆われ、マホガニー製のアンティークの家具は博物館にあってもおかしくない。夫と一緒のオルガ夫人の白黒の写真がある。結婚式の写真に休暇の写真、ポスト六十八年の時代の著名な政治家との写真。それからヤコポの、ジュリアの、そしてビアンカ・ヴァレンティのポートレートも。

「伯母のオルガは休んでいるの。今のところ、睡眠薬を使っているみたい。目を覚ますと泣いてばかりだから、できるだけ眠るほうがいいと思う」

「そうでしょうね」

「伯母はジュリアのことが大好きだった。ジュリアがソフィアと暮らすことにした去年まで、二人は一緒に暮らしていたわ。伯母が彼女を手離したがらなかったのにはいろいろ理由があったけれど、最後はみんな、彼女が責任感をもつのに役立つと考えたの。私が昔使っていた部屋に行きましょうか。いらして」彼女が私を先導していくが、アパートメントはとにかく広くて私は確実に迷ってしまいそうだ。でも、一番びっくりするのはその広さではなく――もちろんそれ自体印象的ではあるけれど――、アパートメントがとても暗いという事実だ。空が暗くなりつつあるのにビアンカは電気をつけない。この家の空気を吸うと、住み込みの使用人がいるにもかかわらず――制服を着たアジア人のお手伝いさんに出くわした――、少し澱《よど》んだにおいがして居心地が悪い。

ビアンカが彼女の部屋のドアを開ける。私が想像するおとぎ話の王女様の部屋のようだ。天蓋付きの大きなベッド、アンティークの化粧台、バロック様式の長い鏡、鍵のかかった長持ち、花がたくさん活けられた大きな花瓶。ビアンカはグッチーニの『出会い』を途中でやめて古いCDドライブの電源を切る。

「グッチーニが好きなの？」私は少し驚いて聞く。だとすればちょっぴり静かな好みだ。

「大好き」彼女がうなずいて答える。「あなたも？」

「私の青春の音楽なの。私の兄が聴いていて、彼は父を通してグッチーニを知ったのだけれど、私も感化されて好きになっちゃった」

ビアンカが共感を示して微笑む。「ジュリアも好きだったわ」

私は彼女の手首にジュリアの高価なブレスレットがはめられているのに気づく。「私物をたくさんここに残してあって、そのなかにこのＣＤなどもあるの。過去に立ち戻るとやさしさと同時に悲しみでいっぱいになる」

私は十九世紀風の上張りをした小ぶりの安楽椅子に座る。

「同じことがサクロファーノの両親の家に帰ると私にもよく起こるわ。相反する感情を覚えるの」

ビアンカがやさしく微笑んでうなずく。「何かいかが？　紅茶かホットチョコレートかコーヒーでも」

「お水を一杯だけお願い」

ビアンカは九十年代のものに違いないハート形をした電話をかけて、私に水を自分にブランデー入りの紅茶を持ってくるよう使用人に頼む。

このとき暗くなったかと思うと雷が轟《とどろ》いて、ふいに稲妻が何度か部屋を照らす。

「アリーチェ、あなたにあまり時間をとらせないようにするわ。あなたは私にこんなに親切にしてくれて……それを利用してはいけないもの」

「本当にだいじょうぶ。で、何かしら？」

ビアンカは深く息をつく。「ジュリアが麻薬を打った注射器に、あの晩彼女と一緒にいた人物のものと考えられる痕跡が見つかったと、カッリガリス警部が私たちに説明してくれたの。男性の痕跡に、女性の痕跡も。でも彼は、女性の痕跡はまったく重要ではないと言い添えて、汚染について説明してくれて……。私はこのことが何を意味するのかちゃんとわかった気がしないから、あなたの意見を聞きたいの」

私の明らかに困った目を前にしてビアンカが言い添える。

「警察の調査で、あの晩ヘロインを注射したときジュリアが一人でなかったことが証明された。死体が発見される前の時間に彼女のアパートメントから叫びに近い声が聞こえてきたと言う隣人もいる。でもそれが誰なのか見た者はいない。つまり、現在捜査官たちは、彼女といた者が逃げたと、この痕跡はその人物のものである可能性があると仮定している、ということ？」

「説明するわ。男性の痕跡は間違いなくあの晩彼女と一緒にいた男性のものよ。そうじゃなければ、ゴミ箱にそれ以外の痕跡がなかった状況下で、この未特定の男性のDNAが注射器についている説明がつかない。でもこのことは、女性のDNAの痕跡にはあてはまらない。なぜなら女性の痕跡は男性のより明らかにあやしいし不確かだから」

「男性の声だけでなく女性の声についても証言があるのだから、痕跡はどちらの性であってもいいんじゃないの？」ビアンカが急《せ》き立てる。

「ビアンカ、私は捜査班に属していないから、あなたに言えるのは法医学の専門的な決まりについての情報だけ」それに、反証が現れるまでは守秘義務があるためこの情報さえ言うべきではないの、と私は付け加えたい。でもビアンカはすでに多くの情報を知っているから、私がどんな守秘義務に反しているというのだろう？

「いずれにしろ、女性のDNAがあの晩いた何者かのものだとは言われていない。確かなのはこのDNAは鼻水と涙が染み込んだティッシュを捨てた人物のものであり、このティッシュが注射器のそばにあった。これが少なくとも今のところ私が知っているすべてよ」私は彼女に説明する。

ビアンカは数秒間考え込んだままだ。

「アリーチェ、もうひとつ質問があるの。ジュリアがアナフィラキシーショックで死んだことはカッリガリス警部が私たちに全部説明してくれたから知っているけれど、ジュリア自身がその注射器をゴミ箱に捨てる時間はあったのかしら？」

「即時性のアナフィラキシー反応でない場合、ジュリアには自分で注射器をゴミ箱に捨てる時間があったかもしれない。ええ、可能性はあるわ」

「ということは、誰もこの件に責任がないということ？」

「可能性は二つだと思う。死亡が即時であったために彼女といた男性は何もできず、後で注射器をゴミ箱に捨てた、もしくは、ジュリアが後になって具合が悪くなった場合で、彼女は注射器を捨てて一人で亡くなった」

「あなたは医者でしょう。医者としてどちらのほうがありうると思う？」

「カッリガリス警部はそのことに関してあなた方に何も言っていない？」私は慎重に尋ねる。

「パラセタモールがどのくらいの時間血液中にあったかを知るために、司法官がとても専門的な問題提議をいくつか捜査担当の法医学者にしたと彼は言ったわ。それ以外はっきりしたことは何も言わなかった。彼、実はあなたと同じ仮説を述べているのに、どちらがより可能性があるかについては慎重に言葉を控えているから、私はあなたに電話をしたの」

「言葉を控えるのは、可能性を推定するのがとても難しいから。統計的に言えば二つの仮説はどちらもありうるし、科学的にも同じことが言える。実際、パラセタモールの代謝を割り出すのは方向づけにはなるかもしれないけれど、血液中の物質は死後も変化し続けるから、短時間の幅での識別は難しいと思う。事件が起こった時間の流れを再構築できるとも思わない。とにかく、ジュリアは他にもショックを受けたことがあったのよね？　そのときはどうだった？」

「まったく覚えていない。とにかくカッリガリス警部は、私たちの情報に従ってジュリアの友達を全員一人ずつ、麻薬を使う可能性のある人を集中的に調査している。あの晩一緒にいたのに彼女を助けなかった可能性のある人すべてを。ありふれた事件に見えるかもしれないけれど油断はできないってカッリガリスは言ったわ」

まあ、私は優秀なカッリガリス警部と同意見だ。偶発的原因と殺意ある原因の境界は紙一重で、私自身今もどちらにつけばよいのかわからない。

私たちは引き続き事件について意見を交わす。ともするとビアンカはジュリアの思い出を話し出すから、私はジュリアを以前より知った気になるが、同時にそれは前にも増して偏ったイメージだ。ビアンカはジュリアのことを話さずにはいられないようだけれど、いろいろ考えればそれももっともだ。何はともあれジュリアがいなくなって本当にひとりぼっちだと感じると、ビアンカは私に言う。

「妹は私の最後の血縁者だった。もちろん伯母やヤコポやドリアーナや友達はすごく大切だし私の家族だけれど、でもジュリアは……別よ」ビアンカはこう言って深いため息を漏らす。

実際彼女はヴァレンティ一族のただ一人の生き残りだから、このことが彼女にある種の感慨をもたらしたとしてもおかしくはない。ビアンカは妹について話すことが彼女を今も生かす術《すべ》に違いないと思うしかないのだ。そう考えるのが人の常だ。彼女に任せてもっと長く話し続けることもできるが、もうすぐ八時で、私は長居しすぎたことに気づく。

「そうね」ビアンカが手首につけた黒いベルトのカルティエの時計を見て言う。「本当に遅くなってしまって。何てお礼を言えばいいかしら、アリーチェ。こんなに辛抱強く付き合ってくれて……」

実は私は生まれつき辛抱強くはないが、彼女が好きだから辛抱したところで別に大変じゃない。

玄関へ行くのにビアンカは私を摂政時代の小説の背景みたいな深紅色の壁の広間に先導する。そこには三人の人がいた。黒い服を着て白い革の安楽椅子に胸を張って腰かけ、髪を普段と変わりなく一本のほつれもないシニョンにまとめたデ・アンドレイス夫人。その息子ヤコポは肘を暖炉のマントルピースにもたせかけて立ち、うんざりした厳しい目で私を見る。以前私があやしいと感じた若い女性はデ・アンドレイス夫人のそばに座り、今日はピンク色のシャネル風のスーツを着ていてシックだが、そのために実際少なくとも十歳は老《ふ》けて見える。

三人とも私をかなり興味深そうに眺める。私がビアンカに助けを求めると、彼女は素早く他のみんなが知らないことを察して、伯母と従兄に、ジュリアの宝飾品を返してもらったとき世話になったお礼に私をお茶に招待したのだと説明する。

「ああ」オルガ・デ・アンドレイスが冷ややかに言う。そして、「あなたは家にいないのかと思っていたわ」と言い添えて、皺《しわ》が寄った額にいっそう皺を寄せる。間違いなく彼女はよい年の取り方をしていない。

「いたわ。思いつくままにおしゃべりをしていたの」ビアンカは嘘をつかずに答える。

「先生、息子のヤコポの婚約者ドリアーナ・フォルティスをもうご存知ですか？」オルガが私の方へ冷ややかな目を向けて聞く。

「ママ」息子がえらそうに割って入る。「ドリアーナはあの朝あそこにいたから、紹介はいらない」フォルティス嬢は完全に無表情だ。彼女は一応私に手を差し出すが、私のことを覚えていないかのようだ。

私がすすんで彼女の手をしっかり握ると、彼女が本能的に後ずさりする。

「ごめんなさい！」私はきょとんとして思わず言う。「痛かったですか？　強く握りすぎました」ドリアーナが首を横に振る。「たいしたことはありませんからご心配なさらないで」

ヤコポが彼らしいとは思えないやさしさで彼女に近寄る。「だいじょうぶ？」そして私の目を見て淡々と説明する。「ドリアーナは普段はとてもおとなしい彼女の飼犬に噛まれたんです」

「獣なんて信用できやしない」オルガが憤慨して意見を言う。「ドリアーナ、あなたは動物を信じすぎるわ。犬は犬であって、子どもじゃないの」

ドリアーナが視線を落として私に微笑む。「取るに足らない事故でした。犬に取られたスカーフを取り返そうとしたんです。どんな犬でもそうします。所有欲が強いですから」

「伯母様、ドリアーナの言うとおりよ。起こりうることよ」ビアンカがドリアーナの隣のソファに腰かけて話に加わる。

「ワクチンが接種されていたのならいいけれど。そうでなければ狂犬病になるわ」オルガがドリアーナを愚か者扱いしたように言葉を継ぐ。

「ママ、狂犬病はもうほとんどないよ」ヤコポが事実を述べる。

「どちらにしろドリアーナの犬に危険はないから安心して」ビアンカが付け加える。「ボイラーを飲み込んだようなずん胴のチンで、いつもケージの中で過ごして寝て食べるだけなの」

私はにっこりして、「傷を見てあげましょうか?」と、大胆になって尋ねる。そして、「専門は……違いますが、医者には違いありませんから」と、積極的な口調で言う。

「それには及びません、ありがとうございます」やさしく答えるドリアーナの口調は、きっぱりとしているのに失礼に響かない。

デ・アンドレイス夫人の安楽椅子の前のコーヒーテーブルに、とりわけ美しいジュリアの写真が数枚あるのに気づいた私は、そこから目をそらすことができない。オルガ・デ・アンドレイスがそれに気づいて、淋しそうに自慢する。

「私の姪はたいそう個性的な美人でした。そうお思いにならない?」

「ええ、そうですね。東洋の王女様のような美人です」

ヤコポとドリアーナは困ったように見合い、ビアンカは何か考え込むように首を傾ける。

「他の写真もご覧になりませんか?」デ・アンドレイス夫人が穏やかに続ける。

「実はお暇《いとま》しようとしていたところでして」私はただ礼儀としてつぶやく。本当は見たくないはずがない。

「たった数分のことですし、もしよければ……」オルガが続ける。

「そうなさったら、アリーチェ? 少しだけ」ビアンカが言う。

「喜んで」私は納得して答える。

「ねえビアンカ、私のアルバムを取ってきてちょうだい」

ビアンカは何も言わずに行く。オルガ・デ・アンドレイスはかさかさした関節炎の手をドリアーナの腕にのせる。「あなた、サラーニに電話して結婚式の新しい日にちを伝えたの?」

ドリアーナが唇をかむ。「いえ、忘れていました。今晩かけます」

オルガは私の方に向く。「ヤコポとドリアーナは先月結婚するはずで、ジュリアが介添え人の一人になるはずでした。もちろん、二人は結婚を延期することにしましたが」

「わかります」私は共感して言う。

ドリアーナはわずかに微笑を浮かべ、「私たち、もうれしくもなんともありません」と言う。

「本当に残念なことでしたね」

ドリアーナがうなずく。ビアンカがモロッコ革で装丁されたアルバムを携えて戻ってきて、伯母に渡す。

オルガは神聖なものを扱うようにそれを開いて、「ああ、ほら！　あの旅行もあったわね」と、アルバムをめくって言う。「ボストンでの写真です。ジュリアは東海岸を旅行するあいだ本当にうれしそうだった！　それからこれは、シンガポールのラッフルズ・ホテルで。あの年はソフィアも連れて行ったから彼女も一緒ね。お互い幼稚園からの知り合いでずっと一緒だったのに、近年はお互いとげとげしくしていた……。なぜだかわからないけれど」

ビアンカがため息をつき、「恋愛問題よ」と説明する。

「え、そうなの？」オルガが興味に突き動かされたように聞く。

ビアンカはうなずく。「ソフィアはある男の子に恋していたのだけど、彼は当然ジュリアに首ったけだった」

「当然」ドリアーナが繰り返す。彼女がそう言った口調を私は真似することはできないけれども。

オルガは辛そうに首を振り、「姪は本当にとらえどころのない女の子でした……」と言って、注意深くアルバムをめくり続ける。「見て、ヤコポ。この写真最高に素敵ね。あなたたちが彼女の誕生日会をしていたときのものね。ええっと、彼女は十七か十八だったかしら？」

「十七歳だった」ヤコポがすかさず答える。

懐かしさにあふれた目が彼を際立たせ、もはや別人のように見える。ゆっくりとアルバムのページをめくるたびに、彼はまるで初めて写真を見るかのようで、淡々と見ることができない。手は震えている。

「これは私のお気に入りの写真」デ・アンドレイス夫人が私に説明する。その写真はジュリアとビアンカとヤコポを海に面した屋敷で一緒に写し取っている。三人はアメリカのフィクションの俳優みたいに日焼けして無邪気で美しい。ビアンカはちょっと離れていて、ヤコポは心から笑っていて——私は彼が満面の笑みなのに気づく——、ジュリアはふざけてしかめっ面をしている。彼らのあいだに見て取れる仲間意識は驚くばかりだ。それは、一人一人の調和が世界の調和に合わさってすべてが微笑んでいる、あの尊い瞬間みたいだ。

ヤコポはその写真を見ておそらくその二度と帰らぬ遠い瞬間を思い出したのだろう、見るからに悲しそうになり、不安げで辛そうにそこから離れて安楽椅子に座る。ドリアーナがこれ以上ないほど理解を示して彼の手を握る。ビアンカは鼻をすすり、素早いがぎこちない手つきで涙を拭う。辛さと懐かしさの旋風が放たれたかのようだ。

アルバムの終わりまで来ると、すかさず私は暇ごいをする。

帰り際になると、みんなは私にとても愛想がいい。ビアンカは特に感じがいいので、私はすっかり彼女に、今では遠く思われるあの午後私がジュリアに惹かれたように、惹かれてしまったことを認めなければならない。

二回目のデート

今晩、私とアーサーはインド料理店で再び会う。彼は仕事のために二十四時間の期限は守れなかったが、四十八時間以内に約束を果たしてくれた。

店は混んでいて、狭くごちゃごちゃした場所に特有の空気は煙たくてタンドーリチキンのにおいがする。

ウエーターがメニューを持って来ても、私は気もそぞろだ。「うん、これでいい」私はそう言ってメニューを指し、あえて名前さえ口にしない。実は食欲がないのだ。アーサーのことで胸がいっぱいで食べ物のことを考えられない。

「本当に？　とても強烈だよ」私が選んだものをちらっと見て、彼が警告する。

「あ、うん」私は適当に答える。これらの料理は私にはいずれも同じに思えるから、ウエーターに任せるのがいい。私たちが注文したものは時間がかかり、私はもうコカ・コーラゼロを飲み終えてしまった。でもそんなことはどうでもいい。私はアーサーと一緒なのだ！　彼が今何かについて話していても、私にはよくわからない……バラコかバマコに関することなのだが、いずれにしろ私はそれがどこにあるのかわからない。

ウエーターが私たちの料理を持って戻ってきた。私の料理は燃えるような赤いソースの小さな肉団子にバスマティ米の付け合わせで、とても美味しそうだ。私はなおもオースティンを彷彿させるヒロインのようにうっとりとしてアーサーの話を聞きながら、スプーンをとって味わおうとする。

「アリーチェ、だいじょうぶ？」

だいじょうぶじゃない！　私は放射性廃棄物のようなものをやっとのことで水みたいに飲み込んだ。

とっさにワインをとり――テーブルには他のものがない――一杯ついで一気に飲み干すと、状況はいっそう悪くなり、激しく咳き込んでしまう。料理のなかに見つけた小さな蜘蛛を見るように私から目を離すことなく、アーサーはウエーターに合図して、落ち着いた口調で冷たい水を頼む。激しい咳を抑えられないまま、私は自分の口から彼の手の上へ飛び出した何か――なんと米粒だ――を、彼が紳士らしくナプキンで拭うのを見て、激しい恐怖に襲われる。「アリーチェ？」皿を脇によけて彼が再び私の名を呼ぶ。私が答えることさえできないでいると、彼は立ち上がって私のほうに来る。そうこうするうちに私の騒ぎがハンサムなウエーターの注意を引いた。

「どうされましたか……真っ青です！」ウエーターが叫ぶ。

徐々に咳が落ち着き始めると、アーサーが私の涙を指で拭ってくれる。「だいじょうぶ？」すべてが過ぎてしまうと、一ミリも離れない彼が、心配しているというよりおもしろがっているように見える。

「ごめ、んなさい、ちょっと、待って」私は苦しみながらも何とかそう言い、ウエーターに伴われて洗面所に行く。

鏡を見たとたん失神しそうになる。マスカラがとれてすっかり滲《にじ》み、目が腫《は》れ、顔は青ざめている。道化師と化すまではとても素敵だった青いセーターに米粒が付いている。テーブルに戻ると、アーサーは料理に手をつけずになおもメニューを吟味している。

「どう？」彼がまじめに興味を示して聞く。

「もうだいじょうぶ」私はめいっぱい笑顔を浮かべる。信じてもらえるとよいけれど。彼がそれにやさしく応える。「辛すぎちゃった」私が言い添えると、彼は眉をしかめて紳士然として、私にあらかじめ忠告したことなどおくびにも出さない。

「君が代わりに食べられるものを探していたところ」

「ありがとう。でもこのままでいいわ」私は勇ましく付け加える。

彼はからかうように笑って、ウエーターにメニューの一品を指した。「パプリカもとうがらしもカレーも入れないで下さい」ウエーターが注文のメモを取りながらうなずく。

私は少しぼーっとして、澱《よど》んだ空気に頭がふらふらする。

そうこうするうちにウエーターはアーサーが私に選んでくれた料理を持って戻ってきた。

「今度はだいじょうぶ？」彼は私が味わうのをじっと見てから聞く。

「とっても美味しい。インドには行ったことがあるの？」

アーサーの目が懐かしさであふれる。「あれは僕の初めてのルポルタージュだった。当時はまだ駆け出しだったけど、あれは僕が書いた最上の記事だ。息をのむような仕事だった。インドじゅうを列車であちこち二カ月間回るという、滅多にないような任務だった。たった一人ノートとカメラを携えて。まさに魔法みたいだった。すごく大変だったけど、明日もう一度やってもいいよ」

「記事を読みたいな」

「読ませてあげられるよ。最初は書けたんだ。すごく情熱があったということだろう。今は少し飽きている」

「あなたのよさが発揮できない場所に行っているのかもね」

彼が驚いて私を見つめる。「そのとおり。もし刺激的な場所について書くのなら、たぶん以前のように書けるようになる」

「どんな場所に行きたい?」

「例えば……ウガンダとかイラクとか、ボリビア」彼は少し考えて答える。

「でも見るほどのところじゃないわ」私はもごもご反論する。

「ヴァカンスに行く人がいないからこそ興味を惹かれる」

「仕事にまったく情熱がないようね」

彼がアングロサクソンの魅力的な抑揚で咳払いをする。「そうじゃない。最初は仕事に本当に満足していた。パリから戻ったばかりでまだ二十八歳で、この分野での経験もほとんどなかったから大変だった。でも実際は表面的な仕事なんだ。少なくとも僕にとっては。レストランや公園や博物館を訪ねるだけじゃもの足りなくて、新しい何かを見つけたい。観光客になるのではなくて旅がしたい。観光客と旅人は大違いだ」アーサーは微笑みながら髪をかき分ける。笑うと顔がくつろいでいっそう素敵だ。

「うん、あなたの言わんとすることはわかった。じゃあ、そうしてみれば」

それから彼はワインをすすり、彼の注意を引いたと思われるクリシュナ像の象嵌《ぞうがん》細工に何となく気を散らせて屈託なく私に聞く。「不思議の国のアリスさん、君は暇なとき何をしたい？」

暇なとき？　あなたのお父さんのおかげで私はそれが何なのか忘れてしまった。「読書が好きだけど、思うようにできないの。研究所の仕事がとても大変で」

「率直に言っていい？」彼は眉をひそめ私の目をじっと見つめて聞く。「君は死体と格闘しているようには見えないな。ソフィー・マルソーに似ていると言われたことはない？」

「何度かあるわ」私は自分が赤面するのを感じながら答える。「本当はとてもおもしろい仕事なの」そんな仕事の場で成果を上げられないのが逃れがたい現実なのだ。

「ずっと法医学の仕事をしたかったの？」

「法医学の医師をするのではなくて、私は法医学の医師なの。さっきの観光客と旅行者の話にちょっと似ているけれど、両者は大違い」

アーサーが笑みを浮かべ、濃い眉を弓なりにさせて私に応じる。

「子どもの頃からの夢というわけではなくて、大学のはじめの頃に惹かれてこの道を選んだの」

「満足してる？」

「あなたのお父様はあまり満足されていないわ」私が苦笑いをしながら漏らす。

「父は足りるということがない人だから当てにならない。だから僕は君が満足しているかどうか聞いた」と、彼は説明する。

「選んだことに？　この仕事は私の人生そのものよ」私はあっさり答える。

「他のことをしたいと思うことはない?」

「他のことなんてできっこないわ」

アーサーがワイングラスを優雅に持ち上げる。「じゃあ、法医学の未来に乾杯しよう」

「私からは、社会に貢献するジャーナリズムの未来に乾杯」

アーサーが微笑んで、私たちは乾杯する。指がわずかに触れて、私は幸せを感じる。

＊＊＊

食事を終えた私たちは彼の車のほうへと歩いて行く。

「あなたは一人暮らし?」

彼はうなずいて、「システィーナ通りだ。僕の家を見る?」と、無邪気に提案する。

落ち着け! 「ちょっと急ね」

「ああ、そうだね」彼は屈託なく答える。「他にしたいことある?」

「昨日みたいに街を見て回るのはどうかしら」彼がうなずく。

「旅行していないときは何をしているの?」

「自分のコラムの記事の準備をして、他にもいろんなジャンルの記事を書いて上司に出している。没にされてばかりだけど。それから副職もしている」

私は彼を興味津々で見る。「どんな?」

「半分趣味で小さな出版社のあらゆるジャンルの本をフランス語から英語に訳しているんだ」

「そんなにうまくフランス語をしゃべれるの?」

「パリに三年住んでいた」彼が私に説明する。確かどこかにそう書いてあった覚えがある。

「あなたは引き出しがいっぱいあるのね」私はうっとりして感想を述べる。「次の旅行はどこ?」

「クレタ島だ。二日後に出発する」

「腰を落ち着けられないって感じることはない? つまり、始終旅に出ているとちょっと変化が多すぎると感じない?」明るい色の豊かな眉の下で、アーサーの目が、私がした質問を予測していたかのように、愉快そうな表情を見せる。

「いいや。二カ月以上同じ場所に留まっていると死にそうに感じる。家に帰ったとたん、また出たくなる。世界をどこまでも知りたいわけだが、不安定の一形態でもあるのかもしれない。僕は根本的に落ち着きがない」

「人間関係で苦労することはない?」

「はっきり言っていいよ。僕が女性とうまくいかないんじゃないかって気になるんだろう?」

「ええ、それも……」

「わかった。答えはイエスだ。難しくもある。でも人間関係がうまくいくかどうかは単に熱意や本気の問題であって、僕と深く関わった人は女性も男性も今までいないかもしれない」

「どうして?」

彼は答えをじっくり考えようとするかのように少し黙っている。そうこうしているうちに、なじみのある建物に気付くと、私の家まで来ていた。

彼はネイビーブルーのパンツのポケットからマルボロ・ライトを出して一本くわえ、私にも一本差し出し、「理由はいろいろある」と言って煙草に火をつけ、会話を曲解されるのがありがたくないとでもいうようにそわそわとあたりを見渡す。

「例えば？」

「僕はいないことが多いから、大体において不利だ。それ以外にも、僕はわりと気まぐれで、これは普通はいいこととされていない。でもだいじょうぶだよ。だからと言って僕は怪物じゃないから」彼はわずかに顔のバランスを崩して微笑む。「僕は自分ができることだけを約束する。僕の人となりは見てのとおりで、それを受け入れるかどうかは人の自由に委ねる」

アーサーは長い指を私の顔に近づけて、火照《ほて》った頬に軽く触れる。私たちはどきりとするようなまなざしで見つめ合う。

「君の肌は僕が触れたなかで一番なめらかだ」彼がささやく。

私は唇を舐《な》める。「ありがとう」私は初心《うぶ》な女の子みたいにもじもじして答えて、完璧に剃《そ》られた彼の頬に触れる。「あなたも」

彼が顔をほころばせて微笑むと、私は身震いがする。

しかし彼はとても毅然としていて、感情で顔を曇らせることはない。人からじろじろ見られても気にしない度量があって、私が好きなだけ彼を見つめても彼は下を向いたりしない。

「あさって出発するのね」私は一人で考えているようにつぶやく。

「でもすぐ戻る」彼はほとんどささやきのように答える。

「お土産を持ってきてくれる？」アーサーが灰色のとても濃い眉を弓なりにする。睫毛《まつげ》がものすごく長い。私のもこんなだったらいいのに。

「お土産か、そうだね。何がいい？」

私は思案顔をする。「わからない。何か特別なものを」

「了解」

私は最後に時計を見て、彼に挨拶して残念そうに車を降りようとする。私がドアを開けたとたん、アーサーが私の手首をつかんで私を見つめる。

「お休みのキスをしてもいい？」

私がうなずき思わず彼に近づくと、彼ならではの自然なにおいがする。

彼は私の顔を手で挟み、最後に私の唇に彼の唇を軽く重ねる。彼らしい軽やかさで触れただけなのに電流が走ったかのようで、やがて彼の繊細さは強引さへと変わっていく。

なんて素敵なの。

こんなに素敵な味わいは初めてだ。

何もかもがかき消えていくように思われる。

私は最初の頃からそうしたかったとおりに彼の髪に触れる。

「ぜったい早く帰ってね」

彼は私に微笑み、額にキスする。

「やわらかだ」彼はそれに驚いたかのように呟く。

ユキノは起きていて、机の上に背を丸めて勉強しながらラフマニーノフを聴いていた。

「ユキノ！　こんな時間にまだ勉強しているの？」私は彼女に尋ねる。疲れ切っているようで顔色が悪く、長いあいだ新鮮な空気を吸っていない人みたいだ。

彼女はフルーツジュースを飲み、ステレオを消して大儀そうにうなずくと、「すごく疲れた」と、素直に認める。そして、「今晩どうだった？」と、ピンク色の回転する肘掛椅子の上で手足を伸ばして聞く。

「うまくいったと思う」

「彼のこと、好き？」

「恋してしまいそう。あなたも彼が好きになるって。彼は一見したところ明晰《めいせき》で輝かんばかりなんだけど、よく見ると不安げな雰囲気もあって……。何か底知れないものがある。物事を見極めたいと思っているような何かが。それに、現実をもっと素敵にするような見方をするの」

ユキノが微笑む。「本の登場人物みたい」

「そのとおりで、わかりやすく言うと、彼は『ハイカラさんが通る』の忍みたい。少なくとも私にはそう見える。もしかするとよくあるタイプかもしれない」

「忍は素敵よね」ユキノは夢見るようにつぶやき、疲れのせいであくびをする。

「寝ようか？」私は彼女に提案する。「勉強を続けるには疲れすぎているから、続けても無駄よ」

「そうね。本当に眠い。アリーチェ、おやすみ」

思いと言葉

　数日後、研究所に着くと、私はすぐに空気がピリピリしているのに気づいた。何か重要なことが起こっているときに感じるあの不思議な興奮だ。

「ラーラ、何か私が知らないことでもある？」私は聞く。彼女は赤いぼさぼさの髪を三つ編みにしながら詳しく答えてくれる。

「クラウディオが話したと思っていた。今日は事件に関与しているジュリア・ヴァレンティの友人数人が召集されていて、クラウディオが遺伝学と毒物学両方の採血を行うの」

「聞いてないわけじゃないけど」実のところ、優等生のクラウディオが私に知らせていなかったことにはかなり合点がいく。彼のとりまきの女性たちの輪からはずれたとは、なんてついてないんだろう。とにかく、今日の展開を逃すべきでないことは確かだ。カッリガリスが会議室でアンチェスキとコーヒーを飲んでいるのを私は見てしまったのだからなおさらだ。二人は喜劇役者コンビのローレルとハーディみたいだった。つまり、とりわけおもしろい展開が繰り広げられるということだ。

　クラウディオのドアをノックして入室許可を得ると、私はにっこり微笑む。

「今日ジュリアの友人の検査に参加してもいいか聞きたくて」私は少し前までと変わらない自然な口調で言う。

「しないほうがいい」彼はＭａｃのモニターから目もあげず、私の微笑に応えもせず冷たく答える。

「どうして?」私は驚きと苛立《いらだ》ち混じりに尋ねる。

「君はこの件に関与しすぎたから、僕が関わることについては関わらないでいてもらいたい」彼はキーボードを猛烈な勢いでたたき続けながら答える。

「不公平だわ」

「わからないかな、それが君を教育する方法だ」彼はなおも私を見ようともせず傲慢に説明する。

「それは私を罰する方法だわ」

クラウディオはようやく視線をあげるが、私に向ける視線には冷酷と皮肉が入り混じっている。

「アレーヴィ、自分を何様だと思ってるんだ。以前――あのときも緊急事態だったとはいえ――君を叱ったことがあったのは認めるが、僕には君を罰するより他にすることがあるんだ。でも君を教育するのは僕の義務だ。僕が君の上司であることを、決して忘れるな」

「なんにせよおおげさね。この検査に私を立ち合わせたところで私に悪影響を及ぼすわけじゃないのに」

「誰に助手をしてもらうかはもう決めてある」

「アンブラに決まっているわ」私は皮肉を込めてぶちまける。

彼は私をえらそうに見て、ピリピリした数秒間の沈黙のあと、「そのとおり」と認める。

「アンブラが私より有能だって本当に思っているの?」ついに私は辛くなって聞く。

「ああ」と、彼はそれを認めることが、自分に疑問でも大儀でもないというようにきっぱりと端的に答える。

　私は少しして、「あなたは私の一番の弱点を執拗《しつよう》に傷つけるのね」と、下を向いて彼の研究室を出ようとしながら述べる。これ以上いやだ。

「君を傷つけるつもりはない。君が学んでくれるといいが。自分より優秀な人は必ずいて、僕らは他でもないそんな競争相手といることで進歩する。だが君はいつもそうだが現実に向かい合うのを拒《こば》み、その結果がこれだ」

　私は彼にまともには立ち向かわないと決めて首を振る。

「今日検査に参加するから」私はきっぱり言う。

「アレーヴィ、僕がらみのことには関わらないでくれ。それからこれも言っておく。君の状況について僕の意見を求められるようなことがあっても、賛辞は期待しないでくれ」

　彼は特に考えもなくただ単にそう言っただけなのかもしれない。でも私は彼のことを知っている。彼がいらいらしているときは遠巻きにするほうがいい。どちらにしろ私は辛いのだ。彼を見て、私は暗い気持ちで首を振る。

＊＊＊

　そんな状況で仕事をするのは惨《みじ》めだ。私は数えきれないほど妥協をしてきたが、今は彼とのそんな関係も修復不可能に思われる。何より悔やまれるのは、彼が女性由来の痕跡に何の価値も認めておらず、それが司法官に提供した評価に反映されているはずだというのに、なぜ女性の痕跡についても検査をするのかを彼に尋ねなかったことだ。

幸い私にも打つ手がある。彼のお荷物にならなくても、検査に立ち合う方法はある。その方法はうまくいったことがあるから、今回もうまくいくだろう。

「アンチェスキ先生、今よろしいですか？」私は研究室をノックして聞く。

世間の役に立つためだけに研究所で働いているような雰囲気を常にたたえている彼が、世俗的なことに対して装ういつもの距離をとって私を迎える。

「どうぞ」

「本日、ヴァレンティの件のいくつかの捜査について、遺伝学と毒物学の血液検査が行われますよね」

「それはコンフォルティ先生のご担当です」

「先生はいらっしゃいますか？」

「私が居合わせるにはおよびません。でもあなたがよくご存知のカッリガリス警部はいらっしゃいます。彼はあなたの粘り強さに感心していましたよ」

「そうですか」私は複雑な事情を汲み取ったうえで、「アンチェスキ先生、私は今日ぜひ出席したいのです」と、弱気を追いやって言う。

「何が問題ですか？　コンフォルティ先生に頼みなさい」彼は組んだ手をお腹にあてて答える。

「今コンフォルティ先生とうまくいっていないのです。仕事がらみのことで衝突してしまいまして、彼は私に関して公平ではありません」

アンチェスキは驚く様子もない。「だいじょうぶです。彼はあなたが参加するのを拒むことはできません」

「できます」私は応戦する。**すでに拒まれたのだ！**

アンチェスキは確固としているものの何となくうれしそうな表情を浮かべて、電話の受話器を取って番号を押す。「クラウディオ、アンチェスキだ。言っておくが、今日研修医を全員出席させるように。被験者は四人だね。採血と検査をできるだけ若い者にさせれば研修医が経験を積める。研修期間の契約にそう謳《うた》われているだろ」

彼のとりなしにお礼を言うとき、私の目は小さなハート形になっている。

「あなたのためにしたのではありません。やはり皆さんが何でもできるようになるべきですから」彼は研修医の学年にふさわしい任務に言及しつつ続ける。「あなた方の年齢で、私はもう検死や身元検査をすべて一人でできました。身につける方法は他でもなく教えを受けながら訓練をして実地で見ることです」

「一つお聞きしてもよろしいですか？」

彼は仏陀のように愛想よく平然と穏やかにうなずく。

「女性の採血も必要なのはなぜですか？　コンフォルティ先生は女性由来の痕跡が汚染によるものだと確信していましたが」

「あなたは最新の展開をご存じないのですね。まず、コンフォルティ先生は、事件の流れを決定するために注射器のシリンダーに見つかった男性のＤＮＡと精液から抽出したＤＮＡの比較検査を行いました。その結果、両者は一致しませんでした。これは、ヴァレンティが恋人と会った直後におそらく他の男性と麻薬をやったということになり、重要な要素です。この二人の男性は誰なのでしょう？　次に、コンフォルティ先生は、司法官にもっと可能性の高い結論を表明しました。彼によれば、確かに男性のDNAのほうが疑わしいものの、女性のDNAも、おそらく汚染によるものとはいえ、あの晩居合わせた何者かのものかもしれないということを除外できないそうです」

　それはまさに私が考えていたことで、実際小さな勝利のような甘い味がする。このことのお陰で、クラウディオの傲慢ぶりは私にずっと耐えやすいものになるだろう。

　私はこんな勝ち誇った気持ちで研究所を歩いて行く。

　一石二鳥となった。つまり私は目的を果たし、アンブラから主役を奪ったのだ。とはいえ、私には漠然とした悲しみを抱えているこの状況で喜ぶ勇気はない。

　こうしたすべてが過ぎ去る日が来るだろう。その日が来れば、私は自分の権利とされていることを手に入れるのに上司にぺこぺこする必要はもはやなくなる。鑑定書の最後に私の名前が載るときがやって来る。どんな代償を払うか、どれほど到達するのに大変か、どれほど侮辱に耐えなければならないかは、たいしたことじゃない。私はクラウディオ・コンフォルティみたいなやつに、金輪際頼らない。

そういうわけで、ラッキーなことに今日は私も新聞に名前が載る人たちに加わることになった。ソフィア・モランディーニ・デ・クレス。実はあの晩現場検証で、彼女が検察庁に連行される直前、私は彼女に会っていた。彼女はフランス系イタリア人の古い貴族の家の出だ。祖先には大学教師や裁判所長官や公証人がいる。しかし、ローマを代表する由緒正しい上流階級の出であるにもかかわらず、彼女は尊大に見えなかった。ブロンドに染めた髪は肩すれすれの長さで、目はただならぬほど輝いていていて、全体として何か特別な感じを醸し出している。顎《あご》は引っ込んでいて鼻は尖っている。輪郭は丸みがあり、爪は噛まれてひどく短い。物腰は常に好きなようにやってきた人のそれだが、動揺して深く悲しんでいるのがとてもよくわかるし、何より怖がっているように見える。彼女を疲労困憊《こんぱい》させているのがここの厳格な雰囲気なのか、あるいは疑われていると考えてのことなのかはわからない。歩き方がおぼつかなく、全体的に顔つきがぼんやりとしているように見える。総体的に弱々しい。

クラウディオがアンブラに彼女の採血をするよう命じ、アンブラが彼女を落ち着けようとするがうまくいかない。

ダミアーノ・サルヴァーティ。いやになるほどスノッブで尊大で、あまり背は高くなく、褐色の髪は短く切られている。唇は薄く、歯は喫煙とコーヒーでほんのり汚れていて、肌はオリーヴ色がかった褐色。動揺しているふうはなく、この苦痛を終わらせることだけを考えているようだ。クラウディオはマッシミリアーノに検査をさせることに決めたが、検査をするのはとても難しそうだ。結局クラウディオはサルヴァーティを力ずくで離れたところに連れて行き、自分で採血した。

アビゲイル・バットン。少しオレンジがかった琥珀《こはく》色の髪は縮れていて量が多く、目は淡青色。背がとても高く動きがだらりとしている彼女は、まるでパーティーに来ているかのようにみんなに微笑む。丁重に水を一杯頼むと、上品に着こなしている緑のタートル・ネックのセーターの袖をまくって、クラウディオから採血とその後の検査を任されたラーラに腕を差し出す。

そして私の実験台だ。ガブリエーレ・クレシェンティ。目に抱えきれないほどの悲しみを重々しく湛えている。彼から私が受ける正確な印象は、おびえていると定義できるものとは異なる。何より彼は観念しているようだ。色黒の大柄でハンサムな若者で壮健な感じだが、総体的には人好きがする。タルカム・パウダーの制汗剤の香りがする。

「こんにちは」私はできるだけプロに徹した口調で切り出す。

「どうも」彼が澄んだ抑揚のないとても深い声音《こわね》で答える。褐色の髪をかきあげると広い額が現れる。彼の強みは目力だ。見たこともないような見事なこげ茶色の瞳で、熊の目みたいに強烈で深みがある。

「腕を出してください」私は愛想よく微笑んで彼を促す。

彼はすぐに従う。前腕は力強く、褐色の濃い毛に覆われている。動くたびに彼の男っぽさがのぞく。私は針とアルコールを染み込ませた綿を手にして、止血用のひもで腕を縛り、こぶしを握るように言う。

「痛くなければいいのですが」私は始める前、何となく戸惑って言う。

「何も感じないと保証しますよ。二月十二日以来、僕は何も感じません」

私は冷静でなければならない。中立を保ち、距離を取らなければならない。

海水中に水を一滴たらすような何でもない表情を見せるべきなのに、私はそれがうまくできない。

「あなたは……ジュリアが好きだったのですか？」

その言葉が心に響いて、驚いた彼が目を上げる。

「彼女が好きだったかって？」彼は麻痺したように繰り返す。「恋愛以上でしたから、今僕は空っぽになってしまった。僕がここで検査を受けているのは、僕が彼女と麻薬をやっていたはずだとまじめに考えている人がいるからです。僕がですよ。僕はあの代物をどれほど憎んだか。彼女に何度やめろと言ったか。何度もです」

「彼女とつきあっていたのですか？」私は小声で言う。

「いいえ」彼はあっさり答える。他に付け加えたくないようだが、すぐに我慢できずに詳しく言う。

「僕が望まなかったのじゃなくて、彼女がそうできなかった」

実のところ私には彼らが釣り合いのとれたカップルだとは思えないが、それは言わずにおく。

「この苦痛を終えてしまいましょう。先生、早くお願いします」

クラウディオが通りかかって、遅れていることに気づく。「アレーヴィ、取りかかれ」彼は時計の文字盤を人差し指でとんとんとたたきながら、声をひそめて言う。私はそそくさとうなずいて採血にかかる。

「ジュリアが一人でできるはずはない」ガブリエーレが独り言みたいに呟《つぶや》く。「あんな怖がりだったんだから無理だと思う。そうでしょう？」

「私なら一人ではできないでしょうね。でも彼女はできるようになっていたのかもしれませんよ」

「最近やめたと言っていましたが、いつもの嘘です」

「嘘じゃなかったかもしれません。もしかすると本当にやめようとしていたのかもしれません。簡単なことではありませんが」

ガブリエーレがため息をつく。「わかりません。でもジュリアが麻薬なしでいられなかったことだけは確かです」

私は彼の腕を消毒する。白い綿が彼のどす黒い血を吸う。私が彼にする仕事は終わった。

＊＊＊

翌朝クラウディオはすぐに検査を開始させる。すごく意地悪な意図が見え見えだ。彼は一日ですべてを終えたいのだ。

とはいえ、私は検査結果が知りたくて仕方ないから一日中働くのはそれほど大変に思われないと認めよう。

「では、可愛らしくて賑やかな女子研修医のみなさん、仕事にとりかかろう」クラウディオがついに号令を出す。

「どうしていつも女性の同僚だけに話すんだい？　僕らもいるんだぜ」腸内細菌みたいな素晴らしい働きをする研修医のマッシミリアーノ・ベンニが、一年目の新顔の代表としても発言して存在感を示す。

「ベンニ、君はそれがなぜかまで僕に聞かなきゃならないのか？　君の女性の同僚のほうがずっと興味深いからだ」

「クラウディオ、遠心分離機が発動しないの」アンブラが彼に知らせる。

「くそっ。ナルデッリ、君のせいだ」

「私がなぜ出てくるんですか？」

「何かうまくいかないときには必ず君が関わっている」

のどかで陽気な雰囲気のなかに笑いが起こるが、私は自分が完全に部外者のように思える。私は一生懸命仕事に取りかかり、みんなの前で私の誤りを叱責しようと待ち受けるクラウディオと、私の検査対象に据えられた彼の目を無視しようとする。

「アレーヴィ、手袋をはめないとガブリエーレ・クレシェンティのDNAと一緒に君のも検出されるぞ」いつもの注意散漫が彼に私を批判するきっかけを与えてしまい、すかさず叱責を受ける。

昼食にと許されたほんの短い休憩を除き、私たちは夕方まで仕事をする。窓越しに見る空が夕暮れ色になってきた。しかしクラウディオは結果が出るまで私たちを解放するつもりはない。実際はそうではないのに、主義として自分を疲れを知らない天才に見せようという純粋な目的があるアンブラは、疲れたそぶりを見せようとせず、一日の始まりの蟻のようにものすごく活動的で、助言と激励に夢中になっている。私がガブリエーレの痕跡の検査結果を得たのは遅くなってからだ。結局、それほど驚くような結果ではなかった。

男性のプロファイルはどちらもガブリエーレのものではなかった。意味深な言葉にもかかわらず、あの注射器を手にしたのも、ジュリアの最後の相手も、彼ではなかったのだ。

＊＊＊

「検査結果にはなんの驚きもないわ」地下鉄の駅までの道のりを一緒に行きながら私はラーラに言う。「ガブリエーレはジュリアと単なる友情以上のものがあったというようなことを言ったけれど、実は彼女のタイプじゃなかったのね」

ラーラはいつもの困惑した顔つきで私を見るが、その表情は決して困惑しているようには見えない。

「婦人科でみつかったＤＮＡは誰のなんだろう。ガブリエーレ・クレシェンティのでないとすれば、誰が彼女の恋人だったの？」

「彼女には恋人はいなかったのかもしれない」ラーラが異議を唱える。

「恋人、愛人、友人……。要するに、彼女は亡くなる直前、誰と関係をもったの？　例えば電話の記録を通してでさえ、この人物が割り出されないのはどういうわけ？」

「アリーチェ、すごく重要なのはこのことじゃなくて……」ラーラが恐る恐る反論する。「とにかく、注射器のＤＮＡは膣のとは一致していない。すなわち、一人は友人でもう一人は愛人だということ。だから私は、この件ではヴァレンティの私生活について情報を得ても仕方ないと思う」

「たぶんそのとおりね」

「もし誰なのかが判明したとしても、彼女が亡くなる前に誰と寝たかは、ほとんどあるいはまったく影響がない。この案件は決して解明されないわ。今にわかる。それにたぶん、結局、解明すべきことなど何もないのよ。推定犯罪を疑ってその周りをぐるぐる回っているうちに、まったく別のものが出てきたりして」

ヴィッラ・パンフィーリのビストロでのいわくつきの夕食

帰宅直後、ビアンカ・ヴァレンティから電話がかかってきた。

いつも通り礼儀正しいが、前より少し打ち解けている。

「私はあなたの悪夢になっちゃったわね」彼女が冗談めかした口調で言う。

私は失礼にならないように否定して、何の役に立てるかと尋ねる。

「後ほど会えないかしら？　よければ夕食にでも」

検査結果の情報が知りたくて私と話したがっているに違いない。この数日結果を早く出そうとみんなで必死に働いたから私は疲れ切っているが、いつのまにか彼女の誘いを受けてしまっている。

彼女が約束場所に指定したのはヴィッラ・パンフィーリ内のビストロで、その店はプロヴァンス風の雰囲気を最高にうまく作り出している。

ビアンカは非常に時間厳守で、すでにテーブルについてモーパッサンの本を読みふけっていた。

彼女が立ち上がって私に手を差し出す。五十年代風の灰色のカシミアの薄手のセーターの下に、首もとをリボン結びにした茄子紺色の絹のブラウスを着ている。暗い色の髪は低い位置で一つにまとめられ、化粧はとても洗練されていてほとんど素顔かと思うくらいだ。

「アリーチェ、疲れているようね。ごめんなさい、この話に巻き込んであなたに面倒なことをさせて……」

並はずれて低い声は間違いなく彼女の最大の魅力で、そのあと交わした目つきとともに忘れられない。

「ご心配なく。実は自分のこととしてもうかなり関わっている感じなの。ジュリアを知っていたからだと思う」私はこう言ってバッグをストゥールの上に置きながら、彼女の品《ひん》の半分でもあるといいのにと思いつつ彼女に微笑む。

「カッリガリス警部とはなんだか話しにくくて。親切そうなのだけれど、情報を漏らすまいとされているのでしょう、決して私の質問に詳しく答えられないの」

「それは私にも期待しないで」私はヴィトンのカタログから抜け出したかと思われるほど彼女をとても優雅にしている細部をうっとり眺めて、うわの空で答える。

「検査を行っているのだから、あなたほどよく知っている人はいないわ」

私たちはたいした興味もなしにメニューを読む。いずれにしろ夕食は単に口実なのだ。

「このお店が大好きで」彼女がコメントする。「私が働いている出版社がこの近くにあるから以前来たことがあるの。ここのニース風サラダは絶品よ」

「じゃあ、サラダにしましょう。出版社で働いているのね」私はメニューを脇に置いて言う。

「ええ、編集者なの、去年から。ニューヨークで勉強したあとイタリアに戻ると決めて履歴書を送り始めたの。ちょうどいいポストを見つけるのは簡単ではなかったけれど、結局は満足している。大好きな仕事よ」

「なぜローマに戻ったの?」私は水を飲みながら聞く。

ビアンカが視線を落とす。「何よりジュリアのためだった。彼女は以前にも増して問題を起こすようになっていて、伯母のオルガ一人では彼女をコントロールできなくなっていたの。私はどうしたらいいかずいぶん悩んだわ。すでに生活の基盤はニューヨークだったし、仕事も見つかって友達もいたし。でも妹に対する責任感が勝ったの。このことが私の重荷になったとは考えないでね」

「あなたが言うようにジュリアが難しい人だったとすれば、薬物依存が事態を悪いほうに向かわせたのは確かね」

「ええ、そのとおり。ジュリアはますますお金をねだるようになりめちゃくちゃになっていたから、伯母は何かおかしいと思い始めたの。まだ高校生だった彼女が、修学旅行中にエクスタシーを一粒飲んで病院に運ばれたことがあった。伯母は死ぬほど恥ずかしい思いをしたわ。だって呼び出されて、プラハにいる彼女のところまで行かなくてはならなかったから。戻って来ると伯母は、ジュリアを助けてと私に泣きついた。ヤコポは仕事が大変で勤務時間もまちまちだったから、彼にはそれ以上任せられなかったの。彼は可能な限りジュリアに尽くしてかなり多くの時間を割《さ》いたけれど、それでも足りなかった。だから頼りになる姉として、私は荷物をまとめてイタリアに帰ったの」

どう見ても回避不可能なことに思われた人生の選択を語る彼女の口調は、他人事のようだ。彼女が不満ばかり言わないのは彼女の根底で常に冷静さが勝っているからとはいえ、私には彼女が心静かでないのがなんとなくわかる。

「つまりご家族は彼女の薬物の問題をご存じだったのね」

「ええ。伯母は精神分析医にお金をかなりつぎ込んだけれどたいした効果もなかった。一時期ジュリアはモントルーの私立クリニックにもいたの。でも、起きてしまったことを考えれば、治療はまったく無駄だったと思う。ジュリアはしょっちゅう問題を起こして、バランス感覚も程度の感覚もなかった。おそらく人生で得られないものを薬に求めていたのね。もちろん彼女と交際していた人たちも彼女を助けられなかった。中身がまったくない怠け者の集団よ。特にソフィア・モランディーニ・デ・クレスはね」

「ビアンカ……」私は話そうか話すまいか決められずに黙るが、そのうち彼女も知ることになるのだ。「注射器の痕跡は被験者のいずれにもあてはまらなかったの。ソフィアにもダミアーノにもガブリエーレにも」

ビアンカは褐色の濃い眉をひそめてこの情報を聞く。「ガブリエーレが無罪だろうとは私もずっと思っていた。善良な彼はこの件に何の関わりもないと私はいつでも断言できるわ。でも……」彼女は話すのをやめ、携帯の呼び出しを拒否してバッグに戻し、再び私を比類ない強さで見つめる。本当に美人だ。一目では捉えられない美しさだ。

「ごめんなさい。言いかけていたのは……もし誰かを名指すとしたら……私はたぶんソフィアを指すわ。ジュリアは彼女と薬を始めたと誰もが確信している。モラルのない女性で、私は彼女をものすごく軽蔑している。彼女ならジュリアを見捨てただけでなく、それ以上にひどいことができたでしょうね。それに、最近二人はうまくいっていなかった。ジュリアから聞いたことがあるの。ソフィアは本気でガブリエーレに恋していて、そのことでジュリアに嫉妬して、耐えられないほどになったって。それにしても、本当に変だわ」

「何が？」

ビアンカは考え深げに手をお腹の上で組む。「ソフィアでもソフィアの友達でもないのが変だわ。男性の痕跡もあったのでしょう？　とすれば、いったい誰と一緒にやったのかしら。ちょっと聞いてもいいかしら？」

「どうぞ」

「これらの結果は……信用できるの？　確かなの？」

「まあ、確かよ。注射器の女性の痕跡は汚染によるものであって、ジュリアの死と全然関係ないと考えている人もいるけど、だからといって当然、あの晩ジュリアが誰かといたことが除外されるわけじゃない。それどころか、その痕跡が、あの晩ジュリアといた人のものである可能性もある。誰かはわからないけれど」

ビアンカの大きな目の表情が苛立《いらだ》ちを見せる。「そんな不確かなことがありえる？　この件は、表面的なことばかりが追及されているんじゃないかしら」

「いいえ、表面的なことばかりじゃないわ。コンフォルティ医師は慎重を期して一度ならず検査を繰り返した。残念ながらこの仕事には不確かさが常につきまとうの。医学において確かなことは何もない。法医学だってそう。あるのはただ高い可能性で、確実なことなどあったためしはほとんどない」

ビアンカは前以上に興味を示す。「じゃあ可能性の話をしましょう。最もありそうなのは何？　その女性の痕跡は汚染によるのか、本当の痕跡なのか？」

「私が言えるのはただ、コンフォルティ医師は汚染の仮説のほうが可能性が高いと考えているということ」

彼女は困惑して、考えを巡らしているように黙り込む。「ということは、この結果はソフィアの無罪を決定的に証明するの？」

「まだ毒物学の検査結果が出ていないから、もしかすると、何かびっくりするようなことがわかるかもしれない」

「ああ」

「それで、結局この件では、犯罪を示す側面はないという結論に達するかもしれない。そのほうがいいわよね」

「どういうこと？」ビアンカがびくっとして答える。

「どちらにしろ悲劇ではあっても、彼女の死が事故であり、それを避ける術《すべ》がなかったと考えるほうが、その逆よりましだろうということ」

「そうね、つまるところ、どちらがましというのはないわ」ビアンカはかなり冷ややかに反論する。

そう、私はジュリアの死が事故であったかもしれないということを言わなくてもよかったのだが、より受け入れやすい状況を彼女に説明したかっただけだ。でも彼女の言うとおりだ。この件において受け入れられる状況などない。

私はしょんぼりして頭を垂れるが、前回しなかった質問をするのにちょうどいい機会のような気がしてくる。

「ビアンカ……ジュリアとドリアーナの関係がどうだったか聞いてもいい？」私はいきなり聞く。

彼女は困った様子だ。「どうしてそれを知りたいの？」

「単に興味があるの。ジュリアが家族に引き起こしていた問題や、ヤコポが彼女にとって兄のようだったという事実をふまえたうえで、あなたの伯母様がなぜ息子の将来の嫁のことも信用しないのかと思って」

「ドリアーナはとてもか弱い内向的な女性よ。彼女とヤコポはずっと前から交際しているのに、彼女が真に私たちの家族になったことなど一度もない。ドリアーナは彼女なりにジュリアのことが好きだったけれど、ジュリアがヤコポの生活に絶えず介入してくることにうんざりしてもいた」

「うんざり？」

「ええ……私は何かあるなと時々感じたわ……いきなり我慢できなくなるような……。でも表ざたにはならなかった。どんな家庭にもあるようなささいな不和よ。それにそういえば、たぶんあなたはご存じないでしょうけど……あの午後、あなたが聴いたジュリアの電話の言い合いは、ドリアーナとだったってカッリガリスが明らかにしたの。でもこのことは正直なところ驚くようなことじゃなかった。私自身、始終ジュリアと言い合っていたし。彼女は喧嘩っ早い性格で、たくさん問題を起こしたから見張ってなきゃならなかったわ」

　ビアンカの皿はまだほとんど手つかずだが、彼女は若いウエーターに皿を下げさせる。見るからに食欲を失ったようだ。彼女は日ごとに痩せていくようだ。お勧めのデザートを彼女が断るので、私はとても食べたかったけれど生クリームがかかったチョコレート・ブラウニーを断る。

彼女が勘定を持ってこさせ、自分が払うと言い張る。

「あなたと話してすっきりした。あなたは気を落ち着かせられるのね」と、財布をバッグに戻しながら言い、「もっと頻繁に会って、ジュリアのことだけじゃなくお話ししなくっちゃ。私たちは通じるところがあると思う」と、感じのよい表情で言う。「私はこのローマにほとんど友達がいないの。ニューヨークに住んでいるうちにいなくなっちゃって、新たに友達を作ろうとしているところ」

「それはうれしいわ」私は正直に答える。

コルデリア

三月の不安定な天候の日が数日間が続いた。私は自分の基地《グアンタナモ》の窓の外を眺めながらビアンカと会ったときのことを考えずにはいられない。つまり、私に不明な点をはっきりさせる際の、彼女の純粋な感じのよさのことを。私がジュリアに初めて会ったときに驚いたのと同じ、人を信じて疑わないオープンさを、彼女も見せたのだった。

携帯電話が鳴って私の思考が中断される。

アーサー・マルコメスだ。クレタ島から戻ったのだろう。

「こんにちは、お帰りなさい！」私は彼から電話をもらってとてもうれしい。

「ありがとう！　ねえ、長電話できないから手短に言うよ。今晩何か用はある？」

「ないと思う」

「内輪の夕食会に付き合ってくれない？　編集部の同僚の、ただの内輪の会なんだけど」電話の向こうは大騒ぎで、いやになるほどしつこく彼を呼ぶ女性の声まで聞こえる。

「喜んで。ぜひ」私は誘いをどれだけ光栄に感じているかはっきり示す口調で答える。下心のある夕食なんかじゃなく、私が彼の連れとして公式に認められる正式な誘いだ。しかも、たった二回しか会っていないのに。物事は実にうまく運んでいる。

夕方になり、ジープに乗っているアーサーは終えたばかりのシャンプーと洗い立ての洗濯物の混ざったいいにおいをさせ、いくぶん疲れ切った感じだ。

「クレタ島から戻って以来、昼も夜も働かなきゃならなかった。締め切りの近い翻訳があるんだけど、旅行のせいでだいぶ遅れてしまっていたから」と、私に説明する。「実は、仕事のことを考えれば家で訳しかけの章を終えなきゃならないが、編集部の同僚リッカルドの送別会なんだ。ハルツームに出発して一カ月で戻る予定なのに、いわゆる危険区域に送られるものだから、もう戻ってこないだろうと言われていることを皮肉って、みんなに派手に挨拶したいのさ」

「ちょっと陰気くさいやり方ね」私はびっくりして言う。

「僕はまったく逆だと思うよ」

「あなたは彼の代わりになりたいんじゃない？」

アーサーは苦笑いする。

「イスタンブールなら一応よしとするべきなんでしょうけど」

「イスタンブールなら一応よしとするだって！　僕はずっとイスタンブールに行きたかったけど、一緒に行ってくれる適当な女性がいなかった」

私が一緒に連れて行ってくれるよう間接的に頼んでしまったことに気づく前に、アーサーがすかさず私の真意を察して提案してくれる。「僕と一緒に行ってよ。二、三週間先だから、準備できる？」

「あなたに私を誘ってくれるように仕向けちゃったかも。ごめん、そんなつもりじゃなかった。義務に思わないでね」私は顔を真っ赤にして答える。

「君はまだ僕のことをよくわかっていない。僕がそう頼んだってことは、そうだったらうれしいっていうことさ」

「本当？」

「うん。それに、失礼な提案じゃない。もし君と寝るのが目的なら、もっと前に、今ここで打って出てるさ」

「アーサー」私はうろたえてもぞもぞ言う。

彼は完全に落ち着き払っているように見える。「両者にとっておもしろくてためになる提案じゃないかな。たった五日間いなくなるだけだ。それで君はイスタンブールを見ることができて、僕には連れができる」彼はまるで私に仕事の提案をしたかのように無邪気に締めくくる。

「そう言ってくれるなんてとてもやさしいのね。ありがとう」私は彼の何気なさを真似するよう努めて答える。「考えてみるわね」

彼はそれにこだわることなく、他のことも話さない。ただ、ラジオで気に入るものを探す。静けさが断たれたのは、彼がかなり大胆にギアを入れたことに対して、バイクが抗議のクラクションを鳴らしたときだった。「どういたしまして」彼がようやく言葉を発す。キングス・オブ・コンビニエンスの『ケイマン諸島』の調べが私たちの静寂を満たす。

彼はティブルティーナ通り沿いのモダンな建物の前に駐車する。

眩暈《めまい》がするほど高いヒールを履いた私は彼の肩の高さで、よろけながら歩く。私は暗緑色でシルクの、少し派手で襟ぐりがかなり大胆なドレスを着ている。映画『つぐない』のキーラ・ナイトレイが着ていたドレスに似ていたから買ったのだ。

彼が私に手を差し出してにっこりする。彼は王子様みたいに素敵で、私は舞踏会のシンデレラになった気分だ。

私たちがその建物に入った直後——ドアを開けてくれる若い女性にアーサーがやさしく挨拶する——、忌々《いまいま》しい絨毯《じゅうたん》が私のピンヒールにわなを仕掛けて、私は派手にこけ、床の上に手足を広げてばたんと倒れた。「きゃあ！」開けてくれたばかりの若い女性が声を上げる。

舞踏会のシンデレラどころじゃない。

アーサーは礼儀正しく笑わないよう努めるものの、おもしろがる表情を浮かべてしまい、結局侮辱したも同然だった。「だいじょうぶですか？」心配そうに私に尋ねたその若い女性が演劇欄の編集者の一人であることを、私はその直後に知る。死ぬほど恥ずかしくて、今すぐにでも家に帰りたい。

「ええ、だいじょうぶです」私は完全に傷ついてしまった自尊心で言う。

ホストが二つ飲み物を持って私たちのところにやって来る。少なくとも彼は幸い私の空中ブランコ乗りの場面には気づいていないようで、「我らが世界周遊家《グローブ・トロッター》！」と声を上げながらアーサーのほうへ行く。

リッカルド・ゲラルディは三十五歳くらいのユーモアのある人で、かなりがっちりしていて、いわゆる美男子といえる顔ではないものの好ましい。笑顔が素敵で気さくに話す。

ハルツームは危険で未開の場所だと思うのだけど、そこへ出発することに彼が動揺している様子はない。私はそれが実際アーサーが何よりも熱望している仕事であるにもかかわらず、彼のこととしてお祝いをしなくてすむことを、自分勝手にもうれしく思う。そのように考えるのはフェアじゃない。彼はとてもやさしいが、私より強いのだから。そうこうしているうちに、私たちは他のさまざまな同僚によって快活に迎えられる。

そこへ一人の女性が現れた。

会場じゅうで彼女ほど人目を引く女性はいない。

彼女はちっとも美人じゃない。それどころか気をつけて見ると不細工でさえある。だがとてつもなく、そしてあきれるほどシックだ。非常に背が高く、痩せていて、空色のシャネルのチュニックを着て、明るい色の髪を、他の人だったらだらしなく思えるが彼女だから品を感じさせるラフな髪型にまとめている。生まれつき官能的な人のほのかな優美さでアーサーに近づき、ずいぶん長いあいだ会っていなかったというように彼を抱きしめて挨拶する。目が輝いている。

昔の彼女だろうか？ それが誰であれ、彼女の眼中に私はいないようだ。でもそれはわざとらしい失礼な態度じゃない。むしろ、自分の親密な思いを彼とだけ分かち合いたいという思いに捉われている感じがする。

私は居心地が悪くなってその場を離れ、私たちを迎えてくれた編集者のシモーナとのおしゃべりに戻る。彼女は私がだいじょうぶかとなおも聞いて気遣ってくれる。

少しして私がアーサーのところに戻ると、何事もなかったかのようだ。私はあの女性が誰なのかあえて聞かないし、彼もそのことを言いもせず、もう他の人に捕まっている。彼はあちこちでおしゃべりをし続け、私を誰彼に紹介しては、飲み物と、食べるのがもったいないほどかわいい花と果物の串を持って来てくれる。「ちょっとごめん」会の途中で彼は言って姿を消す。私は黒革のソファに座ったまま飲み物をすすり、最初より少し居心地がよくなってあたりを見回す。

アーサーは私と一緒でないときは必ずあの謎の女性といる。彼女は明らかに彼と通じ合っている。私はその親密さを、彼らが交わす微笑に、彼が彼女の頬を撫でて彼女が子どもっぽいしかめっ面でそれに応える様に、彼が自分たちの戯《たわむ》れから世界を締め出して明らかに内密に話すときに彼女の目に表れる歓喜に、見て取る。

二人のこのやりとりを見るのがとても不愉快だった。アーサーが私に対してこんな無神経になれるなんて思いもしなかった。

彼がリッカルドと話していると、その謎の女性が私の近くに座った。私はうまくふるまえるか心配でドキドキする。彼女を近くで観察すると、ぞくっとするような何かがあるのを確信する。すぐに友達になりたいと思うような女性だ。

「アーサーはどこ?」彼女は私に気もそぞろに尋ねる。私はいやな気持ちだ。

「ちょっと向こうへ行っただけよ」私が冷たく答えると、彼女はメロドラマの渦中にいるようにため息をつく。私より若そうだ。私が立ち上がろうとすると、ようやくアーサーが私たちのほうへ戻ってくるのが見える。「アーサー、この女の子が……あなたを必死に探しているわ」私は上から目線で伝え、彼に示すためにばかにしたように彼女を見る。彼女は私の無礼に傷ついたかのように、額に皺《しわ》を寄せて私の視線に応える。アーサーは彼女を、それから私をじっと見る。彼が眉を上げると、傷跡も上がる。彼の素敵な顔に愉快そうな笑顔が広がる。

「これは迂闊《うかつ》だった。アリーチェ、君に妹のコルデリアを紹介しよう。コルデリア、アリーチェだ」コルデリアが私に小さな手を差し出す。彼女の手首には最高に美しい真珠のブレスレットがはめられている。彼女も今ようやく事情がわかったというように、かなり楽しそうな表情を顔に浮かべている。

「はじめまして」私は明るい声で言う。ああよかった！

「アリーチェ、お会いできてうれしいわ」彼女が丁重な口調で答える。もっと早くに自己紹介してくれてもいいのに。

とはいっても、続く数分間で彼女の人生がざっと少しヒステリックに要約されるのだから、たいしたことではない。

コルデリア・マルコメスは、〈ボス〉の第二子で、三人目の妻の子だ。彼女の母は古い伝統的な貴族の出で伯爵夫人の位にある。女優をしている――実際にはそれほど優れた女優ではない――伯爵令嬢のコルデリアは両親の悩みの種だ。彼女は両親がみっともないとみなしている職業について以来、彼らと断絶している。母親から譲られた小さなアパートメントに一人で住む彼女がうまくいくのはアーサーだけだ。彼女が言うには、彼だけが彼女のことをとやかく言ったことがないそうだ。彼女がリッカルド・ゲラルディのパーティーにいるのはホストから正式に招待されたからであり、関係者によれば、彼は見込みがまったくないにもかかわらず彼女に首ったけだとか。伯爵令嬢の方も、悲劇の失恋をしてぼろぼろの態《てい》だ。彼女は、一緒に暮らしていたポーランド出身の、努力する気もまじめに働く気もない一文無しの俳優に捨てられたのだと、彼女が化粧室に行っているあいだにアーサーがぺらぺらしゃべる。

別れる前、コルデリアは私の携帯電話の番号を聞いて、できるだけ早く電話するので一緒に出かけましょうと、私に約束する。彼女は何とも空っぽな雰囲気を漂わせている。


「認めろよ、コルデリアに妬《や》いていたよね」

「妬いていたって、なんで？」私は怒ったように答える。

「嘘つきめ」首を振り続ける私に思わず笑いが漏れる。「僕はうれしいんだから、認めたっていいだろ」彼が急《せ》き立て、車のスピードを上げるものだから、私は酔いそうになる。

「認めるから、ちょっとスピードを落として」

アーサーは申し訳なさそうに、「ごめん」と、すぐさまスピードを落として言う。「僕が運転するとみんな文句を言うんだ」なぜだろう？「これでましになった？」

「これ以上悪くなりようがなかったからね」私は目を剥《む》いて答える。

アーサーは動じることなく彼が気になっている話に戻って、「話題を変える単なる口実だったんじゃないの。君は妬いていた」と、まったく満足げに言う。

「私、失礼だったかな？」私はちょっと心配して彼に聞く。

彼はきっぱり首を振る。「いいや、失礼じゃない。どっちみち彼女はすごくぼんやりしているから気づいてもいないよ。まったく僕は、誤解を避けるために君たちをすぐ紹介すべきだった」

そうよ！

それから、「今晩、このあと用はある?」と、尋ねるが、彼にはあからさまな下心もないし口調も自然だ。

「もうだいぶ遅いわ。明日はとても大変な一日になりそうなの」私は残念そうに言う。これは本当であって、格好をつけるためだけに言ったんじゃない。私はジュリアの件について病理生理学の要素をいくつか詳しく調べるために少し仕事をしたいが、本当はできれば彼とそのことを話したくもある……でもそれは次回にしよう。たとえ実際はそうだとしても、彼に夢中だと思われたくないのだ。

アーサーは状況を解したようにうなずく。

「送るよ」

この鉛色の空の暗い雰囲気のなか、街の明かりがこれでもかと輝く。私は煙草を吸い、黙ったまま車の快適なシートでくつろいでいる。自分が自分でないような気がしている。部分的にとはいえ。ときおり私とアーサーは見つめ合い微笑み合う。

ああ、恋するときの浮遊感だ。それを忘れかけていたなんて。

家の下まで来ると、わずかに微笑みながらアーサーがいきなり私のシートに近寄る。私はびっくりして目を見張る。なんて過激なの！　でも実際には彼は私をかすりもせず、ダッシュボードを開けて小さな包みを取り出す。「君への贈り物」彼は無邪気に言う。

ああ、彼にねだったお土産だ。私はそれをうれしそうに手に取る。

「覚えてくれているなんて思わなかった」

「信じてくれてありがとう」彼が皮肉を込めて言う。

私は微笑を漏らし、「ありがとう、アーサー」と、つぶやく。

「さあ開けて」

手彫りだと思われる木製の小さな蝶の髪留めだ。

「アーサー……すごくきれい」彼は何も言わずにただそれを私の手から取って、「つけてみる?」と聞く。私はうなずいて頭を近づける。彼は私のこめかみにゆっくり――信じられないほどの繊細さで――触れて、指で髪を梳《と》かす。自然で何気ないしぐさだがとても官能的でもある。

「旅行から持って来られる一番素敵なものはブレスレットだとずっと思ってるんだ。その場所が君の手首を繋ぎ止めてくれるみたいだから。ばかげた考えだよね」彼は一瞬言いよどむ。「でも、君にふさわしい素敵なものが見つけられなくて」

「だからあの黒檀《こくたん》の素晴らしいブレスレットをよくつけているのね」私はぎこちなく話題を引き戻す。彼は意識していないかもしれないが、今しがた彼は私の耳にとてもロマンッティックに響くことを言った。あるいは、彼は印象的なことなど言ったわけではないのかもしれない。彼が印象的なのだ。彼の言い方はとてもすっきりとしていて魅力的で、印象に残る。「とても素敵よね。まさに長い歴史を経た物ならではの魅力がある」

「あれはタンザニアのもので、売っていた現地の人がＣＤと引き換えにくれたんだ。一昔前のことさ」

「CDと?」

「そう。CDの表面で光が反射して生み出される色に彼らは魅了された。神秘的な物に思えたんだね」

私たちはしばらく黙っている。私は彼のラガーマンのような肩に頭をもたせ掛ける。

彼は驚いたように固まる。

私はにっこり笑って彼を抱きしめる。

静けさのなか、私たちは長い抱擁を交わした。居心地の悪さは微塵《みじん》もない。それどころか、とても強烈で、私はどうしようもないくらい心をときめかしていた。

法医学の意外な限界

仕事で何もかもがうまくいかず、押し寄せる波にさらわれそうなのになす術《すべ》もなく、ジュリアの死に関する捜査はいっそう混乱の泥沼にはまり、私の精神が恍惚《こうこつ》と不安のあいだで揺れ動いているにもかかわらず、研究所では止むことのない栄光の時を生きている人物がいる。

私をのけ者にして、アンブラはクラウディオの注目を浴び、クラウディオは彼だけがそうなれるかっこよさと最悪さで交尾前の雌馬のような彼女と戯《たわむ》れる。まだそういう関係になっていないにしても、早晩起こりうることだ。私たち女性と楽しくやりながらもクラウディオは決して仕事と感情を混同したことはない（決してないとは言えない気もするけれど）。過去において、私が彼に同僚としての敬意をわずかに超える何かを感じたとき、彼は常に私の期待をしぼませて正しいほうへと導いたものだった。同時に、彼がアンブラといちゃついているのを見ても、仕事と感情を混同しないという彼の考えそのものが私の支えとなって、全体の状況や、とりわけ彼の人となりが、まったくもって完璧でバランスがとれていると確信がもてるのだった。今彼が、最も汚らわしい生き物とともに、このごみごみした研究所でいつも貪欲に仕事をこなしてきた良識をうっちゃっているのを見ると、私は無意識のうちに心を傷つけられ、遠い昔どれほど自分自身に否定したにもかかわらず、クラウディオが自分の欲望の原型だと思っていた頃があったのを思い出す。そして今あるのは、彼の欲望の原型がアンブラのような女性だったとわかっての狼狽《ろうばい》だ。

すでに巨大な〈女王蜂〉アンブラのエゴを肥大させるのは、しかしながらクラウディオの厚顔無恥だけじゃない。ワリィもそれを助長していて、アンブラはワリィの言うことを何でも聞くことで仕事の世界でうまくやっていくための鍵を完全につかんだ。つまり、ワリィのチワワのドライフードを買いに行くとか、アンチェスキを空港に迎えに行くといった「高度に知的な活動」に彼女がなくてはならないと思わせたわけだ。自分が有能だと固く信じ、いろいろなことに通じているのを示したがる彼女は、法医学研究所という世界の臍《へそ》のようだ。彼女の自信過剰はお尻の膿《うみ》みたいにやっかいだ。彼女が褒められた瞬間、私は思わず後ずさりしてしまうほどだ。少なくともアンブラのごますりについて考えてみるべきだろう。なぜ彼女が勝ち私が負けるのか問うのだ。不平不満に屈してまったく不公平だと間違っても言ってはならない。人間は自分の運命を作り出すものだと思う。アンブラはそれがうまい。要は、なぜ私もそうできないのかということだ。アンブラには愚かな同僚にありがちな特徴もあるが、全部が全部そうというわけではない。だから、彼女の成功のすべてがマーフィーの法則にはあてはまるとは言いにくい。結局のところ、彼女には感じがいいときもあるから、逆説的なことに、私はよけい苛《いら》つくのだ。

例えば、今ちょうど彼女がデスクに向かっているのを、私は憤りを感じながら眺めている。クラウディオがジュリアの検死の調書を書くよう彼女に言ったことには、根深い不公平感がともなう。彼女がメモや写真を扱うのを見て、私はこの忌々《いまいま》しい仕事のあり方を覆《くつがえ》さなければならないと感じる。彼女の長い明るい色の髪に、数日前の雨で汚れた窓からかすかに入る生暖かい陽がやさしく射す。彼女のこれみよがしの眼鏡は、多色の石がぶら下がるシャンデリアに似ている。没頭し集中している彼女を中心に、仕事の世界が回っているかのようだ。

「ラーラ」と呼ぶ彼女の声が私の思考を断ち切る。「ねえ、これで筋が通るかしら？」ここにいる寄生虫みたいな研修医の意見は彼女にとって何の価値もないのは明らかだから、アンブラはラーラだけに呼びかける。

「進行中の考証、検死検査、被検者の組織、死亡時の状態、環境と季節に関する状況のデータに基づき、死亡は二〇一〇年二月十二日二十二時頃起こったと確定できる」彼女はゆっくり母音を閉じた声で唱える。

「完璧よ」ラーラが少しうわの空で答える。

私は当惑してアンテナを上げる。

「ねえ、アンブラ、私ははっきりと覚えているんだけど、私たちがあそこにいたのは十二時頃よね。で、ジュリアはまだ温かかったけれどもすでに死斑《しはん》が出ていた。少なくとも三時間は前に亡くなったと思うの」

アンブラは面倒くさそうに私を見る。「あなた、死亡時刻については議論の余地はないの。クラウディオは二十二時頃だったと確定して取調官に伝えてあるし、彼もそう確信している。今さら異議を唱えるなら……」

「ううん、異議があるわけではないの。ただ重要なデータのような気がするの」私はある種の確信をもって答える。ラーラが私を興味深そうに眺める。

「私もあの晩現場にいて、あなたの言うそのことを覚えているけど、検証データに関してはクラウディオに同感よ」アンブラはたいそう尊大に言い張る。

私は自然な感じでうなずくが、むっとした表情を隠しきれない。「そうね、私が正しいという可能性は超現実的な仮説ね」

「まあ個人的なこととしてとらないで」アンブラはまるで個人的なレベルで私に何か言うほど私を尊重していないとでも言うように突き放して答える。

私は毅然《きぜん》とした顔で立ち上がり、研究室にいるクラウディオのところへ行く。よく考えてみれば失うものは何もないし、今までしてきたように敬意を示したからといってよい結果が得られるわけではないから、戦闘的な雰囲気で彼のもとに現れる。自分らしく堂々と。でも受け入れてもらえればだが。

「クラウディオ、今いい?」彼がクロムメッキのＭａｃから目を上げる。「手短に言うわ」私は彼のデスクの前に座りながら意図を告げる。

「生者は再び現れるとはよく言ったものだ。君が僕にまた言葉をかけてくれるとは光栄だ」

「私は話しかけるのをやめたことなんかないけど」

「いやあ、やめたじゃないか。前に君を叱って、僕に権限があるのをわかってもらっただけで、そのあと一生君に嫌われることになった」

「あなたが私の自尊心を傷つけたのを私は叱責なんて呼べないし、あなたは権限を主張するけど、私が関わっていた仕事から私を遠ざけるのは職権乱用以外の何ものでもない気がしたわ」

「君はこのところ心配事があったんじゃないのか。アレーヴィ、こんなに過敏になられるとびっくりする。僕がもっとひどいことを言ったって、君は僕を前より好きになってくれていたのに」

「以前の私は自分自身に敬意を払っていなかったの」私は苦々しく答える。ちょっとおおげさかもしれないが、たまには自己批判も必要だ。だって私はすごく間違っていたと確信しているのだから。

「ああそうか、僕が侮辱したかもしれないから僕と縁を切ることになって、それで君自身への敬意が芽生えるのか。それはよかった」彼は私が大嫌いな皮肉を込めて答える。

「精神的な隷属から解放されるのに遅すぎることは決してないと思うの」

「隷属。精神的な、ね。へえ、そうだったのか」彼は含みたっぷりの目で私を見る。これが彼のやり方だ。誰に対しても。「で、他に何か?」と、彼が付け加える。

「何も」

彼は気になるようだ。「じゃあどうして僕のところに来た?」

「ジュリア・ヴァレンティの死亡時刻がちょっと変だと思って」

「まだ言うのか?」彼はうんざりしたような、でも打ち解けた口調で聞く。「本当に僕は、君がどうしたいのかがわからない」

「まあ聞いて。あなたは死亡時刻を二十二時としたわよね? でもあなたは、私たちがあそこにいたのが真夜中頃だったのを考慮していない。たとえ、とてもうっすらだったとはいえ死斑がすでに出ていたのだから、二十二時に亡くなったはずはない。まだ温かかったことは認めるけど、下顎《かがく》は硬直しつつあった。亡くなってから優に二時間以上経っていたわ」

この時点で、しかも、単に技術的なことを秩序立てて述べただけで、私は偉大であることに取りつかれた研究員クラウディオ・コンフォルティを、人間的な激情へと変えた。

「もうたくさんだ。そのへんのおバカさんのようにアンチェスキのところへ行って僕が浅はかだと知らしめるだけでは足りないのか。大目に見てやったのに。今度は、死亡時刻の推定の仕方を僕に教えようっていうのか?」彼はいっそうの軽蔑を込めて続ける。「君が人間生理学でいい点を取るために必死だったとき、僕はもう法医学部のインターンだった。何年も前から。今でも僕に何か教えられるのは、君より白髪の多い人たちだけだ」

「そんなに攻撃的になる必要はないわ。あなたは怒りをコントロールする講座か何かに登録すべきかもね」

彼の深緑色の目が眼窩《がんか》から飛び出しそうだ。「じゃあアリーチェ、死体の現象と正確な死亡時刻を定める範囲について話をしよう」彼は威張って応える。

「試されるのは私じゃないわ」唇に不遜な笑みを浮かべて答える私は、そのなかでクラウディオをかきまわす世界を楽しんでいる。かつて私は、彼が何週間にもわたって私をからかうから、彼の前で失敗するのを恐れていた。今はもう何もかまわない。私はついに自由になり、彼が私に抱かせていた精神的隷属を、今まさに捨て去ろうとしている。私が隷属から抜け出そうとしているのが、すべてを失おうとしている今だというのがおかしい。実のところ、私はこれまでに流した涙を惜しんでいる。この数年間私が真に失ったのは、時間だけなのかもしれない。

「そうだとすれば僕でもない」彼が冷たく答える。

「ううん、あなたよ。もしあなたが間違っていたら、あなたに後ろ指をさすのは私だけじゃなくてイタリアの半分にもなるわ」

　彼はびっくりして私を見据え、「僕は何も間違っていない」と、主張する。

「本当にそう思ってるの？　なぜ二十二時なの？」

「それについてデータが二つあるからだ。二十時にヴァレンティは姉に電話して、二十一時十七分に携帯電話で従兄のヤコポ・デ・アンドレイスに電話した。電話の記録からわかったことだ。ゆえに彼女はまだ生きていた。この時点で、彼女が二十一時四十五分あるいは二十二時ではなく、二十一時三十分に亡くなったと君が言えるとしたら、それは死体現象の状態からだけであり、他の関連データが欠けている。僕は大いなる科学に敬意を払っているんだ」

　一瞬私は黙る。クラウディオが早く私から逃げたがっている一方で、私はじっくり考え、脳が科学的な興奮状態にあるのを感じる。

「私は二十一時より前に亡くなったと思う」

「で、彼女の幽霊が従兄に電話したのか？」彼が整った顔に冷笑を浮かべて私に尋ねる。

「あの晩私が見た死体はほんの二時間前に亡くなったものじゃなかった」

「彼女が骸骨みたいだったことは忘れろ。栄養が与えられない状況において、死体現象はずっと速く進行する」

「この件では速すぎるような気がするの」

「君は証拠に目を向けようともしない。僕はワリィが正しいと思い始めている。彼女は、君を落第させるだけじゃなく、多くの間違いを犯すことになるから専攻をやめさせる必要があると言っている」

私は怒りをたたえて彼を見据える。私がそれでも彼に何か言い返すのは間違っていると充分わかっている。彼が何よりもよく知っている私の弱点を突いてやり返すだけなのだから。「クラウディオ、あなたがおかしている間違いを考えてみて」私は落ち着いて応じて、自分の確信を保ったまま彼の部屋を後にする。

この風は私をもかき乱す

私とアーサーはオスティアの海岸にいる。三月末の、太陽が雲に変わる日曜日で、すごく退屈か思い出に残るかは、気分を左右する気象病あるいは一緒にいる仲間次第で決まる、そんな日曜日だ。弱々しい陽の光が彼のブロンドの巻き毛をやさしく撫でる。唇は夏の果実の色をしている。湿気で私の髪が波打ってもたいしたことではない。砂漠のような砂の上に彼と座っていると、思い悩むことなど何もなくなる。

私は自分の問題をすべて忘れそうになるほど幸せで、今幸せであれば他のことはどうでもいいと思える。茄子紺色のウールのスカーフを首に結んだ私は、枯れ枝で砂上に夢中でいたずら描きをしている。

「ぼんやりしているみたいだね」海に寄せる細かい波の白い泡を眺めながら彼が言う。

「私はいつも少しぼんやりしているの」

「でも今日はいつも以上だ」

「リラックスしているからよ。あなたうれしいでしょう。日曜日で落ち着いていられるし、少なくとも今日は何にも悩まされないって気がするの。最近ほとんど感じることのなかった気分のよさよ。今、私うまくいってないの」それは本当のことだ。私がこんなに気分がいいのは、数カ月前、東京のパークハイアットのプールで夜遅く一人で泳ぐ夢を見て以来だ。その夢の感じを思い出して私は何週間も幸せだった。

「問題でもあるの？」

自分が研究所のカーストの最底辺にいる事実を今話すのはよくない気がする。「ううん、何も。ただ……」私は言うか言うまいか迷って途中でやめる。

「何？」

「実は……私、ある件に深く関わってしまって。今までこんなことは一度もなかった、というか、こんなふうじゃなかった。そのことを考えれば考えるほどわからなくなって、リラックスできないの」

興味を引かれたアーサーが眉をひそめ、率直に「そのことを話そう」と、提案する。

私は下を向き、「ううん……あなたを退屈させたくない」と、おずおず答える。

「アリス、君は退屈させるような人じゃない」彼の口調からは、それがお世辞かどうかよくわからない。

私は視線を落とす。彼にジュリアのことを話せば……他の人の目を通してもっとはっきり真実が見えるようになるかもしれない。「ジュリアという……女の子のことなの」アーサーは長い足を波打ち際まで伸ばして注意深く聞いてくれる。「もちろん私の担当じゃなくて、ある同僚の担当なの。ジュリアは、静脈注射したヘロインに混ざっていたパラセタモールによるアナフィラキシーショックで死亡した。二十一歳で、おとぎ話の王女様みたいにきれいだった」

「ジュリア・ヴァレンティ？」

「そう」

「編集部でもみんなが噂していたのを聞いたよ」

「新聞でも取りざたされているわね」

「この件が他とどう違うの？」彼が興味を抱いて聞く。

「何よりしょっぱなから巻き込まれることになってしまって。まったくの偶然でジュリアが亡くなる前日、私、彼女と知り合ったの。お店で服を選んでいたときに」私は話し始めるが、感情で声が少しかすれる。そのときのことその後起こったことをしっかり覚えているのだから、無関心でいられるようなときが一瞬たりともあるはずはない。「彼女がどの服を買うべきかアドバイスしてくれて、実際素晴らしい買い物ができた。だから翌日彼女が亡くなったのを見て本当にショックだった。絶対忘れることのできない、身動きのとれないような、どうすることもできない恐ろしい感覚だった。あなたにとってはばかばかしいでしょうし、そんなこと無理だけど、私は時間をさかのぼって彼女に言うことができればと思ったわ。『お願いだから気を付けて』って」

「まさにその偶然のために、君は大変な思いをしているんだね」

「うん、でもそれだけじゃなくて、納得のいかない細かいことがいろいろあるの」

「どんな細かいこと？」

私が知っている情報の多くは職務上の秘密であり明かすのは禁じられているから、彼に話すべきでないのは確かだ。だが同時に、私は彼に話したくて仕方ない。すっかりわかってもらえると直感的に感じるのだろう。彼のことをほとんど知らないことを考えれば、話すなんてとんでもない。でも、私たちのあいだには、口にすることを越え、そしてとりわけ口にしないことを越える何かがある。お互いについて具体的に知っていることは別として、理解力や性格に似ているところがあるかのようだ。知らない人とのほうが秘密を打ち明けやすいのは事実だろうが、私がアーサーを知らない人と見なしていないのもまた事実だ。私が思い描く完璧な理想の世界において、私は彼をずっと知っているかのようだ。それは、彼がパラレルワールドの同じ軌道上を私と同様に旅していると直感的に感じるのに似ている。

「このことを誰にも話さないと誓って」

「誓う」

「うーん。ジャーナリストの言葉は……」

「紳士の言葉だ。それとも、高く買ってもらえれば僕がスクープを売ると思う？」

「いいえ、あなたはそんなことはしない。あなたはそう見せようとしているほど悪者じゃないわ」

「僕は悪者だし、率直でありたいけど、決して秘密を売ったりはしない。それは道徳の問題だ」

「正直に聞こえる」私は静かに言う。「とにかくあなたが、私がする話を売るとは思わない」

「感謝いたします」彼はかすかにわかる皮肉を込めて答えて、「これで僕に打ち明け話をできるね？」と、同じ口調で続けて聞く。

「事件が明らかになっていないのはもう聞いているでしょう」

「犯罪のニュースはあまり好きじゃないんだ」

「手短に言うわ。ジュリアが使った注射器が彼女の家の近くのゴミ箱で見つかって、その注射器に彼女のＤＮＡだけでなく他の人のも見つかった。詳しく言うと、女性のものと男性のもの」

「つまり彼女は一人じゃなかったと」

「そう。だから彼女といた人物が、アナフィラキシーで死ぬ彼女を放置して注射器を捨てた可能性がある」

「過剰摂取で亡くなったんじゃないの？」

「いいえ」

「でも、彼女といた人物は、彼女が死にそうなのに気づいてさえいなかったかも。ヘロインがずっと効いていたんだろう？　トリップから我に返ると彼女が死んでいて、どうすればいいかわからなかったと」

「そうね、それもありうる仮説よ。実際、彼女の死について誰かに責任があるとは言われていない。要は、それも除外できないということで、その意味で私は検査担当の法医学者とはまったく違う意見なの。まず私は、彼が割り出した死亡時刻に納得がいかない。死亡時刻は、その人物が彼女を助けなかったという仮説に立てば、調べを受けた人全員のアリバイの力関係を変えるかもしれないから重要なデータなの」

「死亡時刻を確実に割り出せないなんてことがあるの？　テクニカルなことだと思っていたけど」

彼が興味深そうに聞く。

「人物の死亡時刻の確定は思うほど簡単でも正確でもないの」私は熱心に説明する。

「そうなの？」彼は驚いて聞く。

「そうなの。時刻決定に大いに影響する一連の変数をすべて考慮する必要がある。環境だけでなく状況のデータも。例えば気温や、その人物の体格ががっちりしているか痩せているかといったことも。だから意見が食い違うのはよくあることなの」

「だから？」彼が急き立《せ》てるのは、明らかにもっと理解したいからだ。

「間違いが起きている気がするのだけど、私は身動きできなくされている感じなのよ。私なんかが自分の意見を言っちゃいけないの」

「いや、それは間違っている。それはまったくもって誤った考えだ」

「あなたは理想の世界で生きているけど、私は自分の意見が何の価値ももたない世界で生きているの」

「僕の父にも言えないの？」

「あなたのお父様は、実はそれほど研修医に関わりがなくて、もっとすごいことをされているの」

「僕の父は子どもたちとまともな関係がもてないくらいだから、研修医とも無理さ。だけど、彼が断固として間違ったことが嫌いなのは確かだ。アリーチェ、君の考えと疑問を真剣に取り合ってくれる人に話すべきだ。僕は本気で言っている。君が正しいかもしれない。君の経験が少ないからというだけで、可能性が除外されてはならない」アーサーは立ち上がって、今度は私が立ち上がるのを助けようと手を差し伸べる。

「もう行くの？」がっかりした私が、紺色のブルゾンのボタンをはめる彼に聞く。私も立ち上がったが、場所に不適切な靴を履いているのでよろめいている。もともと私の方が背が低いのに、沈んでしまいそうな砂の上ではいっそう彼を見上げる感じになる。

「ほら雲が近づいてきている。二十分もしないうちに雨が降り始める。家まで送るよ」

彼の車へと砂浜を歩いて行くうちに、触れられるほどの、白っぽいカーテンに似た張り付くような湿気に私たちは包まれた。吸う空気には塩と海と砂のにおいが染み込んでいる。私の混沌とした暮らしのなかに明確なことは少ないけれども、その一つを私は身近で見ているのだという思いに揺さぶられる。

とてもゆっくり、甘く、深く、ずーっとあったことのないような恋に、私は落ちようとしている。

＊＊＊

車の中の空気は張りつめている。彼が予測したとおりに雨が降り出した。小さな滴《しずく》が大雨に変わることなく降り続ける。もはや一筋の日の光さえ雲を通ることはなく、雲はおとぎ話めいた藤色を帯びている。アーサーはときどき私の方を向き、ウインクしてにっこり笑う。

進展などどうでもいい。ルールも関係ない。人生に強く押されそうな瞬間が来たら、出来事に身を任せるしかない。

理詰めで考える瞬間など役には立たない。

「あなたの家に行かない？」私は彼に尋ねる。

彼が驚いた表情になる。彼の返答を待つ瞬間がとても長く感じられる。「喜んで」彼は答えて、急にハンドルを切る。

彼がガレージに車を止め、傘をもっていない私たちは少し濡れながら建物の方へ行く。今のこの刺激的であると同時に甘い状況が、青春時代を思い起こさせる。彼がポケットの鍵を探して建物の扉を開け、鉄扉《てっぴ》とエレベーターの扉を、そして最後に家のドアを開ける。私は自分が初心《うぶ》で臆病になっているのを感じる。

家に入っても彼は明かりをつけず、私たちは暗闇で向かい合ったままでいる。

彼は何も言わないでいてくれる。

言葉はすべてを台無しにする。

彼は身振りが語るに任せ、私のスカーフを、それから灰色のダッフルコートを丁寧に脱がせ、繊細な手つきで私の髪に軽く触れる。

「君が大好きだ」彼が英語でつぶやくことに、私はびっくりして興味を引かれる。彼は英語で考えるのだろうか、それともイタリア語だろうか。わからないがどちらにしろどうでもよいことだ。

「君に恋しているのかもしれない」彼は私をやさしく見つめる。こんなところが何より彼の印象的なところかもしれない。

「たぶん、私も」

すべてを台無しにするのは必ずしも言葉だけではない。

呼び鈴が甲高く執拗《しつよう》に鳴り、私たちはびくっとする。

最初、彼が無視したから、私も彼に倣う。しかし執拗なベルの音が魔法を破る。魔法はしぼんでしまえば何もない振りをしたってだめだ。

「ごめん」彼はそう呟《つぶや》き、玄関に行ってドアを開ける。

「アーサー！」めそめそ言う声が誰のものか私はすぐにわかる。

コルデリアは兄の前に来たとたん持っているルイ・ヴィトンの旅行鞄を床に落として彼の首に抱き付き、どうしようもなくしゃくりあげている。私が大きな鞄と泣きはらした彼女の目に気づくと、その晩への私の期待は消えていく。

「こんにちは、コルデリア」私が自分をじゃまものに感じて手を軽く振って挨拶すると、コルデリアは申し訳なさそうに兄を見てから私のことも抱きしめて、「ああアリーチェ！　また会えてうれしいわ！」と、なおも泣きながら声を上げる。

きれいなブロンドの髪が長くざっくりと編まれ、ジプシーみたいなスカートにトルコ石色のゆったりしたブラウスを身に着けて金色のバレエシューズをはいたコルデリアは、普段以上に素敵だ。

私はアーサーと愛情に満ちた眼差しを交わす。彼は妹の肩を抱く。

「あなたたち真っ暗闇で何してたの？」彼女がしゃくりあげて聞く。

私とアーサーはしばらく目を見合い、思いやりと嘆きが入り混じった笑みを浮かべる。

「さっき帰ったところだった」

「そう、ほんの少し前に」私は言い添える。

「ああ、そうなの。私、いてもいい？」

「もちろん」彼はまったく正直な様子で応えて、彼女を居間へ連れていく。居間の壁は赤茶色に塗られているが、実際には空間すべてを絵やポスターや写真が占めていてほとんど見えない。

「どうしたの?」彼が小さな女の子に使うような口調で尋ねる。

コルデリアの涙はとまりそうにない。私が差し出すティッシュを伯爵令嬢が素直に受け取ると、鼻水と涙がそれに染み込む。

「セバスチャンが!」彼女はその名前だけで彼女の苦悩すべての理由が明らかになるといわんばかりに言い放つ。

「またかい?」アーサーが灰色の濃い眉をひそめて聞く。「彼に捨てられてもう何週間にもなる」コルデリアは大きくしゃくりあげると自分の絶望をぶちまけながら再び泣き始め、小ぶりの鼻を音をさせてかみ、見るも恐ろしいふうに兄を見てから、「今日は彼に捨てられたからじゃないの」と、ちょっと苛立《いらだ》って文句を言う。

「じゃあどうしたの?」私が聞く。

コルデリアは私が口を挟んだのをまったく気にもせず、今度はごく小さなことまで、アーサーが以前私にざっと話したポーランド出身の俳優セバスチャンとの話を私に語る。話はずうっと続き、アーサーが注文してくれたピッツァを食べるときだけ中断されるが、食べ終わるとすぐに、次にいつ終わるともわからないまま再び始まる。彼女をぼろぎれ同然に変えた新たな出来事を語る段になると話が長引き最悪だった。すなわちセバスチャンには新しい彼女がいるわけだ。

私がほとんど根負けしそうになっていると、疲れ果てた伯爵令嬢の語り口が衰えだす。ようやく彼女はそろそろ寝たいと言う。「アーサー、ここにいてもいい?　家に帰るのも一人でいるのも嫌なの」彼女の口調にかかると断ることなどできない。

アーサーが私の目を見て、私たちは即座に了解する。

生きることの厳しい掟

　翌日は月曜日。とりわけ気持ちが華やいだ日曜日のあと日々の生活に戻る重みを背中に感じるなかで、私は、クラウディオが昼前検察庁に出向いて、別の若い法医学科の毒物学者と行った遺伝学と毒物学に関する検査についての鑑定を提出するという情報をつかんだ。これらの最新検査について情報を得られないことに私は悶々《もんもん》とする。私は毒物学者でないが、それらの情報からジュリアの死の変遷過程について何かが明らかになるとは思わない。いずれにしろ、クラウディオだけが毒物学者の最終的な回答を知っている。彼に言いたいことを言った満足と引き換えに私が知りたいことを彼に聞く自由を失った代償は、かくも大きい。

　両側に私たちの研究室があるすり減ったリノリウムの床の廊下を、二人の人物が反対方向に歩いていく。他方より少し姿勢がいい華奢《きゃしゃ》な体つきの人物が私だ。もっと低ければ地獄にさえ届きそうなくらいに下を向いている。生まれながらの勝利者然としてまっすぐ前を見ているもう一人の人物はクラウディオだ。今となっては遠い昔のことだが、彼が私におもしろいことを言ったり、少なくとも微笑んだりしたこともあった。私たちの関係が気楽で友好的だった頃のことだ。今はすべてが変わってしまったように思える。それは回避不可能だったが、おそらく非は私にある。わかっているのは、彼がいなくなって本当に淋しいということだ。

　私たちの肩が互いにぶつかり合う。偶然ではない何かを感じさせるぶつかり合いだ。白衣がわずかに擦《す》れる。私は目を上げて思わず謝りそうになるが、彼はもう通り過ぎている。わずかに振り返って目の端で見ると、胸を張ってお尻を引き締め、手を白衣のポケットに入れて歩いている。彼が通りすがりに残したカルティエのデクララシオンの香りを嗅いで振り返ろうとした段になって、私は彼がようやくこちらを向いたことに気づく。わずかのあいだ目が会うが、ほとんど関心がない。そしてその無関心が、私を死ぬほど傷つける。

かつてクラウディオを信じていた頃、私はこの陰気で暗い研究所で今ほど孤独は感じなかった。彼が私を導き修正してくれた。私がわずかに知っていることの大部分は彼から学んだ。私ががっかりしていると、ほとんどの場合、彼が何かおかしなことを言って慰めてくれた。

すべてが変わろうとしている今、生き残るためには適応しなければならない。ここでもいわゆる知性が物を言う。しかも、解決策を見出す能力以上に適応精神において。私の場合はおそらくすべてを捨てれば解決するだろう。

物事と人々に別れを告げる術《すべ》を学ぶ必要がある。

術を学ぶのだ。

明日にでも。

「クラウディオ」彼が少し驚いて振り向く。「クラウディオ」と、私が自分の耳にさえ胸を締め付けるように聞こえる口調で繰り返すと、彼は周りを見てからこちらへ来る。「何だ?」

「どうしてなの?」

「何が?」彼は素知らぬ顔で聞く。「言っておくが、もし君がまたヴァレンティのことでぶち壊そうと思っているのなら僕は知りたくない」

私は黙ったままだ。しんどい思いをする価値は本当にあるのだろうか？

「あの、ちょっと興味があっただけだから、いいの」私はもごもご言う。

クラウディがため息をつく。「わかってるよ。毒性検査の結果だろ」

違う。今回ばかりはジュリアは二の次だ。でもなんて言えばいいのか、私はただ……。自分でもどうしたいのかわからない。はっきりさせたいのか？　はっきりさせることなど何もない。

「そう、結果よ」

彼は何となくだるそうに話し始める。「でも、言っておくが、あまり時間はない」

「だいじょうぶ、ちょっとだけでいいの」

「ついて来て」ぞんざいに言うと、彼は私を越えていき、私があとから来るのを待っている。私を研究室に連れていき、ドアを閉める。

「まだ公式な情報じゃないんだ。誰にも話さないでくれ」彼は私に検査のコピーを差し出す。法医学がらみの毒物学が得意でない私は少しばかり意識を集中させる必要がある。

「わかったよ。見ての通りだ」彼は言うと、ストゥールをとって私に座るよう促す。こうしてわからないことを全部説明してくれる最上の専門家の彼といて、彼の香水のにおいを嗅ぎ、味わいのある彼の目と視線を交わしていると、一瞬時間をさかのぼったような気がする。

予想通り、毒物学者は血液中に検出された代謝物質をもとに死亡推定時刻を割り出すことができていない。というのも、クラウディオの説明によると、薬物の個々の動態は多岐にわたっているため信用できる判断基準が存在しないからだそうだ。したがって、ジュリアが摂取した麻薬の服用量から服用時刻と死亡時刻とのあいだの経過時間を推定することは無理だが、とりわけ興味深いのは、ジュリアの友人たちの毒性検査だ。

唯一陽性だったのがソフィア・モランディーニ・デ・クレスで、このことはビアンカ・ヴァレンティの仮説の根拠になりうる。ソフィアの血液中で検出された代謝物質は、ジュリアに見つかったものと同じで、唯一違うのはパラセタモールだった。

「二人が出所の同じ麻薬を使ったはずないわ」私はクラウディオに確認を求めて言う。

「よく考えろよ。可能性は二つだ。麻薬が別物だったか、パラセタモールがヘロインとは別にヴァレンティによって摂取されたかだ」

「でもジュリアがわざわざパラセタモールを摂取したはずない。彼女は自分がアレルギーもちでショックの危険があるのを知っていたのよ。これは家族が確認しているわ。クラウディオ、わかりきったことで混乱しないで。ねえ、これは恐ろしい事件よ。とりわけ二人の女性が使った薬物が同じとすればね。ヘロインに、捨てられた注射器に、パラセタモール……。辻褄《つじつま》が合わないわ」

「注射器に見つかったDNAはソフィアには合致しなかった。そうは言っても、彼女の立場は少なくとも少々都合が悪いことになっている。どのみち、何度も君に説明したように、注射器上の女性の痕跡はかなり疑わしいし、ほとんど信用できない」

「こういうことをひっくるめて、あなたはあの晩彼女と薬をやったのがソフィアだったって言うの？」

「その可能性はある。もしかするとジュリアと同じのではなく、別の注射器で。これを証明するにはいろんな問題があるが、僕らにはどうでもいいことだ。アリーチェ、わかったか？　僕らは関わるべきじゃない。僕らの役目はここで終わりだ。今日検察庁に説明すれば終わる。まず、ヴァレンティが薬をやった時間は確定できないということ。次に、モランディーニが摂取した麻薬が同じものである可能性があるということ。三つ目に、あのパラセタモールが、ヘロインの混合物であるか、あるいは別のときにヴァレンティによって摂取されたものである可能性があること」

「もしソフィアが麻薬は同じだと言ったら……パラセタモールとどう折り合わせるの？」

「その場合、話は間違いなくあいまいな輪郭を帯びてくるだろう」クラウディオは答える。「そうなれば僕は、平凡な麻薬の話に対して君が最初から育んできた興味を正しいと認められるかもな」

「ところで、ソフィアについてどう説明されているのか、どうやったらわかるのかしら？」

「どうかな、テレビのニュースを追うとか」

「ちょっとクラウディオ、私真剣なのよ」

「わかった。何と言ってほしいんだ？　勇気があるならカッリガリスのところへ教えてもらいに行けよ」彼はしびれをきらして答える。どうして私は彼をうんざりさせずにいられないのだろう？　私は生意気でもうっとうしい人間でもないのに。でも実際、彼が私に我慢できるのはせいぜい十分であって、それ以上は無理だ。

「私にだって勇気はあるわ。それの何が悪い？」私は挑戦するように答える。

クラウディオが小学校低学年の児童と話しているかのように首を振る。「もちろん僕は冗談で言った」

「私は違うわ」私は無謀にも答える。

「アリーチェ、研究室から出て仕事をしに行ってくれ。君には期限があるのを覚えておいてくれよ。もしすべきことに従わなければ大変なことになる。君が考えなきゃならないのはこのことだ！ヴァレンティ事件なんかじゃない」

「へえそうなの？　まったくえらそうね……それなら私を助けることだってできたでしょうに」私は失望の念を隠さずに言う。

「人生は容易なものではなく、火中の栗を拾ってくれる人がいつも見つかるとは限らないって教えられてきただろ？　自分で何とかしなくちゃだめだ。なんだかんだ言って、君ならできる」

そんなありきたりのことを言ってしまったあとで、彼は私の肩に触れて軽く押し——それは粗野でも無礼でもないものの実質的には丁重に追い払うのに等しい——、面目のなさを漂わせて私を研究室の外へと導く。

まさにこの腹立たしい瞬間にアーサーが電話してきて、水曜日に劇場へコルデリアを見に行こうと言う。もちろん私は応じる。

＊＊＊

コルデリアの劇団はヴィットーリオ・エマヌエーレ通りの横道のオロロージョ劇場で前衛的な出し物を上演している。彼女は、急きょ出演を取りやめた別の若い女性の代役としてぎりぎりになって役を与えられたのだ。出し物自体について彼女は何もわかっていないようだが――何が何でも観念に置きかえてわかろうとする必要はない――、舞台では結構うまくやっているようで、舞台で映えるし、声の出し方もかなりプロフェッショナルだ。アーサーと私はときおり微笑んで目で示し合わせる。彼は憎めない厄介者を、明らかに誇りに思っている。

第二幕が終わる。

もしこれが映画ならBGMには『ジョーズ』がかかるだろう。

父と娘の関係が相当不安定であることから彼に出くわすなど私の方で思いもよらなかったのは愚かだった。

〈神〉だ。

私と彼の息子が一緒にいるのがわかったときの彼の表情は、読めない。がっかりしたというふうではない。より正確に言えば、まったく信じられないという表情だ。まるで私が息子に考えられうるすべての女性に含まれないだけでなく、私は女性一般の範疇《はんちゅう》に入らないとでもいうかのようだ。とにかく彼は感情を隠すのが非常にうまいから、しかるべく私に挨拶をする。私は自分が望まれてもいない家族の集まりに無理やり引っ張られていったかのように場違いに感じる。自分を恥じることなど何もないのに居心地が悪い。

私は彼に元気なく汗ばんだ手を差し出し、力なく握る。

「パパ、アリーチェとはもう知り合いだよね」アーサーは普段の口調で言うが、彼の顔には皮肉な表情が浮かんでいる。明らかに彼はこの状況を楽しんでいる。

「幸いなことに」〈ボス〉は冷ややかに答え、彼とアーサーは見知らぬ人どうしのようにコルデリアの演技についておしゃべりをする。

〈神〉は四人目の妻候補として話題の女性を同伴している。彼女は尊大でおもしろみのないタイプだ。そこに、私を窮地から救ってくれるかのようにサリンベーニ伯爵夫人がやって来る。彼女が現れただけで〈ボス〉とその連れは恐れをなして逃げる。彼らの関係は白熱しているようだ。

サリンベーニ伯爵夫人の髪はプラチナ色で、手の込んだシニョンに結われている。コルデリアは驚くほど彼女に似ていて、〈神〉を介さず宿った子みたいだ。彼女はアーサーに気どらない本物の愛情を示す。

そのあと、「この劇をいただけないと思いますのは私《わたくし》だけかしら?」と、高貴なアクセントで聞く。

「控えめに言ってもひどい。でも彼女は満足している」アーサーがやさしさをわずかに示して答える。

「どなたか彼女に言ってやめさせていただけないかしら。時間の無駄ですわ。アーサー、あなたの言うことだけは聴くのよ……言ってみて下さらないこと?」

「約束する」彼はにっこり笑って答える。

伯爵夫人が遠ざかると私はすぐさまアーサーのほうを向く。「私たちのことをどう思われたかしら?」

「誰?　アンナのこと?　どうして興味があるの?」彼はしらばっくれている。

「違う、彼女じゃない！　あなたのお父様よ！」

「ああ、僕の父ね！」彼は裏声を出して応える。

「ねえ！　彼のことよくわかってるでしょう……私、真面目に言ってるの」

「よくわかっているとは言えないな。だから僕らが一緒にいるのを見てうれしかったかどうかよくわからない。君を悪いようには思っていない。わかってよ。たぶん君なら、彼を上司とは別の人として見られるんじゃないかな」

「別の人としてなんか見られない」私は冷ややかに言う。

「僕自身彼を父だとはなかなか見なせない。まあそんなことどうでもいいことさ」

「私には……重大なことなの」私はまごつく。

「怖がりだな」彼は明らかにおもしろがって首を振って言う。

＊＊＊

夕食をする店へ向かう車中、私はラジオ番組を興味津々で聴く。ジュリア・ヴァレンティの事件についての特別番組だ。

ソフィア・モランディーニ・デ・クレスは尋問を受け、カッリガリスがレモンみたいに彼女を絞ろうとしている。毒性検査の結果には明らかに彼も納得がいっていない。私は本気で明日、カッリガリスを訪ねようと思っている。彼に言うことがある。

「君はその件にまだどっぷりつかっているよな」おそらく私の冴えない顔を見てだろう、アーサーが言う。

私は顔を赤らめる。「ええ、まあ、そうね。でも今は話したくない」

「夕食ならいい？」

「ええ、でもあなたの家で」私は大胆にも答える。

彼は道から目をそらして、びっくりした眼差しを素早く投げかける。

「どうぞおいでください《ビー・マイ・ゲスト》」


アーサーの家で、近所の中華料理屋で買ったばかりの湯気が上がるワンタンを前に、ふいに私たちの視線が交わる。

「夕食を食べたいかどうかわからないよ」彼がはっきり言う。

静けさが私たちを波のように満たすと、部屋が島のようになる。

私はおずおず彼に近づいて指で彼の頬を撫でる。

もはや話さず、夕食もとらない。

とっておきの夜だ。

有名な女たらしの終わり

昨夜は家に帰らなかった。

私が隣で目覚めると、寝過ごしたことに気づいた彼はやさしく笑ってこう言っただけだった。「だいじょうぶさ。君は上司の息子を手に入れたんだから」

「いやなやつ。シャワーを浴びてもいい？」

「もちろん」彼は立ち上がって靴も履かずに床から拾い上げたシャツを着て、髪を整え、体をほぐすかのように首を回して私の視界から姿を消す。私はバスルームが使えるようになるのを待ちながらスリップとブラウスを着て、時計を見る。空っぽのお腹が鈍い音を立てる。

「アーサー……本当に遅刻しちゃうわ、お願い早くして！」遅刻とあらゆる不履行を念入りにコレクションするワリィに、私は新たなネタを提供したくない。

彼はゆったりとバスルームから出て来て、ドアの前で素早くお辞儀をする。

「どうぞお使いください。籐《とう》のバスケットにきれいなタオルを置いておいたよ。朝ごはん食べる？家には何があったっけ……」彼はキッチンのほうへ行きながら続ける。「ええっと……何もないからバールに行ったほうがいいね」

「すぐ終わる」私はシャワールームから大声で彼に言う。

温かいシャワーを浴びていると、彼がキッチンで大音響でつけたラジオからコールドプレイの

『ラヴァーズ・イン・ジャパン』が聞こえてくる。私は超特急で服を着て、バッグにいつも入れているわずかなものでどうにか化粧をして出かける用意を整えた。

「送るからね？」彼が車の鍵を取って聞く。

「悪いからいい」私はコートをはおって答える。

彼はじれったそうな顔をして、ドアを開ける。

「さあ行こう。でも食事をしないで仕事には行けないから、まずバールに寄ろう」

私たちは大学近くの小さなバールで朝食をとる。彼はエスプレッソとヌテラ入りのクロワッサンをオーダーして、首からブルーのカシミアのマフラーを外し、カップに入れた砂糖を溶かす。目に少し隈《くま》ができている。

「もうかなり遅刻だわ」私は彼の時計をちらっと見て暗澹《あんたん》たる思いで額に手をやる。

「君はもっとゆっくり生活しなくちゃ。肩の力を抜いて」

「あなたが言うことなの？　まるで自分のお父様を知らないみたいね。それにもっとひどいのがいるわ、ワリィよ」

私はテーブルの下で激しく足を揺する。彼の時計の針が八時半を指すと、私は急に立ち上がり彼の髭面《ひげづら》の頬に軽くキスをする。

「このまま僕を置いていくの？」まだクロワッサンを食べ終えていない彼が聞く。

「ごめん、これ以上いられない」

彼は落ち着き払って紙ナプキンで唇を拭《ぬぐ》い、立ち上がる。「待って、僕に払わせて。研究所まで送る」

「ううん、いいの。歩くほうが早いし、走ればいいだけだから」

彼は面倒くさくなったようだ。「またあとで電話する」

私はウインクして走り去る。

今しがた過ごしたばかりの素晴らしい夜に発する機嫌の良さが、悲報を知ることでことごとく消えうせてしまう運命にある。人間が足ることを知らない生き物だというのはまったくもって本当だ。アーサーとの夜の完全な愉悦から私が何を得たのかはわからない。しかし今日、期待を上回るものだったその愉悦が、ほんの一瞬のうちに色褪《あ》せてしまうなんて。

私たちは三人で研究室にいる。

アンブラは医師の職業責務の事例について分厚い書類を調べている。私はさっきアーサーと共にした一夜のみだらな出来事で頭がいっぱいだ。ラーラは不器用に出口を示してしつこく私と目を合わせようとする。彼女の意図を汲めない私は、彼女が最も古典的な言い訳を口にして初めてわかる。彼女は「トイレに行ってくる」と言いつつ、明らかに私について来るよう誘う。アンブラはいつものように私たちを無視する。

「どうしたの?」敵から安全な距離になったとたん、私は彼女に聞く。

「急いであなたに言わなくちゃならなくて。すごい噂話があるの」彼女は胸を張って答える。前回もこんなふうに切り出しておきながら、結局些細で意味のないニュースだったから私は何も期待しない。

私たちは邪魔されずに話そうと、あまり使用されない障害者用トイレにこもる。

「誰と誰がつきあってると思う？」彼女が切り出す。

「ラーラ、わからない。じらさないで」

「クラウディオがね……」

彼女が彼の名を発音するのを聞くと、戦慄《せんりつ》と悪い予感とひどい感覚に襲われる気がする。「クラウディオが誰とつきあっているの？」私は思わず急《せ》かす。

「アンブラとよ、公に」

ちょっと間がある。

「ラーラ、どういう意味で公なの？　クラウディオはそんなこと絶対しないはずよ」

「あのね、私が知っているのはただ、彼らが今日一緒に研究所にやってきて、『ラ・ブーム』でも見ないようなキスをし合ったってこと」

「それがどうしたの。体の関係だけでしょう」

「違う。もうちょっと先まで行っているって聞いたわ」

私は何となく予測していた。二人はなるべくして早晩そうなるだろうと。彼らの性的な緊張は常にわかるほど強かった。

それにしても、このことに自分がこれほど傷つくとは思いもよらなかった。

＊＊＊

午後早い時間にシルヴィアが電話してきて、彼女の家から数百メートルのヴァチカン美術館地区にある日本食レストランに、夜寿司を食べに行かないかと誘われる。私はアーサーとの進展を彼女に知らせたいこともあり、喜んで応じる。

約束の店の前に、彼女はいつものように遅れて、普段と変わらぬ派手な格好でやって来た。私は彼女を見るたびにいつも自問する。彼女は本物か偽物かと。マダム・タッソー館の蝋人形か、あるいはあちこち少しシリコンを入れているだけなのか？

「あなた《マ・シェール》、遅れてごめん」

「もう慣れっこよ。入ろう。おかげであなたは二十分並ばずにすんだわね」

素敵な強い香りを放ちながら席に着くと、彼女は無頓着に上着を脱ぎ、首元がちょっと縮れた灰色の半そでセーター姿になる。手首にはブレスレットをいっぱいつけていて、腕を動かすとじゃらじゃら鳴る。ボリュームのある赤くて長い無造作な髪が肩に垂れていて、全体的にとても挑発的な雰囲気だ。

注文を終えると私たちは一連の話題を真剣に話し合う。具体的には、私の仕事の悲惨な話、クラウディオ・コンフォルティとのわけのわからない、何とも感じの悪い関係、マルコメス・ジュニアとの恋の進展だ。私たちがそれらの話題の感情的な進展について話し始めたとき、まったく知らないわけではない声に私は注意をそらされる。

「シルヴィア」

私たちはほぼ同時に目を上げる。

まったく驚いたことに、私の前にヤコポ・デ・アンドレイスがいる。いつものようにアスコットタイをつけた彼の完璧な顔つきが、今晩は新たな特徴を帯びている。あるいは、近親者を失ったにもかかわらず、単に新陳代謝しているだけなのかもしれない。事実、彼の顔は以前よりずっと輝いていて、いわゆる美男子とは言えない気はするものの、きらきらした微笑が上品な魅力を与えていることは確かだ。

シルヴィアが立ち上がり、親愛を込めて挨拶しながら彼の呼びかけに魅力的に応える。

彼女は実にきれいだ。

うわの空だが礼儀正しく驚くヤコポは、私を思い出しているようだ。

「間違いでなければアレーヴィさんですよね」彼が正確を期そうとするかのように目を細めて聞く。

「ええ、アリーチェです」

「知り合いなの？」シルヴィアがやさしく尋ねる。

「うん、残念ながら」ヤコポは答えるが、具合の悪いことを言ったことにすぐ気づいて急いで言い直す。「僕らが知り合った状況においてという意味で……」彼は最後まで言えないかのように文章を途中でやめる。彼の顔が曇ったことに驚いた賢いシルヴィアが話を継ぐ。

「あなたの従妹さんのこと、お聞きしました。ご愁傷さまです。電話しようと思ったけど……こんな状況では心配されるのは慰められるより疲れると思って」

「まったくそのとおり」彼はきっぱりとしてはいるが上品に、笑顔を失うことなく答えた。彼のこの笑顔は、話の合間にいつも味わいを添える。そして、「先生、お変わりありませんか」と、ようやく私のほうを向く。

「ええ、ありがとうございます」私はすごく引け目を感じて答える。ヤコポ・デ・アンドレイスのほうが私より心理的に上手だ。

ヤコポとシルヴィアはそれから純粋に法的なことに関して少し話を交わし、その半分もわからない私は、彼らがそのうち挨拶して別れるのを待っている。

そこへビアンカがやって来た。

トイレから出てきた彼女はとても痩せていて、痩せたことで彼女の容姿のいくつかの特徴が強調され、いっそうジュリアに似ている。髪が少し短くなり、隠そうと努力しているのに隈《くま》が刻まれた彼女のドキッとするような目が、今晩はかつてないほど暗く思える。彼女はちょっと迷いながら私たちのテーブルのほうへやって来る。私に軽く微笑みかけると、彼女の睫毛《まつげ》がしばたき、猫のような目がほんの一瞬きらめく。

ビアンカは自分自身に居心地悪そうに見える。目を伏せて背中を少し丸めている。ここからいなくなりたい、あるいは、別の場所にいたいと思っているようだ。

「ビアンカ、だいじょうぶ?」私が聞くと、彼女は私を困ったように見つめる。

そしてようやく「ええ、ええ」と繰り返す。「頭がすごく痛いだけ」と言って、最後に従弟のほうを向く。「ヤコポ、行きましょうか」

彼はうなずいて、シルヴィアには感情を込めて、そして私にはおだやかに挨拶する。彼のそばでまるで亡霊のようなビアンカ・ヴァレンティが私たち二人に無気力に挨拶する。

「なんで彼のこと知ってるの?」新たな話題に大喜びの私はすかさずシルヴィアに聞く。

「しーっ、ばか。まだ見てるわよ」彼女が口を動かさずわざとらしい笑みを浮かべて答える。私は彼女が説明してももうだいじょうぶと思うまで我慢する。彼女は巻物をわさび醬油につけてようやく話し出す。

「あなたは知らないかもしれないけど、ヤコポ・デ・アンドレイスは弁護士なの。だから私が彼を知っているわけ」

「いかなる関係で?」私は彼女に尋問のような調子で聞く。

「深入りはしていないけど、一度だけ寝たわ」

私は寿司でむせるが、わさびのせいじゃない。

「シルヴィア!」

「何よ?」

「そんなばかな」

「何で?」シルヴィアは古臭い私にいらいらしているようだ。「二年ほど前、アスティの会議で一緒だったの。で、どうなるかわかるわよね。食事のあと飲みに行って、意味深なことを言って見つめ合い同じホテルに戻る。そして最後は同じ部屋にね」

「話してくれなかったわね」

「私が寝た男性の話をあなたに全部言わなきゃいけないとしたら……」彼女は返事をかわす。

実際シルヴィアは恋愛においてちょっと無秩序であり、最初から恋の冒険を割り切ってきた。生まれつき本能的に肉食系なのだ。

「彼のことを話してよ」私は興味津々で尋ねる。と言っても、もちろん彼とシルヴィアとのたまの関係についてではない。「彼、決まった人はいないでしょう?」

「いるし、二年前もいたわ。少なくとも十年前からあのドリアーナ・フォルティスのぼんやりさんと一緒だけど、絶えず彼女を裏切っているのは周知のこと。今晩見たあの女性も……新たな尻軽女かも」

「それは違うわ、彼女は彼の従姉で、亡くなった女性のお姉さんよ」

「へえ。どうしてそんなことを知っているの?」

「クラウディオが検死をして、私は事件をじっくり追っているの」私はどちらにしろ重要でない詳しい説明は省く。それより私が知りたいのは、まったくわからないあの男についてだ。彼はやさしい人物に見せかけたひどいやつなのか、その逆なのか?

「彼女、身なりに無頓着だけどとてもきれいね」

「今晩は変だったわ。知り合ったときは無頓着どころか四十年代の女優みたいにすごくきれいだったのに。彼女が妹の死についていくつか医学的なことをはっきりさせたいというので何度か会っているんだけど、うれしいことに仲良くなっちゃって」

「まあかわいらしいこと! 小学生の女の子みたいに仲良くなるなんて! あなたは石とだって仲良くなるわね」シルヴィアがえらそうに言う。

「あなたは相変わらずやきもちやきね。所有欲が強くて、ユキノにさえやきもちをやくんだもの」

「特にユキノにはね」

「ヤコポとドリアーナに戻ると？」

「お互い都合のいい関係だと思う。ヤコポは感覚が鋭くて、常にちゃんと状況を選んで彼女を裏切っている。彼の興味を惹くのは楽しかったわよ」

「でも、都合のいい関係が彼にどうして必要なの？　有名で恵まれた家の出なのに」

「そうね、だけど彼はそう思わせたがっているほど金持ちじゃない。ところがドリアーナはジョヴァンニ・フォルティスのたった一人の相続人で、つまり、フォル・テックのオーナーだもの。宝くじを当てたのと同じくらいたくさんお金がある」

「で、彼は彼女を利用していると思う？」

「してほしくないけど、しているでしょうね」シルヴィアの直感的能力が高いことを考えれば、この仮説はありえる。

「ドリアーナとは知り合いなの？」

「アリーチェ、尋問みたいだからやめて！　でも知りたいなら彼の手腕のことを教えてあげられるわよ。すごいわよ、本当に」

「それはよかったこと。でも私は別の側面に興味があるの」

シルヴィアはあきらめたように首を振って微笑む。「ドリアーナのことは少ししか知らないけど、特に才気のある女性とは言えない」

「で……あなたと過ごした晩、彼どうだった？」

「上流社会の人ね。ちょっと上機嫌だったのはコカインをやっていたからだと思う」

私のアンテナが彼女のほうへと向く。「何でわかるの？」

「少しくれようとしたから。断ったけどね」

「常用しているの？」状況は面白味を帯びてくる。

「わからない。そんな噂もないし、とにかくあの晩はそれ以上立ち入らなかった。私にくれようとしただけ。礼儀をわきまえた人なのよ。翌朝一緒に朝食を食べて、私はローマへ、彼はドリアーナが待つロンドンへ旅立って行った」

「で、そのあともう連絡を取り合ってないの？」

シルヴィアはちょっと考えて、最後に「とったわ」と、答える。「新年の挨拶はしたけど去年のことで、今年はとってない。そろそろ話題変える？」

「ううん……お願い。だって興味があるんだもの。従姉妹については何も知らない？」

「亡くなった妹のほうはよくモデルをしていて、マジできれいだった。ヤコポと一緒に過ごした晩に彼女が彼に電話してきたの。ジュリアっていったわよね。彼は彼女に、兄みたいっていうのかな、すごく愛情深かった。一瞬彼女にやきもちをやいたほど。あなたのお兄さんや私の兄のことを考えてみて。で、ヤコポ・デ・アンドレイスみたいな兄がいるって考えてみて」

ローマはサクロファーノよりひどい。都会のようでありながら、いつだって結局みんな知り合いなのだから。特にある種の場では。シルヴィアと夕食に寿司を食べることでこれほどの情報が得られようとは！

思い切ってカッリガリス警部の執務室を訪問

「どちら様ですか?」制服を着た褐色の巻き毛の女の子が感じよく私に聞く。

「アレーヴィと申します」

私は村上春樹の『アフターダーク』を読みながら待つ。三時で、研究所を出てきたところだ。ヴァレンティ事件についての考えを誰かに話したくて、家へのいつもの道から警察署へ続く道へと行き先を変えたのだった。

カッリガリス警部は丁重に私を迎え、前回と同じく煙草の煙でもうもうとする執務室の空気を換えようと、一つだけある窓の板戸を開ける。

「どうもアリーチェさん、お会いできてうれしいです。何かお役に立てますか?」

「警部、実は何か助けていただきたいわけではなく、ヴァレンティ事件についてお話しする必要がありまして」

彼は目をぎょろつかせて軽く咳払いをして、「先生、あなたが指摘なさったことは検証しましたのでご心配なく」と、小さな声で慇懃《いんぎん》無礼に言う。

「その件でお話ししたかったのではないのです」

「と言いますと?」彼は困ったように答える。

「毒性検査の結果についてお話ししたくて」

カッリガリスは微笑む。「結果は存じておりますよ。コンフォルティ先生はいつもながら完璧でした」

何についてであれ私と話す必要を感じていないと彼がやんわりと言うのはわかるが、私はねばらなければならない。

「ソフィア・モランディーニ・デ・クレスの血液中にはパラセタモールはありませんでしたよね」

「それはそうですが、何か腑《ふ》に落ちないことでも?」彼は顎《あご》に片手を当て、少なくとも興味のある口調で聞く。

「そうなんです……私が申し上げたいのは、モランディーニがジュリアと同じ薬を使ったと証言している場合、例のパラセタモールは、何者かが彼女を殺そうとして与えたということでしか説明がつきません」

痩せ型でいつもながら何となく汗ばんでいるカッリガリス警部が、考え深そうな態度を見せる。彼は私を率直な興味を持って見ると、次の瞬間、ドアに向かって立っていた係の男性に戻るよう合図をする。

「アレーヴィ先生、仮定では二人の女性に使われた麻薬は同じ出所の物ですが、二人が服用したものは別物かもしれないということは除外されません。つまり、二つのうち一つにはパラセタモールが含まれていないということです」

私はいらいらして彼を見る。「なんて偶然なんでしょう! パラセタモールがよりによってアレルギーだとわかっているジュリアの服用分に入っているなんて! 悲劇的な運命ですね。それに警部、両者の血液から検出された代謝物質は同じです……パラセタモールを除いては。警部もこのようなデータを疑うべくもありませんよね」

カッリガリスは微笑むと、すぐに驚くほど鋭い目つきになる。「とても素晴らしい異議申し立てですし、よく考えておられる。あなたの意見をもっとうかがいたいので続けてください」

「こういうことですよね？　ソフィアは使った麻薬が同じだったと証言している」

「先生、じらさないでください！」彼はやさしい笑みを浮かべて応える。「あなたの理論を話して、私にその理論をがんばって検証する課題を与えて下さい」

「わかりました。できるだけうまく説明します。もし薬物が同じだとすれば、ジュリアはパラセタモールを別のときに服用したのであって、ヘロインに混ざっていたわけではなかった。なぜか？　可能性は三つあります。誤りか、自殺か、あるいは何者かが彼女に与えたかです。もし何者かが彼女に与えたのであれば、彼女を殺すためでなければどんな意図でしょう？」

「仮説を一つずつ検証しましょうか」カッリガリスはポールモールに火をつけて提案する。

「誤ってだとすれば……どうやって？　錠剤を他のと間違えてでしょうか？　一般的にアレルギーだとわかっている人は、服用するものにとても注意を払いますからそれは変です。自殺だとすれば……それもありえますが、この場合、私がすでに申し上げた異議の他に、何の痕跡も見つかっていないのはどうしてでしょう。薬の包みもメモもありません。一方で他殺を考えてみて下さい。彼女を殺す最上の方法は何でしょうか？　迅速で、結果がほぼ確実で、血を見なくてすむ方法。理想的な武器、それは、ジュリアと同じ免疫システムです」

カッリガリスがうなずく。「アリーチェさん、的を射た考察ですね。確かに我々はすでにあらゆることを考慮しましたが、あなたの熱意には本当に打たれました」

電話が鳴ると、彼は出ないわけにはいかない。見るともなしに彼のデスクを見ると、おそらく双子の、驚くほど警部に似た子どもの写真があって、私は癒される。似ていることが利点になっているわけではないものの、彼らはまさに顔立ちが整っていないからこそかわいらしく、またいかにも子どもらしく無邪気に喜んでいる様子が素晴らしい。

「アリーチェさん、申し訳ないが私は行かなくちゃいけなくなりました。しかも急いで」彼は受話器を置き、デスクから煙草とライターと使い込んだ書類カバンとクジラの形のビロードのキーホルダーを取り出してから私に説明する。

彼の言葉を聞いた私はドアのほうへ行く。カッリガリスは心を込めて握手をして丁寧に挨拶する。

「またお話ししましょう」

逆説

そうこうするうちに——アーサー、ヴァレンティの件、クラウディオとのいざこざの順に気を取られ——私は不可避の事態から目をそらし、自分に課せられた期限が終わりに近づこうとしているのに、破滅を食い止める解決策を何も見出せないままでいる。事実、ワリィの恐るべき最終通告から ほぼ二カ月近くが経過していた。アンチェスキに助言を請いに行きはした。例えば私がヴァレンティの件に一生懸命取り組んでいると彼がワリィに説明してくれるだけでいいのだ。だが、本当に正直なところ、私は他に何かしただろうか?

いや、していない。私は落ちこぼれだ。自業自得だ。

すっかり疲れ切った私は、当事者と直接渡り合い、私の運命をどうすることにしたのかを探り出すことにする。

賭けはなされた。

トントン。

「どうぞ!」ワリィがヒキガエルみたいな声で答える。この声を聞くと私はいつも喫煙がどれほど声帯を悪くするかを思い出す。「ああ、あなたですか」彼女は素早く私をちらっと見て言う。

「今よろしいですか?」

「どうぞ」ぞんざいな口調で彼女は言う。話したくなさそうだ。

「ボスキ先生……今お話しすることではないかもしれませんが……」

彼女が遠視用メガネをはずして紫がかった両手で頭をかかえる。

「アレーヴィ先生、あなたには多くのことが欠けていますが、おもしろいことにタイミングの感覚も欠けていると私は思っていました。だから、もちろん今回だって驚いてはいません。ご自分の状況について話したいのでしょう? 例の件に関して私が決定を下したかどうか知りたいのでしょう?」

「はい」私は力いっぱいうなずいて認める。

〈醜女《しこめ》〉はじっと考え込んだ様子をして、こう説明する。「このところ私は黙って見ていました。かすかな改善がわずかにあることは認めないわけにはいきません。アンチェスキ先生からヴァレンティ事件についてのあなたの直感についてお聞きしました。でも、ツバメが来たからといって春になるのではないと言いますよね。相変わらずやる気がないようですが、少なくとも改善された点もありましたから、以前との違いになるような何かを私は今も期待しています。期待に応えられると思いますか?」彼女は再び眼鏡をかけながらこう聞く。

「自分がどの方向へ進んでいるのかもっとはっきり知りたいのです。最大限努力したのですが、実際には……自分でもわからなくて」

〈醜女〉はひとまず私の素直さを評価したうえで、やさしいとも言えるような口調で応える。「コンフォルティ先生とオートプシー・イメージングのプロジェクトの仕事ができるかもしれません。ああそうだ、あなたはオートプシー・イメージングの可能性を信じていないのでしたね」

私はオートプシー・イメージングだけは何があっても信じない。でも身を守るためなら信じる努力をしよう。しかしクラウディオと仕事をするのは……いやだ。それだけはいやだ。いつもの卑屈な力学に戻って、彼とアンブラの気持ち悪いやりとりを見るのはいやだ。そんなの無理だ。

「あの仕事の研究チームはもう満員だと思っていましたが」

「必死で働く気のある人にはいつでも空きはあります」**そうですか、わかりましたよ。**「こうしましょう。あなたの問題に対する最上の解決策をあげましょう。コンフォルティ先生は大変公平な方ですし、誰が有能かを完璧に見分けられます」結局のところ、こびへつらっても意味がないということだ。

「プロジェクトを一人で仕上げてコンフォルティ先生に提出してください」

「もし彼の気に入らなければ？」

「留年してもらうしかありませんね」

そんなことは受け入れられない。私の将来がクラウディオの掌中にあるということ？　アンブラを喜ばせるためだけに、私は研修医として留年したまま朽ち果てるの？

ワリィは爪を噛んだ跡のあるずんぐりした指で、猛烈な勢いで電話番号を回す。

「クラウディオ？　私の研究室に来てちょうだい。よろしく」

やめて、お願いだからやめて。

瞬きをするうちにおべっかつかいのクラウディオはすかさず彼女のもとに駆けつける。彼は私に困ったような落ち着きのない目を向け、それからとても卑屈に〈醜女〉に何の用かと聞く。

「オートプシー・イメージングのプロジェクトは手詰まり状態なんでしょう?」

クラウディオが額に皺《しわ》を寄せる。「先生、手詰まりではありません。とくに満足しているわけでないのは事実ですが、とてもうまく運んでいます。症例データの収集と放射線診断のやつらとの協働を指揮するのには問題もありますが」

「そうなの。私はあなたのプロジェクトのあらゆる問題の解決策を見つけたわ」彼女は邪悪な微笑を口に浮かべ、私のほうをまっすぐ見て彼に言う。クラウディオがスローモーションみたいに振り向き、純粋に驚いて私をじろじろ見てから、「彼女のことですか?」と、少々苛立《いらだ》っている私の心に侮辱に響く口調で聞く。

「そのとおり。アレーヴィ先生は大変意欲的で、あなたの仕事のプログラムに加わることができるよう私に頼んできたのですよ」

嘘つきめ! これでこの〈いやなやつ〉は、私が彼に追従したい一心で立ち回ったと思うことだろう。

「いいでしょう」クラウディオはいかなる感情も示すことなく答える。

「クラウディオ、彼女の仕事を提出する際に報告書を私に下さい。試験と同じ扱いですから。いいですね?」

「わかりました」彼はかっこいい顔に先輩ぶった愛想笑いを浮かべて答え、それからわずかに斜視の目を私に向ける。「アレーヴィ先生、僕の研究室について来て下さい。仕事の内容を教えます」

ワリィはとても寛大にふるまったと確信して私に微笑む。私はしぶしぶ彼女の笑顔に応えてクラウディオについていく。廊下で彼は私を見もせず、言葉一つかけない。研究室に入ると念入りにドアを閉めて、いらいらして私を見る。

「そうか、君は僕のグループに入れるよう頼んだんだな。僕のしたことをばかにしたばかりなのにどういうわけだ。君が僕とそんなに働きたいなんて思いもよらなかった」最近の行き違いを考えれば彼の皮肉にまったく根拠がないわけではないが、私は真実をどう説明すべきかわからない。

「実はあなたが思っているように事が運んだわけではないの。どこかのグループに入れてほしいとワリィに頼んだだけ……どこでもいいからって」私は自分が望んでもいないことについて説明するのがいやになり頭を垂れる。「クラウディオ、あなたは他の誰よりよく知っていると思うけど、私の能力をあまり信用していないワリィが、あなたとオートプシー・イメージングについてのあなたの研究を思いついたの。選べるなら私はあなたのグループに入りたいなんて頼まなかった。それは確かよ」

「そこまで僕を貶《おとし》めるのか?」彼はこう言って、――彼の場合、見た目は疑ってかかったほうがよいとはいえ――不快な顔をする。

「あなたを貶めたりなんかしてないわ」なんだかんだ言ってそれは本当だ。「でも、私たちはもはやこんな状態になっちゃったし、最近私たちの関係のしこりになるような問題もあったから……一緒に働くのはよくないと思うの。それにあなたは私をまったく価値がないとみなしている。そのあなたが私の法医学者としての能力についてワリィに意見を言うのは、逆説的とは言わないまでも不適切だわ」

彼は少し黙ったままデスクを片づけているが、それは困惑を隠すためにすぎない。「とにかくその話をしても無駄だ。首脳陣の命令には逆らえない。しなきゃいけないんだから、一緒に仕事をするしかない。僕は君についての判断を公正にするよう努力するし、できるだけ君を手助けすると約束する」彼は最後にこのうえなく魅惑的な笑みを浮かべて締めくくる。この笑顔に私がどれほど飢えていたか。彼に無視されるのがどれほど辛かったか。「あの椅子を取ってきて、僕の近くに座ってくれ。何をするか説明しよう」

すべての人に値段が付けられている。最悪の敵はそれにお金を払うことのできる人だ

「じゃあ要点を繰り返してみると、何をすべきかわかった?」

私は憤慨してクラウディオを見据える。彼はすかさず自分の悪意に見合う課題を私に見つけ出したのだ。公平に振る舞うと彼がその前に約束していたのは幸いだった。

「これはストレッチャー運搬人の仕事よ」私は思い切って異議を唱える。

「僕が君ならつべこべ言わない」彼は眉を吊り上げて意地悪く答える。アンブラが下劣な笑いを隠そうとする。「それに、明らかなことだが、君が死体安置所に死体を取りに行き、僕らがオートプシー・イメージングをする放射線科に運んだところで、君の最優秀医学士の価値は下がらない。そのうえ、手順通り警備員カポチェッロ氏が付き添うのだから。彼はとても有能な人だから、まあ、彼が全部やるさ。君はただ二つの建物を結ぶトンネルを彼と死体とともに通ればいいだけだ。とにかくアレーヴィ、さっさとしてしまおう」

「でもなんで私なの?」ストレッチャーの死体を従えて行かなければならないという考えにあまり熱意を抱けない私は食い下がる。「それは男の仕事よ!」私は聞こえないふりをする卑怯者のマッシミリアーノ・ベンニをにらみながらぶちまける。彼は年だって私の下なのに。

「僕の意見を言わせてもらえば、法医学全体が男の世界だ」わずかな皮肉もまじえずクラウディオ

は答えて、「それなのに君たち女性もそこに入りたがったのだから、都合よく後戻りはできない」と、平手打ちをかましたくなるような頑固な顔で締めくくる。私を助けようとしての言い分だったが、もし私をやっつけたかったのならどうしただろうか？

「ダーリン、性差別はだめよ」アンブラがむっとして彼に言い、私に仲間意識を働かせてにっこりするが、そうはいっても彼女はパーティーの女王様然とした雰囲気を漂わせていて、そのパーティーに私は招かれてもいない。

「どうしてもというのなら……」私は怒りを隠せずぼそっと言う。私が救われるかどうかは彼の掌《しょう》中《ちゅう》にあるし、最後まで私を侮辱したいならすればいい。私は彼の決定を疑問に付すときは必ず良心の呵責《かしゃく》を感じてきたというのに。どれほど私の高潔な心遣いが無駄になったことか。

「よろしい」と、彼がもったいぶった口調で手を脇にやって答える。「十四時半に放射線科で待っている。アリーチェ、これは重要なことだから遅れないでくれ」まるで間抜けな人に対するように音節で切って強調する。彼は明らかに私が間抜けだと考えている。「後方でサポートする人や機械の問題が一杯いっぱいで、無意味に問題を増やすわけにはいかない。機械は生きている患者の検査に必要だし、放射線科のやつらは絶対時間を無駄にしたがらない」

「私は飛ぶことなどできないのよ。もう十四時六分なのにどうして早く言ってくれなかったの？」

「ああ、アレーヴィ。不平不満の口ぶりだな」彼は腕組みをしてうれしそうに答える。「それに何より、共同作業の姿勢が見られない」

他の同僚の目が私に注がれ、時間が過ぎていく。これ以上時間を過ごしても無駄だ。

私は大仕事に取り掛かる。私のブーツのヒールが研究所と死体安置所をつなぐ地下トンネルの床に響く。ここを通り抜けるには平均して五分から十分かかる。安置所に着くと、心配になるくらい顔色が悪い警備員が、チェックのコットンのバンダナで禿《は》げ頭を隠し、憔悴《しょうすい》した様子で椅子に掛けていた。

「だいじょうぶですか?」

一瞬のうちに死体のような青白さから胆汁のような緑色に顔色が変わった哀れな男は意気消沈して首を振り、前の晩におかわりしたターラント風ムール貝のスープの消化が悪いのだと強いプーリア地方の方言の抑揚で応えて、吐き気を抑えながら椅子から立ち上がる。

「どうぞ先生、早くしてしまいましょう」彼は苦しみながらも私を励ます。

一人で死体を動かさなければならないこと、それに決められたやり方に違反することが心配であるにもかかわらず、他利主義的なもう一人の私がこう言ってしまっている。「立っていられないようですね。家に帰られたほうがいいのではありませんか」

腹痛に襲われて目をしばたたきつつカポチェッロ氏はまたもや椅子にくずおれ、私を見て今にも私の受けてはいけない申し出を受けそうになっている。

「でも誰が付き添うんですか?」

「一人でも行けます。短い距離ですから」

「困りましたね!」と、ぼそぼそ言う。あまり納得していないようだ。

「困ったことではありません。誰にもばれませんから。そこのところはよろしくお願いしますね」

こうして私は、感謝され成功を祈られつつ、十四時十九分にストレッチャーの取っ手を手袋をはめた手でしっかり持ち、死体を引っ張って放射線科のほうへと安置所を出る。十四時二十七分、もう少しで目的地まで着くというところで携帯電話が鳴る。通常、ここ〈黄泉〉の国で電話が鳴ることなどないからそれ自体奇跡だ。電話は私が知らない番号だ。

「もしもし?」

「シュ、シュ、シュ、シュ……アリーチェ……クシュ、クシュ、クシュ、クシュ……」

うまく聞こえないのがとてももどかしかった。私はストレッチャーから手を離して、電波が届く区域だと思われる窓のほうへ遠ざかる。

「アリーチェ?」

イスタンブールのアーサーからだ。「こんにちは! ごめんなさい、今電話で話せないの!」私は時間を見て彼に言う。十四時二十九分だ。

「ごめん、邪魔はしない。こっちはだいじょうぶだとだけ言いたくて」私は彼の電話をすぐに切るような無礼はしたくない。二、三分遅れるだろうか? もう着いたようなものだ。

「もちろん邪魔じゃない……ただちょっと大変な局面で。あとでちゃんと説明するね。何時の飛行機?」

「今晩九時十分」

「迎えに行こうか?」

「だいじょうぶ、タクシーに乗るから。でも明日会おう。君は一緒に来なくて大失敗だったよ。イスタンブールの街は……」

実は、仕事のことを考えた私は一緒に行く機会を断ったのだった。短期間であり、アーサーと一緒だとはいえ、こんな大事なときに行くことはできなかった。

アーサーが街の印象を話すのにまかせていた私が時間を見ると、すでに十四時三十五分だ。電話を切らなければ。

「もう行かなくちゃ……あとで電話し合おうね」私は明日また彼に会えるのを今から楽しみにして言う。

私はうっとりする。彼とはうまくいっている気がする。

携帯電話を白衣のポケットにしまって死体を取りに戻る。

でも、どこなの？

冗談だとしたらひどすぎる。

たかだか百メートルほど離れていただけなのに。

私のすぐそばにあった死体が盗まれるなんてありえない！

どうしよう。

携帯電話が鳴る。今度かけてきた人はやさしく話してなどくれない。

「アリーチェ、おまえいったいどこにいる？」もちろんクラウディオだ。

「今着くところだから」私はそそくさと話をやめて電話を切る。

途方に暮れた私は信じられない気持ちであたりを見る。死体の跡形もなければ、生きた人間さえいない。

なんてこと！

ストレッチャーを動かそうなどと困ったことを考えた人に出くわせばと思いつつトンネルを戻ってみるものの、見つからない。

私はパニックに襲われそうになる。激しい腹痛だったとしても地下トンネルをカポチェッロ氏に伴われず行こうと考えたのが最悪だった。言い訳しても仕方ない。放射線科に行ってクラウディオと対峙《たいじ》しなければ。それにアンブラとワリィとも。

私はどうしてこうも運が悪いんだろう。なぜ？　何か悪いことでもしたのだろうか。

私は本当はきちんとした人間なのに。遠方の子どもを養子縁組したし、「エマージェンシー」にも寄附している。もちろん買い物で浪費することもあるが、そんなのたいした罪じゃない。

放射線科の青いドアが開くと、耐えられない気持ちになる。かなり取り乱した様子のクラウディオとアンブラが私の方にやって来る。十四時四十八分だ。

「死体はどこだ？」と、クラウディオが、巻き爪でも見るかのように私を見ながら不満をぶちまける。

「クラウディオ、あの……それがわからないの」私は一気に白状する。

彼は今にも脳溢血《のういっけつ》になりそうだ。「わからないとはどういうことだ？」

「死体がどこにいったかわからないということ」

クラウディオはこの時点で、僕は天才だがばか者と向き合わなければならないときもあるという方法を採用する。「アリーチェ。ちゃんと説明してくれ。安置所に死体がなかったのか？」

「ううん、あった。運んでトンネルまで来たときに……ほんのちょっとだけ注意散漫になってしまって。でもほんのちょっとだけよ、本当に。そうしたら……」

「そうしたら死体がもうなかったのか！」クラウディオは爆発の前段階である皮肉を込めて大声で言う。「で、カポチェッロは？　どこにいた？　一人で行ったわけじゃないだろ？」

私は下を向く。「彼は具合が悪くて、私が……全部一人でできるって言ったの。本当はそれほど重症でもなかったのに」

彼の斜視の目があるべき位置に戻ると、いっそう鋭く軽蔑を込めて私を見るうちに頸《けい》静脈がうっ血で破裂しそうになり、彼は不満をぶちまけるにまかす。「実に上出来だ！　手順を守らないだけでなく――ああ、カポチェッロも僕が言うのをもちろん聞いているさ――死体をなくすとは！　たった一つ頼んだだけなのに。君をプロジェクトに入らせるのは最悪の考えだとわかっていた。無能な女性のなかでも……」

「落ち着いて」アンブラが、憐れみからか連帯心からかその両方かわからないが、彼に言う。抑えきれなくなった私の目から涙が出ることにおそらくあわててのことだろう。

「何が起こったかもっときちんと説明できる？」彼女とは思えないほど静かな口調で〈女王蜂〉アンブラが聞く。

私は彼女に事実のあらましを要約する。彼女とクラウディオはけげんそうに互いを見合う。

「ワリィには何て言えばいいかしら？」〈意地悪女王蜂〉がトッズの靴を履いた足を床に打ち付けて

聞く。

私の言い分はわかっているでしょう？　何とでも言ってちょうだい。私の威厳もそう安くはない。あなたに告げ口しないでと泣きついたりはしない。

「まず死体を探し出しましょう」アンブラがウインクしながら落ち着いてとりなす。

私は、彼女が人でなしになるときと寛大になろうと努めるときの、どちらが嫌いかわからない。

＊＊＊

「彼女が注意散漫なのはわかっていました。ちょっとぼんやりで、これまで取り返しのつかない間違いをしてきました。書類の記入を間違えたり診断報告書を文字通りびりびりにしたこともありましたし、死体の発掘を前に後ずさりもしました。でも死体をなくすなど思いもよりませんでした。すごいことをやってくれました。アレーヴィ、僕の知っている誰も、いや世界の誰も、君ほどの無能さには達していない。死体をなくすなんて……」

ワリィはひどく幻滅したようだ。

大地が一瞬のうちに私を飲み込んでくれるといいのに。

「自分がしでかした不手際をわかっていますか？」

それがわからないほど愚かではない。

「幸いにも消化器病棟の看護師が死体を見つけてくれました」

看護師がそんなことをしたからこそこの騒ぎが起きたのだとワリィに繰り返しても無駄だ。

「電話を取ろうとして一瞬離れたんです……」自分が元気なくつぶやくのが聞こえる。

「それはまともなことですか？　ものすごく気を使わなければならない任務に就きながら電話に出るために死体を病院の共有廊下のど真ん中に見張りなしで置いていくなんて。死体に気づいた衛生担当者がさっさと片づけてしまうかもしれないとは考えませんでしたか？」

「五分もかからなかったので」私は下を見て言う。

「五分もあれば多くの問題を起こすのに充分でしょう！」

勇気を出して一瞬上げようとした頭を再び下げて、「私は研究チームからはずれるでしょうか？」と、か細い声で尋ねる。

ああ神様。

「何とも言えません。コンフォルティ先生と話してください」

家に帰るタクシーの窓を小雨が濡らし、茫然自失の私は窓の外を眺める。これほど自分を愚かだと感じたことはめったにない。

私は取り柄なしの敗北者だ。救済の唯一のチャンスを、情けないことに台無しにしてしまった。

タクシーの運転手に料金を払って傘もささずに表玄関のドアまで行く。ユキノが家にいないことに何となくほっとする。起こったことを全部彼女に説明すれば、私は打ちのめされるだろう。

服をいい加減に床に脱ぎ捨てて、急いでシャワー室に入る。ざあざあ流れるお湯に涙が混ざり、マスカラが滲《にじ》んで、マスカラと一緒に化粧が全部滲んでも、いやな考えは流し落とせない。

今晩アーサーが戻ってくるのがせめてもの救いだ。

本を読むこともテレビ番組を見ることもできない。うまく話せないから母との電話もそそくさと終わりにする。

十時だ。自分を落ち着かせるにはこれしかない。

私はそのへんにあるものを着て、テルミニ駅まで地下鉄に乗り、そこからフィウミチーノ空港行のシャトルに乗りこむ。こんなときにボロ車でも買っておけば役に立つのにと独り言をいう。

着陸予定時刻まで、眠気も辛抱も希望もなく空港をうろつく。

しみで汚れた椅子に身を落ち着けて、iＰｏｄでアニー・レノックスの『ホワイ』を聴き、ナディン・ゴーディマーの素晴らしい本を何ページかようやく読んで時間をつぶす。

モニターが二十一時十分のイスタンブール―ローマ便の到着を告げると、ようやく一日が終わろうとしている気がする。

到着して二十分後、片手にノースフェイスの空色の大きなカバンを、もう片方に火をつける準備をした、すぐそれとわかるマルボロ・ライトを持ったアーサーが、少しびっくりして私を見る。「びっくりした」彼は私の額にキスしながらつぶやく。私は彼にくっついて、まだ枯れていない涙を流す。アーサーはカバンを床に置いて煙草を耳の後ろに差し込み、「どうしたの?」と、少し緊張して聞く。私は頑《かたく》なに首を振る。それに応えて彼は私を抱きしめ、うなじに軽く触れる。「アリーチェ、どうしたの?」と、また言う。

「話す価値もないようなことなの」私が彼のベストから頭を上げて答えると、ベストの上には涙とマスカラのしみがついている。「あなたが今晩ここにいてくれるだけでいいの。今夜泊めてくれる？」私は音を立てて鼻をかみながら聞く。

彼はちょっと心配そうに私を見て、片方の腕で私の肩を抱き、もう片方でカバンを取って出口へと私を導く。

「何があったのか、本当に話したくない？」二人で寒さに震えながらベッドに入ろうとして、彼が聞く。

「遅いから明日でいい。考えたくないの」

「明日の朝は仕事に行くの？」

「ううん。仕事に戻るかどうかもわからない」最後にこの悲観的な言葉を言うと、私は不吉な一日に目を閉じる。

さえない女子研修医の話

私の災難を前にしたアーサーの反応が、その災難にある意味適切な評価を与える。彼は遠慮なしに笑い出す。「本当に本当なの？」と、私に聞く。彼はベッドにもたれて髪の房をもてあそんでいる。

「もちろん本当よ、ばかね」

「そんなくだらないことのために君はこれほど嘆いているの？」

「くだらないこと？　あなたはたぶん私がしでかしたことをわかってないのよ」私は首を振って答え、ベッドから起きて水を一杯飲みに行く。

朝の十時で、私は仕事に行っていない。こんな不安定なときに一日休みを取ったことに妙な後ろめたさを感じる。今頃研究所では私を笑いものにしているだろう。

しかし同時に私は解き放たれた気分でもある。今朝、出勤してみんなに会うことなどできなかっただろう。私がかつてやらかした失敗のなかで――仕事を始めて以来、失敗は多々あって、〈神〉が医学部の学生に見せようと思っていた古い頭蓋骨をうっかり床に落として壊したときの失敗が最後ではないけれど――、今回のは疑いようもなく最悪であり、毎年昔話みたいに語り継がれることだろう。

「実のところ、僕にはそれほど悲劇的には思えない！　死体は二十分後に見つかったんだし。正直言って、今回のことは大変なことにはならないよ。すべてはコンフォルティが表ざたにしたんだから彼のせいだ。ワリィに言わないでおくことだってできたのに」

「あなたのお父様が私をどう思われるか、怖くて考えられない」

「僕の父は物事を正しく判断する。厳しいけど少なくとも公平だから心配しないで」彼の言うことが正しければいいけれど。「だからとにかく明日は仕事に戻って」

「そんな、できない。自分の毒を抜く必要があるの。もうこの部屋から出たくない。というより、このベッドから」

「行かなきゃ何も解決しない。時間をやり過ごせばますます事が大きくなる」彼は先生気取りで答える。

「アーサー……あなたの知らないことがあるの」私は両手で目を覆って切り出す。私のカードを明かすときが来た。ただ私は、望まれるストレートフラッシュの反対で、ダブルペアさえ持っていない。

「他に何をしでかしたの？」と聞く彼には、私が言おうとしていることなどもちろん思いもよらない。

こうして私は彼に包み隠さず全部話す。

アーサーはびっくりしている。「こんなことがあったのに僕に何も話さなかったの？」

「お願いだからとがめないで。この話題に向き合うのは容易じゃないの」

私の問題をすべて彼に打ち明けた今、自分が彼の前で裸で無防備になったように感じる。でも現実的にはその感じはいいものではない。というのも、彼が私に対して抱いているイメージを、私があれこれ壊した気がしているのだから。彼にすべて話したことを、私はほとんど後悔している。

「アリーチェ、本当に大変だったね」

ねえお願いだからやめて、あなたの憐れみはほしくない。そんなの耐えられない。

「もしよかったら……父とこのことを話してみる?」

私は目を見張る。彼は完全にいかれている。私はベッドの真ん中に座って髪を耳に掛ける。「僕は聞いていないことにするよ」

「君の気持ちを傷つけるつもりはまったくないんだ」彼は日焼けした顔を曇らせて自己弁護する。「僕は父に嘘は言いたくない。でも、君は困ったことになっているし、僕らの彼についての思いは別にして、彼が実力主義を評価していることは確かだから」

「何が真実なのかしら? あなたにはわかる? もしみんなが私をさえないとみなしているならそれも一理あるのかもしれない」

「うん、そうだね」彼は元気よくうなずいて答える。「何が真実か知りたい? 君は自分を買ってもらう方法を知らない。これぽっちも自分自身を信じていないのに、他人にそうしてほしいとどうして思うの?」

「とにかく、このことをあなたのお父様とは話したくない」

アーサーは金髪の頭を下げ、手を唇にやって爪を噛んでいる。「君を助けたいだけなんだ」

「お父様と話しても助けにはならない。一人で窮地を抜けられないまったくのおバカさんだって感じることになるだけよ。それにお父様は、そうしてほしいと私があなたに頼んだと思うかもしれない。そんなの耐えられない」

アーサーは私を見ずに首を振る。「これは敬意のこもった、まったくもってイタリア的なメンタリティであり、コネじゃない。君に便宜を図ってくれと頼むんじゃない。僕はコネを使うのは大嫌いだ」

「私にはコネにしか見えないわ」

「ねえ、怒らないで。君は自分で問題を解決できるはずだし、コネも使わない」

「あなたならそうする？　よく考えて。もし私があなたの上司の娘で、旅行のレポーターとしてあなたの才能が生かされていないから、あなたをどこか国際紛争が起きている地域に駐在員として送って、非常に目立つ素晴らしい仕事を任せるべきだと父に納得させようとしたら……。自分は独力で解決できないのだと感じない？　プライドを傷つけられたって思わない？」

「思わない、だって本当のことだから」

「そんなはずない。あなたは自分がその状況にいないからそんなふうに言うのよ」

「君が何を思おうとどう決めようと自由だ。もし君が僕に頼まないなら僕は父には話さないから、いいね。じゃあ、僕はシャワーを浴びてくる」彼は言い終えると、私が応える前にもう姿を消している。

研究所の内部が今日ほど私に敵対しているように感じたことはない。春らしい日差しの素晴らしい、幸先のよい日なのに、私の災難が原因で同僚のうちで最もまじめな人や事務局の人までもがあざ笑うのに無関心を装わなければならない私には、厳しく見える。しかし、救いようがないとみなされるより、笑われるほうがましではあろう。

私を待っていたにもかかわらず、アンブラは今回のことには触れず、ラーラも彼女に倣う。二人とも仕事のことを話すためだけに愛想よく私のところにやって来る。

クラウディオはといえば、今のところ私のところには来ていない。午前中ずっとワリィの部屋にこもっている彼に、私はまだ再会する光栄に浴していない。もっとも、再会したいとも思わない。何よりも彼の反応は、私の気を悪くさせせがっかりさせただけでなく憤慨させた。

ここで過ごす一瞬一瞬が逆に刻まれている感じがして、私を恐怖に導く。私はこの苦境から救われる方法が何かないものかと自問する。ジュリアのことを考えてみてもほとんど何も浮かばないが、少なくとも自分がどうにか仕事をしている気がする。だから私は薬物乱用の併発症としてのアナフィラキシーショックについて科学的な論文を書くことにした。執筆に夜までかかったが出来はまったく満足のいくものではなく、それをワリィに提出するのは、どうせばかにされるだけだからしたくない。私がブッダ・バーのCDをBGMにかけてフライドポテトをむしゃむしゃ食べ、アンチェスキが寛大にも与えてくれた症例に取り掛かろうとすると、携帯電話が執拗《しつよう》に鳴る音が聞こえる。

「今晩忙しい？」

アーサーだ。彼がいてよかった。

「いいえ。というか、ちょっと淋しくて。私の家に来ない?」私は時間を見て、いつのまにか八時になっていたのかと驚いて、彼に提案する。

「了解。じゃ、あとで会おう」


彼が来たので家のドアを開けると、もう十時を過ぎている。会う時間だけでなく、一般的に誰もが従っている決まりごとをアーサーはそれほど厳密に守らない。

「君の大好きな食べ物を持ってきた。バーガーキングのお持ち帰りだ」

「元気が出そう。気を使ってくれてありがとう」

そうこうしながら、彼は何食わぬ顔でソファに自分の雑誌の刷り見本を置く。「どうしてそれを持って来たの?」私は彼に聞く。

「ヴァレンティの記事が載っているからだよ」

「やさしいのね、ありがとう」私はポテトをむしゃむしゃ食べながら雑誌をめくる。「うーん……アーサー・ポール・マルコメスの『ミコノスの海』か。読んでもいい?」

「僕が書いた最もひどいものの一つさ。それに古い」

「いつもながらおおげさね」

「おおげさじゃない。何の足しにもならない仕事をするのをやめるべきなのは本当だ」彼は苦々しそうに答える。

「アーサー……」私は少し気弱に呟《つぶや》く。

「それはさておき、君に関わる記事は十九ページだ」

「アーサー、記事は後でいいから、話をしよう」

「君の気に入らないことを僕は言うかもしれない。編集部を辞めたいとか」

「ばかなことを言うつもりはないの。編集部を辞められっこないわ」

不思議な光がアーサーのトルコ石色の目を輝かせると、彼はこう答える。「どうして無理？　もちろん辞められるさ。でも、今そのことを話す気はない。当面の問題じゃないから」彼は——今では私にもはっきりわかる——彼ならではの人生哲学に筋を通して言葉を締めくくる。

「アーサー、当面の問題でないとしても、それに向き合う価値がないわけじゃないわ」

「それは見方の問題だ」彼は急いでポテトをむしゃむしゃ食べながらそう答えるにとどめる。

私はしょげて刷り見本に視線を落とし、十九ページを見てみる。

ジュリアのとてもきれいな、はっきりとしたアップの写真があって、そのなかの彼女の目がこの世にないものを見ているように澄んで見える。私は文字通り記事をむさぼり読む。それは実際かなりおもしろい。

そこにはジュリアの話が理路整然とまとめられている。両親が亡くなったことから、デ・アンドレイス一家との暮らしやヤコポとドリアーナとの親密な関係まで。ヤコポが許可したインタビューの断片がいくつか差し挟まれていて、彼の人となりをそれほど知ることができなくても、長く付き合える模範的な人物のような印象を受ける。ビアンカとアビゲイル・バットンが話したことも載っていて、それによるとジュリアは特別な女性として描かれている。記事の後半はソフィア・モランディーニ・デ・クレスについてだ。記事の著者は、彼女をもちろん称賛の口調ではないものの〈小さな王女様〉と名付け、そう呼ぶことで、内務省政務次官である彼女の父に良い印象を与えようとしている。私は興味のない部分を読み飛ばし、事件の詳細に集中する。

ソフィアはジュリアが亡くなった二月十二日の昼食の直前に麻薬をやったことを告白している。彼女が吸った注射用でないヘロインは、他でもないジュリア自身がくれたものだ。だが、その麻薬の出所が同じだったかどうかを確定するのは不可能だ。ソフィアによれば、摂取は別々にしたからだ。しかし彼女は今の状況がおかしいと言っている。というのも、ジュリアはヘロインをソフィアのように吸引せず、静脈注射したことになっているからだ。ソフィアは麻薬の経路は知らないが、誰がジュリアに提供したかはわかっている。それは建築学部の学生で、ソフィアの遠縁にあたるフィレンツェ生まれで養子としてローマに移り住んだサヴェリオ・ガランティだ。ジュリアとソフィアのどちらにもこの悪癖があったから、二人はたいてい一緒に薬をやっていたのだが、その日は違った。

「一緒にしたいかって聞いたけど、翌日受ける試験の勉強があるからしないと彼女は答えました。そのあと、昼食後すぐに私は外出して、彼女はまだ家にいました。頭が痛いから早く寝ると言ってました」ジャーナリストによればソフィアはこう述べた。残りはその話の詳細だ。二十二時三十分に帰宅したソフィアは、血の海のなかのジュリアを目の当たりにする。

サヴェリオ・ガランティについて、ソフィアは、近頃彼とジュリアがとても仲良くなったと述べている。実際ソフィアは、二人が友人以上になったのではないかと勘ぐっている。

この時点で、サヴェリオ・ガランティが近々研究所に出向いて遺伝学と毒物学の検査を受けさせられるのは必至だと思われる。

「この記事を書いた人はすごく優秀ね。小説を書けば素晴らしい推理小説家になれるかも」私はアーサーに刷り見本を返して感想を述べる。

「彼に言っとくよ。あいつもあのひどい新聞社を辞めるかもな」

「アーサー、私ならイタリアで最高の新聞社の一つをあのひどい新聞社とは言わないけど」

「僕は充分控えめに言っている」彼はちょっと苛《いら》ついた口調で応える。

私はため息をつきながら立ち上がり、バッグのなかのタバコを取りに行く。

「アーサー、私はあなたがばかげたことをして、いなくなってしまうんじゃないかと心配なの」

「僕は生きるために旅をしているって言っただろ。旅をするために生きていると言ってもいい。みんなが僕をさすらい人だというのも根拠のないことじゃない。君は僕がいなくなるかもしれないということに慣れなくっちゃ」

「でも、一定期間だけでしょう」私は大胆にも答える。

「そんなのわからないよ」彼は肩をすくめて言い返す。「アリーチェ、君が僕に近い存在になってきていることに注意をしてくれ。僕は変わりやすい人間だ。ともに安定した将来を思い描くような男じゃない。これは仕事の問題というより優先順位の問題だ」

私が彼を上目づかいに見ると、彼は屈託なく微笑む。生まれつきエレガントな人だけがぞんざいとみなされることなく許される、あのかすかな粗雑さ。彼の彫刻みたいな横顔、私を見るときの計り知れない目の表情。かくも掴みどころのない、経験から考えるという私の普段のやり方から程遠い彼の考え方。

私はぞくっとする。

出会ってからほんの少ししか時間が経っていないのに、私はもはや元には戻れない。

ポーカーを手にしているのはビアンカだ

翌日、金魚の糞のようにぴったりとくっついたアンブラとともにクラウディオが、サヴェリオ・ガランティの遺伝子プロファイルを構成し毒性検査をするという公的な使命を担って研究所に入る。「それから、今回は限られた人数でする」彼は図書館でのコーヒー休憩のあいだ念を押すが、この言葉は私に向けられている。

「みんな、わかってくれ。難しい局面だから時間を無駄にできない」

「了解、クラウディオ。でもあとで結果は共有させてくれるわね」大胆にもラーラが聞く。

彼は眉を上げて、「ああ、もちろんだ」と、後に引けないことを知りつつ冷ややかに返す。

正午頃、サヴェリオ・ガランティが研究所に現れた。私が思い描いていた通りの人物だ。背がすらりと高く、控えめだ。髪はほぼ完全に剃《そ》られ、室内は暗いのにレイバンの滴《しずく》型のサングラスをかけたままだ。左手の薬指に指輪をはめ、極上の仕立ての革のジャンパーを着て、褐色のジーンズと、よく見るととても高価そうなスポーツタイプの靴を履いている。

サヴェリオ・ガランティは誰とも挨拶も話もせず、研究所をクラウディオに従って行き、彼らの背後でドアが閉まる。

もちろんすべてはクラウディオが大好きな女子研修医の面前で繰り広げられるのだから、どれほど私は悔しいか。まったくもってこれは不公平だ。だが驚くことじゃない。

プライドを捨てて、私は偶然を装い研究室のまわりを、少しでも得られるものがないかとうろつく。

その結果、私は報われる。

「アレーヴィ」クラウディオが私の顔を見ずに口を開く。「彼にトイレの行き方を教えてやってくれ」

ようやくサングラスをはずしたガランティが、平然とした目を私に向ける。

いらいらしているようだ。私は彼を重々しい沈黙のうちにトイレまで先導する。

彼と接するのはほんの数分と短く、私がひそかに望む詳細は得られない。

ドアが開き、彼が研究所を立ち去る直前に私が「さようなら」と彼に言うと、明らかに一刻も早く立ち去りたがっていた彼は答えもしない。

クラウディオと彼の研究室の近くですれ違うと、声をかけるのは辛いにもかかわらず私は聞かずにはいられない。「いつ結果が出るの？」

「君の知ったことじゃない。その時が来れば……君にもわかる」

まったく、彼は本当に意地悪だ。

研究室でスナック菓子を食べながら仕事の成果を上げようと努力していると、携帯電話が鋭く鳴り、私は無気力から揺り動かされる。

「もしもし」

「アリーチェ？　お邪魔してごめんなさい。ビアンカです」

スナック菓子が喉に詰まりそうになる。「邪魔だなんて！」私は感情をあらわにしすぎた口調で答える。まったく私はどうしてこうも張り切ってしまうのか。

「電話がかかってきてびっくりしているでしょうけど、あなたに会いたくて」

彼女の低い声とともに、大きな電話の声や言い合いや笑い声など彼女のオフィスの混乱まで聞こえてくる。「喜んで。どういう用件か前もってちょっと教えていただける？」興味津々の私は彼女に聞く。

「単に妹に関することよ。もっともあなたはもう薄々そうだと思っていたでしょうけれど」

私は興奮しきって、指定場所の、アーサーの家の近くのちょっと洗練されたバールに行った。そこで私は少なくとも三十分ビアンカを待つ羽目になる。彼女に電話するか迷うが、うっとうしいと思われたくないので少しいらいらしながら待っていると、彼女が息を切らし、まいったような顔をしてやって来た。

「本当にごめんなさい」そう切り出す彼女は実に申し訳なさそうだ。「オフィスで足止めを食らって、電話したかったのだけれど携帯のバッテリーが切れて、そんなこんなであわてているものだからあなたの番号が見つけ出せなくて、どうしようもなかったの」恐縮しきって説明しようとする。

彼女のような人にとって、不当な遅刻は重大な不作法の印に等しいのだろう。でも、常習的な遅刻は多少私の暮らしのリズムにもなりつつあるから、かえって彼女が以前より身近に思われる。

「ああ、どうぞ謝らないで、たいしたことじゃないから」

彼女はルイ・ヴィトンのサック・プラを椅子に置いて腰かけ、――なんと――ストレートのスコッチを頼んで無邪気に眼鏡を外し、指の腹でこめかみをマッサージする。

「何からお話すればいいかしら」と話し出す彼女は、実際戸惑いを感じつつも大胆になっている。

私は彼女と話すときはいつもそうだが、どういうわけかかなりどぎまぎする。彼女の個性には強大な力があって、それをだいぶ克服したとはいえ、彼女に急《せ》かされると時々居心地が悪くなるのも本当だ。

「自分が出しゃばりすぎていて、答えにくい質問をしてはしょっちゅうあなたを困らせているとわかってはいるのだけれど……。私はあなたと話していると本当にものすごく安心するの。特にあなたは考えを明確にできるから。例のカッリガリスにはそれができない。あなたにかかると真実は単純に見えるのに、彼は……とても初歩的な要求にさえ答えられないみたい。ジュリアの死の捜査が彼みたいな凡庸な人に任されているのはとても残念だわ」

かわいそうなカッリガリス！　彼はずる賢くないからイタリア警察の第一人者でないのは確かだが、品行方正な人物だし、私はビアンカが毎回形容するように彼が浅薄だとか無能だとかとは決して思わない。

「でも彼はそんな悪人じゃなさそうよ」私は彼をかばいたくて答える。

ビアンカは私の煮え切らない善人ぶった言い分を遮る。「それはあなたが彼と関係ないからよ、わかりきったことだわ」

私は彼女の動きを静かに待つ。今日の彼女はシャンパン色のセーターを着ていて、それが彼女にとても映《は》えて、こう言ってよければ、いつも以上に彼女の容貌を浮世離れさせている。

「本題に入ったほうがよさそうね」彼女は、彼女の魅力の鍵をなす、温かく官能的な声で言い添える。「ある疑問についてあなたに話さなければならないの。カッリガリスどころか、誰にも打ち明ける勇気がない疑問なのだけれど」

私の額に皺《しわ》が寄り、心臓の鼓動が早まるのがわかる。私はパラレルワールドで彼女を追いかけていて、そこでは今もジュリアが生きている。そんな世界に私は少しおびえている。

「本当に打ち明けるべきだと思う?」私は彼女が言葉を発しないうちに先回りして言う。「それが重大で事実に関わることなら、私はたぶんそれを打ち明ける最適任者じゃないわ」

「その逆で、あなたは適任者よ」彼女は自信たっぷりに答える。「家族に関わるすごく内輪の疑問だから、カッリガリスには話せない。だって、根も葉もないとわかれば家族のなかにいやな軋轢《あつれき》を生む危険があるから」

「とにかく私はあなたを助けられそうにない。捜査課に属していないもの。今回のことを気にかけてはいても、残念ながら公的な役目は果たせないし……」

「私の話を聞いてくれたらわかるわ」彼女が私を遮る。

私はどう振る舞えばよいのかわからない。実は、私はビアンカ・ヴァレンティにとても気おくれを感じている。彼女に好かれたいのに、彼女の目には自分がぎこちなく映っているように思うのだ。

「私はいつだってジュリアのことを理解していると思っていた。彼女のことは何でも知っているって」と、切り出す彼女の目は少し虚《うつ》ろだ。彼女を取り巻く痛みの気配に実質があって、私はそれに触れられる気がする。「でも、彼女が亡くなって、私は紛《まぎ》れもない事実を突き付けられたの。私は彼女のうわべしか知らなかったと」

「どういうこと？」ラジオ番組のモンテカルロ・ナイツ・ストーリーでよくかかる音楽がBGMとしてお店でかかっているから、余計にこの会話がシュールに思える。

ビアンカが漂わせている少しタルカム・パウダーのにおいのする香水は、有名なもののはずだが何となく古臭い。

「ジュリアは難しい女の子で、人から、とりわけ私からいろいろ言われるのをいやがった。評価も忠告も、彼女の生活へのいかなる口出しも嫌っていたの。言い合ううちに喧嘩になってしまうし、彼女は私が彼女の選択の多くを認めないのを知っていたから、私と話さないようにしていたわ」

「それは辛かったでしょうね」ビアンカをよく見ると、私が彼女に初めて会ったときとは違う何かがある。喪に服すのとは違う、動揺のようなものが。

ビアンカはスコッチを飲み終える。「とても辛かったわ」彼女は私の目を見ずにただ答える。「それに呵責《かしゃく》の念にさいなまれている。もっと彼女に気を付けて世話をやくべきだったのかもしれないって。彼女、ひどく世間知らずの少女のようだった。私はヤコポが彼女の面倒を見ていると都合よく考えていたのだわ」

「そうはいっても彼女は二十歳だったんだから、彼女にくっついてその胸の内まで知ることはできなかったわ。あなたもヤコポも」

「あるいは私たち二人とも充分に対応できていなかったのかもしれない。私は何度も彼女としっかり話そうとしたのよ！　もしそうしていたら、彼女は今も私たちと一緒にいたかもしれない。ヤコポは……」

「ヤコポは？」私は思わず聞いている。

「ヤコポは彼なりに彼女の面倒を見ていた。何ていうか……適切とは言えない感じではあったけれど」

「どういうこと？」私は彼女に聞く。

ビアンカはしばらくためらう。「ひどすぎて言えない」

ビアンカ、全部話してしまいなさい！

そして、私はいくらか距離を置きたいと思っているのに、彼女の言ったことにこだわってしまっている。「ビアンカ、あなたは私が唯一話せる人だと言ったわよね」結局彼女は望むところまで私を誘導した。最初私はかなり臆病になっていて、話をそれ以上知ることを躊躇《ちゅうちょ》していたが、話が磁石みたいな力で私を惹きつけ、同時にその力が私を不安にさせてもいる。今となっては私のほうが彼女に先を急がせている。ああ、軽率な好奇心は私の最大の欠点だ。

「いつもこうなの。結局他人と話すほうがいいってことになる。とにかくこんなことを誰に言えるかしら？」慎重に考える彼女を、私はもっともだと思う。「いいわ、私が考えていることを言うわ。ジュリアは亡くなる前に誰と寝たのか？　ガブリエーレ・クレシェンティでないのは、私が知る限り確かよね」

「ええ」私は彼女がどこに行きつこうとしているのか理解しようと努めて穏やかに認める。

「でも、妹に特定の恋人がいたためしはないの、一度も。あんなにきれいでおもしろい女の子なのに変だと思わない？　火遊びだってない。もしかすると男性に興味がなかったのかしら――それはないと思うわ――、それとも手に入らないある男性にだけ興味があったのかしら。誰も話題にすることのないこの幽霊みたいな恋人とはいったい誰？　おそらく注意を引かない人であり、その人と親密にしてても何も不思議じゃない人。要するに、思いもしないような恋人」

私がわかるまでにあまり時間はかからない。

「あなたたちの従兄のヤコポ？」私は口ごもる。

「そのとおり」彼女は重々しく認める。「パズルをはめていくみたいだった。一つずつピースを正しい場所に置くと、すべてが実にはっきりと見えたの」

「ビアンカ、サヴェリオ・ガランティのことはもちろん知っているでしょ……」

「彼じゃないと思う」彼女がきっぱり答える。「彼らは恋人同士では絶対ありえない。彼女が亡くなったとき彼がいたのは、二人が一緒に薬をやっていたからであって――彼はソフィアの友人で、ただそれだけのことよ――、そうでなければ一緒にいるはずはない」

「ソフィアがそう証言しているわ」

「私にはどうでもいいことだけど、サヴェリオ・ガランティは女の子に興味がないって、他でもないジュリアが言ったことがあった」

私は唖然としたままだ。「ビアンカ、どちらにしろこのことはあまり重要じゃない。私が言いたいのは、ジュリアが一緒にいた最後の男性のＤＮＡと、注射器から採取されたＤＮＡが一致していないということ。つまり、彼女の恋人が誰だったか知ることは、結局それほど重要じゃないの」私は彼女にこう説明すると、それがしかるべき時にラーラが私に言った言葉と同じだと自分が考えていることに気づく。

「待って。急がないで、私が言いたいことを説明する時間をちょうだい」ビアンカがまとう打ち解けた雰囲気が、時折少しずつではあるが広がっていく。「ヤコポとジュリアはいつもすぐ近くにいた。私はそれがずっと兄妹愛だと思っていたの。彼女は常に彼を参考にしていたから、彼に相談することなしに進むことはなかった。彼女はヴェネツィアで東洋の言語を勉強したがっていたのに、高校の卒業資格試験を受けてからは、ここローマで、ヤコポのように法学を勉強したいと言い出した。いつも一緒にテニスをしていた二人の帰宅が遅くなることもよくあったわ。私は、彼が驚くほど辛抱強く、午後も夕方も夜も全部、ジュリアの大学の試験準備に捧げているとずっと思っていた。もっとも彼女がまじめに取り組むことはまれで、あまり効果はなかったけれど。彼はドリアーナより彼女と多く時間を過ごしていた。もしかすると多すぎたかもしれない時間をね。ジュリアは彼に憧れていたの」

「で、ヤコポは……ジュリアに対してどう振る舞っていたの？」私は聞かないわけにはいかなかった。

　ビアンカが少し眉をひそめて答える。「もちろんジュリアは彼の優先順位の一番上にいた。私たちが子どもの頃から彼らの関係はいつも密で微妙だった。私はよく仲間はずれにされたと感じたものよ。ヤコポは妹を何においても小さな王女様みたいに扱った。彼が彼女を乱暴に扱ったのなんて見たことないわ。彼女をすごく守っていた」

私は咳払いをする。「ビアンカ、採取された精子のDNAはいずれにしろ分析済みだし、ジュリアとヤコポは母方の従兄妹で、彼らの血縁関係はもちろん明らかにされているはずよ」

ビアンカが人差し指で否定の合図をする。「私たちは血縁関係にはないの。ヤコポはコッラード・デ・アンドレイスの息子だけど、私の母の姉である伯母オルガの息子じゃない。彼はそれ以前の結婚で生まれて、母親は彼が一歳のときに亡くなった。だから彼は、オルガを母親のように考えていた」

私は驚く。「知らなかった」

「そう、そういうことなの」

「あなたが疑っていることについて彼と話した？」

ビアンカは態度を硬くして返答をためらっているようだ。

「ヤコポは決して認めないでしょうね。そのことを恥ずかしく思っているはず。それに私と彼は秘密を交わすほど仲のいい関係だったためしはない。ヤコポは何よりとても慎重な性格なの」彼女は冷ややかに付け加える。「あなたが私に言ったように、とにかく重要なのはこのことじゃない」

とは言っても、これほどきわどい打ち明け話は他に説明しようがない。ビアンカはこのことを客観的に理路整然と追っていく。「要は、こんな親密すぎるあいまいな関係は自ずと嫉妬を招くということ」

「ドリアーナの」私は至極明らかな結論に達してすぐさま言い添える。

「そのとおり」ビアンカがきっぱり言う。それに続く静けさのなかで、彼女が揺するグラスの氷の音は私の耳をつんざかんばかりだ。そのあとビアンカは、「彼女が何か関わっているのではないかと心配なの」と、言葉を継ぐ。「考えれば考えるほど合点がいくの。未確定のジュリアの恋人がサヴェリオ・ガランティでないとすれば……ヤコポしかいない。そしてジュリアとソフィアがやった麻薬が同じだとすれば、あのパラセタモールは……ドリアーナが与えたのかもしれない。彼女はジュリアのアレルギーの問題を知っていた。そのうえ、そう考えれば、ジュリアの腕のあの傷は……あなた自身が聴いた電話の会話……それにジュリアの爪のＤＮＡが……女性のもので、ソフィアでないとすれば……アリーチェ、私の言いたいことわかる?」

私は彼女が間違っているとは言えない。彼女の疑惑は、真実味はないが大いに根拠がある。「ビアンカ、やはりカッリガリスと話すべきよ。彼は、本当はあなたが思うほど無能じゃない」

ビアンカがオパール色の目を上げて私を見つめると、私は自分が縮こまるようだ。「ヤコポの、あるいはドリアーナの反応を想像してみて。こうしたことすべてがどれほど伯母のオルガを悲しませるか。私が間違っていた場合の成り行きを考えてみて。それでも私が疑っていることが確証されたら、私は自分の責任を引き受けて生きていく。でもそのためにはあなたが必要なの」

彼女は言うのをやめて私をじっと観察する。それから、「あなたうわの空みたいね」と、言い添える彼女の顔が緊張で引きつっている。

「考えているの」私は注意深い口ぶりで答える。

「何をかしら？」

「爪から検出された物質のＤＮＡについての検査結果を私はまだ見ることができるということを。それにドリアーナのＤＮＡがあれば、私が自分で遺伝子の分析をして、それが彼女のものかどうか知ることができるんじゃないかと」

私は一気に話したが、今になって自分の言ったことに驚く。

ビアンカは明らかに称賛の念をもって私を見つめる。「それこそ私が望んでいたことだけど、あえて直接頼まなかったの」私は驚いて彼女を見つめる。「ばかげた、それにとても大胆なお願いに思えるでしょうけど……」

私は怖くなって彼女を遮る。「ビアンカ、それは完全に違法よ」

「お礼はちゃんとするわ」

「ちがうの、お金をもらうつもりなんてない」

「人の仕事にお金を払うのには慣れっこよ」彼女はある種傲慢に応える。

「不正な仕事だから、支払われると私は犯罪者の気分になる。私が分析をするとしたら、ただジュリアのため」私は無意識に突き動かされて認める。

ビアンカが急《せ》き立てる。「じゃあやってくれるの？」

ビアンカと共犯する運命になった今、後には引けない。

「ええ」私は答えるが、そう言った直後に、私はそれが今まで言ったうちで一番重い肯定かもしれないと気づく。

ビアンカは勝ち誇った感じだ。「あなたは頼りになると思っていた。ジュリアと彼女の話を大切に思ってくれているあなたなら身を引いたりしないって確信していたの」

「でも、すでに採取されているDNAと比べるにはドリアーナのDNAのサンプルが必要になる」説明する私は不安で鳥肌が立っている。

「どうしたらいいかしら」

「彼女の髪をブラシで梳《と》かすのはどう?」私は提案する。この驚くべき局面において、私はほとんど理性を欠いている。

「一緒に彼女の家に行かなくちゃ」

「一緒に?」私は唖然とする。

「そうよ。あなたは車で待っていて。私が使えそうなものを見つけてくる。彼女のブラシを持ってくればいいの?」

これが現実であるのなら、この状況は滑稽だろう。

「よく考えたら、歯ブラシのほうがやりやすいかも」

ビアンカは立ち上がって、バッグのなかの車の鍵を探す。

「さあ行きましょう」

「今?」

「時間を無駄にする手はないわ」

彼女の目にまったく見たこともないような興奮の光が輝いているように見える。

夕暮れ時。暗い色調を帯びた空を、私は、ドリアーナ・フォルティスの家の下に停めたビアンカ・ヴァレンティのランチャの赤いイプシロンの窓から眺める。コーヒーを飲みすぎたときに覚える抑えがたいいらいら感がする。私は足をじっとさせていることができず、指をいじくり回し、ビアンカが使えるものを持って戻ってくるのを待つあいだ、自分がしている途方もなく馬鹿げたことの大きさを感じている。時間の感覚が変わって、六十秒が三倍の長さに感じられる。

三十分ほどして、キャメル色のトレンチコートに身を包んだビアンカが十九世紀末の建物から出てくる。

彼女が運転席に座ると、アドレナリンがたくさんあたりに発散されて私も影響を受けてしまいそうだ。

「うまくいった？」私は彼女に尋ねる。

必ずしも完璧には並んでいないのに彼女だとかっこよく見える歯を見せて彼女は微笑み、鞄に手を入れて、念入りにティッシュに包んだ煙草の吸殻を私に見せる。ビアンカは私をちょっぴり不安にさせる。というのも、真実を探求する思いに引きずられているとはいえ、同時に、ある人を困らせることになるかもしれない物を意識的に盗み出すためだけに、その人の家に姿を現すのは陰険だからだ。

「最高にうまくいった」彼女は困惑する私の視線を前に、正当化しようと応える。

「うまくいきますように。急いで冷蔵庫に保存しなくちゃ」私は落ち着いてなどいられず話を締めくくってから、執拗《しつよう》にこちらを見ている視線を感じて思わず建物のほうへと視線を上げた。

四階のある窓ガラスの奥に、他でもないヤコポ・デ・アンドレイスの姿があり、私を怖い目つきで見ているのに気づいた私は、パニックに襲われそうになる。

＊＊＊

その夜はキッチンの冷凍庫にあるドリアーナ・フォルティスの煙草の吸殻が気になってベッドで寝返りばかりうってほとんど眠れず、夜明けにはもう仕事に行く準備ができてしまった。研究所では目立たないよう慎重に動くが、私の不安は最高潮に達している。幸いにも今朝は空いていた実験室に閉じこもり、一連の作業を始める。

私が作業していると、いきなりアンチェスキが入ってくる。

「アレーヴィさんですか?」彼が問いただす口調で言う。

「あっ!　おはようございます、アンチェスキ先生」私はあわてているのをごまかして挨拶する。

「何をされておられるのかな?」彼は尋問の口調など用いずに言う。本当に素朴な興味で聞いているのだ。

「練習です」私はすかさず答える。「微量の唾液からDNAを抽出する技術を磨こうと思いまして」

「被検査物はそれですか?」まだ捨てていなかった煙草の吸殻を指して彼が聞く。

「はい。唾液は私のです。難しい状況における抽出の練習をしていまして、練習用に集めた見本からではありません。」

彼は眉をひそめて額に皺を寄せ、「そうですか、えらいですね」と、純粋に驚き、敬意を表して答えながらトレイに試薬を取る。「私は、研究所で、あなたが見た目によらずやる気があるとずっと思っていましたよ。では、頑張ってください」と、言いながら、善良を絵に描いたような彼が立ち去る。あわてて さえいなければ、私は褒《ほ》め言葉を心から喜べただろう。初めての褒め言葉を。

抽出を終えたのは八時に近かった。結果が出るまでにはまだまだ時間がかかりそうだが、ここに居座るわけにもいかない。片づけをして外から見えない小箱に試験管を保管すると、空はもはや暗く研究所は空っぽで、私はいつもの生活に戻る。

戸惑い

翌日八時十五分前、私はまたもや研究所で実験室に立てこもっている。

ぶっ通しで仕事をしていると、体の中で興奮と不安が混ざっているように感じられる。私がさえている瞬間に——あるいは狂気と言うべきだろうか——、ワリィが私の仕事ぶりを見てくれればいいのに。だって、こんな仕事を一人でできるのであれば、私はここまで落ちぶれなかったわけだから。

幸いうちの研究所は、ヨーロッパの資金調達支援を得て法医遺伝学の市場に出まわる最新の機器を購入したばかりだ。複雑な機械だから私はいつもうまく使えないのだが、私には観察力がある。いつもクラウディオが行う操作をいずれも機械的に繰り返してみると、すべてがうまく作動する。最初に、昨日抽出したＤＮＡを、もとの数よりも多数の対《ペア》を使えるように増幅させ、最後に、〈神〉が大学で途方もない政治手腕を発揮して手に入れた機械設備を用いてＤＮＡ配列の解析を行う。

すると、ドリアーナ・フォルティスの遺伝子プロファイルが、芸術的な規則のもとに再構築される。ここまでくると、あとはジュリアの爪から採取されたＤＮＡと、さらに念のため、注射器から採取されたＤＮＡとを照らし合わせるだけだ。

私はコールドプレイの『静寂の世界』と大いなるやる気で身を固めて取りかかる。

私がようやく作業を終えてまだ成し遂げたことを消化しきれずにいると、アレッサンドラから電話がかかってくる。明らかにおしゃべりがしたくてたまらない様子なので、私は遮りたくても遮れない。というわけで、私は彼女の熱のこもった打ち明け話であふれる川に押し流されるがままになり、必要だと思われるときだけ聞いているよと相槌《あいづち》を打つ。とは言っても、この芸当を私はうまくできたためしがないのだが。実際、彼女はある時点で話すのをやめてこう言い出す。「私、邪魔かな？　あなたうわの空みたいよ」

実のところ、私は彼女が何を話しているかさえわからず、止むことのない独白から、別のときならおもしろいと思ういくつかの断片だけを捉えていた。でも今は他のことで必死なのだ。「お願いだからアリーチェ、集中して。タイミングが悪くて申し訳ないけど……どうしてもあなたに話す必要があるの。彼は直接あなたに言いたがったけど、私我慢できなくて」

「アレ、何を？　何のことだかわからない」

「当然でしょ、聞いていないんだから！」彼女がしびれを切らして応える。

「もう一度言うわよ。すべてはあの日展覧会で始まって……。私たち、電話をするようになって、それ以来離れられなくなった。そして昨日……ついにそうなったの！　素敵だったわ！　ああ、アリーチェ、あなたのお兄さんはなんて素晴らしいの！」

ようやく私の不安定だった精神が話の核心に狙いをつけられるようになる。

「つまり、あなたとマルコが……」

「そう！」大声で言う彼女のすべての毛穴から歓喜が吹き出しているのは見なくてもわかる。「それにあなたに保証する。彼はゲイなんかじゃないわ」

「それはよかった」私は驚いて答える。「なんて言えばいいのか、まさかそんなふうになるなんて思ってもみなかったけど、本当にうれしいわ」

「あなたは悲観主義者だからよ。ああ、アリーチェ、私本当に幸せ！　それに彼もこんなに夢中になったのは初めてだって言ったの。素晴らしい男性だわ」

「それはもう聞いた」と、彼女に伝えると、私はその恋愛話を理解して再び身震いし始める。

「あなたってひどい。シルヴィアと付き合うようになって冷めた人になったわね。もっとロマンティックな話ができていたのに」

「違うの、アレ、知らせには本当に喜んでいる。思うようにそれを表せないのは……仕事が大変だからなの」

「まだ研究所なの？」彼女がちょっと心配して聞く。

「実はそうなの」

「どうしたの？　あなたらしくない。突然仕事への愛に打たれちゃったの？」

「そんな感じ」私は彼女の驚きににっこり笑って答える。「じゃ、ごめん、私本当に……」

「うん、わかった。切らなきゃね。あとで、あるいは明日、もっとノリのいいときに電話してくれる？」

私はできるだけ彼女を安心させ、早めに連絡することを約束して電話を終える。

彼女に感じの悪い態度をとってしまったことを申し訳なく思う。彼女は素晴らしいとしか言いようがない知らせを私に知らせたくてたまらなかったのだし、別のときなら私は大喜びで話を聞いただけになおさらだ。

しかし私が感じている動揺は大きすぎて、心に感じるのは不安や戸惑いばかりなのだ。

困ったときは助言を求めよ

「シルヴィア？　あなたにどうしても会いたいの。すごく緊急で重要で微妙なことでもあるの」

「妊娠したの？」彼女は私に聞く。

「ちがう」私は冷ややかに答える。「家にいるなら、行っていい？」

「衛星放送で『ティファニーで朝食を』を見始めたところだったの。よかったらあなたもパジャマ・パーティーに加わっていいわよ」冗談を言っているのかまじめに言っているのかわからない。

「ハーゲンダッツを一箱持っていく……」私が提案する。

「私、マカデミアナッツがいい」

　金欠状態なので――格下げにより毎月の収入がなくなることがますます現実味を帯びてきた――タクシーはあきらめて、シルヴィアがかれこれ五年ほど前から住んでいる地区の、ヴァチカン美術館方面に行く地下鉄に乗る。ビアンカ・ヴァレンティに検査結果を知らせる前に、やはり彼女に相談したいのだ。

　彼女はマヨネーズでべとべとの手で迎えてくれて、「チキンサラダのサンドイッチがメインの夕食よ」と、屈託なく言う。

「あなたが作るの？」私はコートを脱いで『ムーン・リバー』を奏でて歌うオードリー・ヘップバーンを横目で見ながら聞く。

「美味しいわよ」

「話すことがたくさんあるの」私は台所にある透明のアクリル樹脂の椅子に腰かけながら切り出す。

「じゃあ始めよう」彼女は私にサンドイッチをくれながら答える。

私は彼女に最初から最後まで全部説明する。彼女は口出しすることなく話をさせてくれるが、彼女の思いとは裏腹に顔の表情が目まぐるしく変わる。そして最後になると彼女はあわてて話すことさえできず、挙句の果てに携帯電話を握りしめて、「あなたのお父さんにすぐ電話する」と言う。

「あなた正気？」

「いいえ、アリーチェ、進むべき方向がわからなくなっているのはあなたよ。自分が何をしたかわかってないのよ。それって犯罪よ、わかる？」

「はっきりわかっているから自分が怖いの。でも父が助けてくれるとは思えない」

「あなたを正しい道に戻してくれる人が必要なの。私の言うことも上司の言うことも聞かないんだから。自分の反抗的な言動を認めてくれないと言うだけでクラウディオと絶交しちゃって。あなたのお父さんが助けてくれるといいけど」

「父はこの話から除外しておいて。もうそういう話になっているんだから」

「やっぱりできないって今からでもビアンカ・ヴァレンティには言えるし、検査結果だって言わないでいられるのよ。そうすれば手を引ける」

「私、手を引きたくない」

「ばかなことを言っているわね」

「この結果ですべてがはっきりするのがわからない？　ジュリアの検死直後に私が見たドリアーナのあの怪しい打ち傷も、偶然聴いた電話も、ソフィア・モランディーニの血液中にパラセタモールがないことも、ジュリアの恋人が決して確定されないことも。ドリアーナにはジュリアを消すための十分な動機があったのよ」

「確かにはっきりするけど、あなたがこの結果を得た方法が……非難されるだけじゃなくて、刑法上起訴されるかもしれないのよ」シルヴィアは大儀そうにため息をつくと、私の手に軽く触れて、彼女としては珍しい嘆願するような目で私を見る。「アリーチェ、お願いだからこのことに関わるのはやめて。いくら正しくても破滅するわよ」

「私がビアンカ・ヴァレンティに結果を伝えれば、それに基づいて彼女が好きなように進めるわ。とにかく条件ははっきりしているの。私を巻き込まないって」

「ビアンカ・ヴァレンティには検査ができなくて結果は出なかったって言うのよ。一度法律を破ると繰り返すことになる」

「私はビアンカに結果を伝える。すごく重要だから自分に留めておくわけにはいかないし、自分のしたことの責任を負わなくちゃ」

シルヴィアは考え深そうに首を振る。「アリーチェ、だから言ったじゃないのって私に言わせないで」

そんなこと言われても無駄だ。私はビアンカに結果を伝えるつもりだ。そうするしかないと考えて、私は不確かな危険に飛び込んでいく。

しかし目下のところは動揺を五百グラムのハーゲンダッツでまぎらわす。

シルヴィアの家を出た私は疲れてはいるが、弱っているわけではないのでアーサーに電話する。彼について私が一番気に入っていることの一つは、何時でも電話できて、時間に構わず出て来てと言えることだ。

「来てくれてありがとう」真夜中ぴったりに私は彼にドアを開けて言う。

「泊るつもりで来た」彼は大きなカバンを床に降ろして私の頬にうわの空でキスして話し出す。

「大きな隈《くま》が二つできてる」彼は台所へ行き、戸棚からおやつを持ってきながらコメントする。

「へとへとだし、怖いの」

彼は額に皺《しわ》を寄せる。「また研究所で問題かい？」

「そういうわけじゃないの。困ったことになってはいるんだけど、今回は私一人にかかっているの」

「また何か失くしたの？」アーサーはあえて微笑む。

「アーサー、笑い話じゃないんだから」

「おおげさだな」彼はあくびをしながら答える。

一瞬、彼に洗いざらい話したい誘惑にかられるのは、彼と一緒にいる今はすべてがうまくいくような気がするからだ。恋心が募っていく過程においては何よりもこの抗不安薬に似た感情を抱くものだ。この温かい感情が楯《たて》のようになって、すべてが失われたわけではないと感じさせてくれる。

「ジュリア・ヴァレンティについての新事実？」彼が突然聞く。

私はびくっとする。「新事実ですって?」私はコアントローを飲みすぎたときのようにぼんやりつぶやく。

「やっぱり新事実だ。それで?」

「そういうわけじゃなくて、私がしたことなの」

アーサーが問い詰めるようなまなざしで私を見つめる。できるだけ手短に、そしてすべてが実際ほど深刻に思われないような言い方で――実際にはそうとう大変なことだけれど――、ビアンカ・ヴァレンティとの関係において最近あった大きな動きと、自分が犯している、一連の刑法上の違反行為を無視して行った仕事についても私は彼に説明する。

シルヴィアと同じくらい驚いているのに、アーサーはそんなふうに見せない。

「ちょっとリスクのある動きをしてしまったようだね」彼はとてもイギリス人っぽく穏やかに言うだけだ。

「そうかしら?」私は軽く皮肉を込めて答える。

彼は不安の混じった表情をして、「おおげさじゃなかったんだね」と、最後にため息をついて締めくくる。

「アーサー、私どうすればいい? 今なら思い留まることもできるし、検査がうまくいかなかったとも言える。辛いの。手を引きたいと同時に、この情報でビアンカ・ヴァレンティを助けられるとわかっているから、彼女に知らせないでいるのはよくない気がするの」

「君に何を助言するかについて確信をもちたいけど、今のところ僕にはできない」

「そうよね、でも、ぐずぐずするわけにいかないし、しても無駄」
「困りごとに首を突っ込みに行くのも無駄だと思わない？　もう充分困っているのに」
「あなたはずっとこの件について前進するよう励ましてくれたわよね」
「でも実際にうまくいったかどうかはわからない。これは何？」彼が最後に疑問を発する。話題を変えようとしているのだろう。

私は彼が手にしている紙をちらっと見る。「ああ、それ何でもないの」私はがっかりして答える。「ヴァレンティの件をきっかけに数日前に書いた論文。やる気の印としてワリィに提出しようと思ったんだけど、ひどいし的外れで」私は彼の手から論文を取って、二つにちぎってゴミ箱に捨てる。彼はぼんやりと私がすることを見ている。「あなたが私だったらどうする？」

彼は私の頭にやさしくキスする。「もう答えはわかっているよね」
「ビアンカに結果を知らせるでしょう？」

彼はうなずく。「アリーチェ、僕は正しいことだとは言っていないし、保証もできない。もっとまともな忠告ができる人に話すべきじゃないかな」

時間を見るとかなり遅い。「とにかく今考えるのはやめよう。明日にする」

言うべきか、言わないべきか?

私はビアンカと、彼女のミニマル・アートの居間の、ミルク色の壁と、空の藍色のなかで動かない街に面した透かし細工のガラス窓に囲まれている。私は彼女の視線を、そうすることで私が解決策を見出す助けになるとでもいうように、避ける。

だが解決策などない。ただ選ぶだけだ。

だから私は真実を選ぶ。

ビアンカは彼女の質問の答えを待ち、それを怖がりもせず受け取る。

「そうだと思っていた」彼女が呟《つぶや》く。「ねえ、アリーチェ、妹の死について私は二つ大きな仮定をしているの。一つは他より根拠もあって信憑《しんぴょう》性が高いと思う。もう一つは除外できないからというだけの代案」

「どんな?」私は興味を引かれて聞く。彼女が代案のことを口にしたのはこれが初めてだ。

「根拠のあるほうは、あなたの考えと同じようにドリアーナだったということ。それについてはあなたの結果が証拠になるわね。もう一つは、ジュリアが自殺したかもしれないということ」彼女は嫌悪で顔をしかめて締めくくる。「そう信じているわけでも、はっきりしているわけでもないのだけれど。でも……わからないでしょ。なんせ彼女は自己破壊的な人だったから」

「ビアンカ、わからないけど、それはありそうにないと思う。薬の包みはどこ? それに自殺する人は遺書を残すものだけれどジュリアは何も残していない。単なる予感だけど……自殺ではないと思う」

ビアンカは考える。「私もそうは思わないけど、除外する気になれなくて。どちらにしろジュリアの性格にはありそうな終わり方という意味で」

「これからどうするの？」私は正直なところ興味があって彼女に聞く。

ビアンカは首を振り、立ち上がって窓の外を見る。

「まずヤコポに当たってみようと思う」

「彼らが関係をもっていたって本当に思っているの？」私は彼女に尋ねる。

「もちろん」彼女は振り向きもせず答えて、一心に街の眺めを見続ける。「私は、彼らがあんなふうに愛し合うには、もっとすごい……他の人との間にはない何かがあるという結論に達したの」彼女はソファに戻って悲しげに腰かける。空気は苦しみに満ちている。

「アリーチェ、本当に何とお礼を言えばいいかしら」彼女は愛想なく言い添えるが、元気のない口ぶりだ。「あなたがジュリアのためにしてくれたことは、秘密として守るから安心していて。ジュリアの分もあなたに感謝するわ」彼女は私たちが吸う張りつめた空気をほぐそうと微笑んで締めくくるものの、うまくいかない。

ある朝、夜明けにあなたが行ってしまったと気づいたとしたら……

いつもとあまり変わらない惨《みじ》めな一日を研究所で過ごしたあと、私はアーサーと車の中にいる。四月も終わりに近い一日だというのにとりわけ寒く乾いた晩で、それが、私が時折かかる、はっきりとした理由のないメランコリーを悪化させる。車に乗り込んでからアーサーが私の質問に素っ気なく答える以外一言も話さないので、彼の存在も助けにはならない。

彼の家に着くと、何かあったのかと彼に聞くことにする。

「あとで」と、彼は答える。そして、私に声もかけずバスルームにこもる。

私は木のテーブルを指でとんとんたたいているが、ついにテーブルを整えてピッツァを二枚注文することにする。彼は濡れた髪にびしょぬれのシャツで、怒った顔をしてバスルームから出てきた。

「蛇口の管が壊れた」と、彼は告げる。そんな状態の彼を見ていると笑いがこみあげてくる。

「何がおかしい?」彼が突っかかってくる。私に対してこんなに失礼なのは初めてだ。

「落ち着いて」

彼はわけのわからない唸《うな》り声を発し、タオルで髪を乾かしてテーブルに腰かけるが、明らかに一人でいたいようだ。

私はどう振る舞えばいいのかよくわからない。

帰るべきかもしれない。

彼が煮え切らなさを破って、彼らしい最小限の言い方で知らせてくれる。

「新聞社を辞めた。ハルツームのリッカルドのところへ行く」

私は固まったままだ。彼も全然うれしそうじゃない。しかし彼自身が何度も、この選択が今となっては慢性的な不満足の唯一の解決策だと言ってきた。

「首になったの?」

答える代わりに、彼は罵倒《ばとう》されたかのように私を見る。

「自分で辞めたんでしょう? とうとうやったのね」私は首を振りながら低い声で言い添える。

「今になってようやく」彼は冷蔵庫からビールを出しながら答える。

「おかしくなっちゃったの?」現在の状況だと彼は失業者だ。世界的な不況を彼が知らないはずはない。

「その逆で、僕はまともになった」彼はビールをらっぱ飲みしながら私を正す。

「イタリアで最有力の新聞社の一つの編集部を自ら辞めて、この世界の誰もがしたがる仕事を捨てるのを、まともになるって言うの?」

「君は何もわかってない。僕は三十歳であって六十歳じゃないから現状に満足する気はない。レポーターをするために何年も勉強して働いている。あのひどい仕事に時間をかけすぎた」

「辞める必要などなかったわ。資金もなく絶望した変人のように、ハルツームみたいなひどい場所に旅立つんじゃなくて、何か別のことを探せたのに」

「僕が自分の選択について説明できる人はいないいってことだな」彼は私を一瞬たじろがせるほど強

く断言する。

私は皮肉な言葉を無視して、自分を通す。「ううん、いるわ。私よ」

「悪いけど、僕に選択を要求しないでくれ。精神的な強要はごめんだ」

私は怒りに身を震わせながら非難がましく彼と向かい合う。「アーサー、選択の自由に訴えるなんて都合がいいものね」

「くどいほど繰り返し僕がどんな人間かについて君に知らせてきたけど、何の役にも立っていないようだ」

「アーサー、考えてみて。あなたは優秀だけど頑固ね。あなたが能力を発揮できないはずはないのに、発揮できていない」

「この仕事では無神経なのが評価される。犠牲の精神や諦観《ていかん》は損をして、あちこち行って自分が見る場所について平凡なことを書いていれば損をしない」

「あなたの記事を読んだけど、正直言って平凡なんかじゃない」

「それは信じるよ。でも君は客観的じゃない」彼は苦笑いをして、「とにかく、僕の進むべき道じゃない」ときっぱり答える。

「どのくらい行くの?」私はしまいに疲れ果て、とどめの一突きだけを待ちながら聞く。

「アリス……」彼が怒りと同情の混じった口調で私の名前を呼ぶ。「僕はイタリアに戻るかどうかもわからない」

私は気絶しそうになる。例えば家の鍵のような大事なものをなくしたときと同じ、麻痺したような、でもそれ以上に信じがたい戸惑いを感じる。「なぜなの?」私は口ごもる。

「AFPの海外ニュースの編集長ミシェル・ボールギャルドに連絡を取った。僕がリッカルドと一緒に書く記事は彼に出す」

「AFP?」私は気持ちをくじかれたふうに繰り返す。

「アジャンス・フランス・プレス、フランス通信社だ。パリに戻って住むことに決めた」

私たちが思春期の若者のように屈託なく愛し合ったすべての時間の背後に、今後の二人のあり方を変える決断が隠れていた。私がここで情けない研修医として身動きがとれないうちに、アーサーは、イタリアから、そして私から遠くへと飛び立とうと望んでいる。

そうはいっても、私は今以上のことを期待するのが正しいと言う気にはならない。だって、一緒に人生を過ごしてきたわけではないのだから。私たちが共に過ごしたのは何年どころか何か月にも満たない。経験も日常生活も、二人の時間を特別にすることさえ一緒にしていない。私が彼に恋しているとことは、もしかすると、現実と釣り合わないことかもしれず、パラシュートなしで着陸するのなら、骨を折ることとさえ考慮に入れておかなければならない。

彼は自分の本性を隠したことなどない。それは本当だ。いつものことだが、理想的な関係を夢見たのは私だ。アーサーに白馬の王子様の役目を課したのは私で、その役は実際には彼から程遠いものだった。

「ねえ、アーサー。あなたは内にある何かでへとへとになっているわ」私は今二人の間にある深淵を飛び越えようとして彼に言う。「あなたがもっているような、高みへと押して進むべき道を探させる内面の力が、私にもあったらいいのに。残念ながら私はあなたとは違うけど。もしあなたが行ってしまったら……私たちはいったいどうなるのかな」

彼が目をそらす。「あきらめるつもりはない。君のためにも」彼はちらっと私を見て、でもとても自然な口調で答える。私は言い表せないほど傷つく気がする。

「そんなこと頼んだ覚えはない」私は唖然として呟《つぶや》く。今にも泣きそうだ。

「わかるだろ……僕は行かなくちゃならない」彼は私の隙《すき》をつくような口調で付け加える。

「今さっき言ったことの重大さに気づいてる？　というか、あなたの言い方の？」

「何より正直でありたかったんだ。やさしく言えなくて申し訳ない」

「出発して私なしでこの仕事を追い求めるのと、ここに私といて別の何かを探すのと、どちらかを選ばなければならないとしたら、あなたはためらいなく一つ目を選ぶのね」彼の沈黙は、肯定の返事よりひどいし恐ろしい。「明らかに私たちは一緒にいるのに向いてないわ」傷ついた私は続ける。

彼はまだ返事をしない。私との関係を断つのが心配だとでもいうように、私の手にわずかに触れる。

私はこの場を去ろうと自分の物をかき集める。ひっそりと傷を舐《な》めたほうがましだ。

ドアのすぐそばまで来たとき、彼がおずおずと思わず発した頼みが私の心を射抜く。

「行かないで」

「あなたといると心配になるの」ドアの取っ手に手をかけて、私は呟く。

「君は間違っていると言いたいし、僕は変わるよと言いたいけれど、いずれも嘘になるだろう」彼はようやく言う。「嘘が今夜のところは僕らを仲直りさせてくれるかもしれないけど、それは今夜だけで、明日になればリセットされて同じことを繰り返すのかもしれない。人生観は願望と同じくらい根本的なものだけど、それがこれほど隔たっているなら……僕らに将来はないだろ？」

「あなたはばかよ。私はあなたと同じくらい野心があるわ」

「それなら僕の父に言いに行くべきだ」

私は衝撃を感じる。正確に言うと、衝撃というより心がばらばらになるような感じだ。自分の血に押し流されて組織がもろくなり、力が失われていくように感じる。

私は目をゆっくりしばたいて頭を下げる。

こんなふうになった今でも、ちょっとやさしくしてくれさえすれば、もはや以前のようにではないにしろ、私は再び彼に素直になれるのに。私たちの仲を運ぶ列車はホームを変えてしまったか、もしかすると始発駅に着いてしまった。

なおも彼は何も話さず動かない。

「家まで送るよ」とだけ、彼が言う。私は落胆を表す言葉もない。二時間のうちに天国から地獄へ落ちてしまった。そのうえ、ひどく傷つき見捨てられた私は、これ以上彼と一緒にいることができない。彼と視線を交わし、もう一度やり直そうと彼にすがりつくことになるのがこわい。

「送ってくれなくていい」私は彼に答える。

「送らせてくれ」

「あなたには何もお願いする気になれない。タクシーで帰るから心配しないで。何もひどいことなど起こらないから」そもそも起こるはずなんてない。だって私はもう死んだも同然だもの。

「僕は……」

「お願いだから、もう何も言わないで」

アーサーは視線を落とす。何かしかけたようだ——私を引き留めようとしたのか？

私の背後でドアが閉まる。私は立ち去る力も出てこない。

タクシーには乗らない。歩きながら動揺を取り除くほうがいい。

歩いて。

また歩いて。

へとへとになって家に着くまで。

私が鍵穴に鍵を差し込んでいると、横目に彼の車が道の角で待ち伏せしているのが見えた。私はドアが開くにまかせたまま、悲しそうにそっちに目を向けた。

徹底的に続ける意思

自分の人生で最も素敵と思う恋に別れを告げるのは簡単じゃない。別れが原因で身を亡《ほろ》ぼすこともありうる。

その夜、私は不安で眠りと覚醒を交互に繰り返しながら眠る。夢は見ない。努力する必要のない他のどうでもよいことのように無気力に身を任す。まったくもってどうしようもないほど自分が情けない。

少なくとも数日間は仕事を休みたいものの、体を動かさないほうが研究所で吸う重い空気よりも恐ろしいから、目に二つの深淵のような隈《くま》をこしらえて、昼食時には外に出て帰宅するという考えだけを支えに、私は無気力でもなんでも仕事に行き続ける。研究所で私は未来を築くために頑張って時間を過ごすわけだが、そのあいだにメールか電話か何がしか、私への愛着を示す彼からの合図を待っているのに、都合のいいようには届かない。

しかし少なくとも午前中はやらなければならないことがあるので、自分の心を最も占めていることを忘れていられる。そんなある日、一週間のプログラムをざっと総括してみて、遅れている仕事がたまっていることに気づく。どっちみちすべてが近々変わるのだから――しかも悪いほうへ――、どっぷり浸かるか、最後のうめきを発してすべてを終わらせるかしかないのだろうか？

私は頬杖をついて、湿気のマントに覆われた世界を窓から眺める。それから視線は、積み重なったファイルと終わらせるべきすべての仕事へと再び向けられる。おそらくこの様子を見たのだろう、生まれつき器量に恵まれなかった人がしばしばそうであるように観察力のあるラーラが、私を落ち着かせようとお節介を焼いてくれる。

「しなくちゃならない仕事のことはまったく心配ないって。急ぎじゃないから。〈ボス〉とワリィは首脳会談でグラスゴーにいて来週まで戻らないわ」彼女は私にやさしく説明する。

「それは助かる。少しは風通しがいいわね」そのニュースにいくぶん慰められた私は答える。一週間長く辺獄《リンボ》にいられる。

「うまくいってないことでもあるの?」それから彼女は控えめに尋ねる。私は注意深く彼女を眺めて、眼鏡のフレームを変えるかコンタクトレンズに代えれば、人に安心感を与える彼女の深い眼差しが飛躍的によくなるだろうと考えている。

「このところついてなくて」私はあいまいな返事をする。

「何か手助けできる?」

私は答えることすらできずに泣きじゃくる。するとラーラもあきらめる。

私を助けられる人はいないし、助ける術《すべ》もないことだけは本当だ。

私はこの窮地から独力で抜け出さなければならない。

帰宅して、午後四時、私は昼食用のパニーノを作るが、途方もなくしんどい。しまいに油っこいものを飲み込みながらソファにばったり倒れてしまう。どのくらい時間が経ったのか、携帯電話の音で目を覚ますも、酔っ払いみたいにぼーっとして、私が取る前に電話は鳴りやむ。

アーサーからの電話だった。どうしてよいかわからず、かけなおすべきかどうか迷っていると、携帯が再び鳴り始める。彼だ。

「アーサー！」私はやや興奮した口調で言う。

「やあ、アリス」彼の声はためらっている。

「元気？」つまらないことを尋ねるが、何を言えばよいかわからないのだ。目覚めたばかりの人のしわがれて粘ついた声になっていないか気になる。

「どうにかやってる。君は？」

「実はさんざんだけど、いずれにしろたいしたことじゃない。とにかくあなたの声が聞けてうれしい」

シルヴィアはこの数秒で私が犯した過ちを、厳しく大っぴらに非難するだろう。

アーサーが数秒黙ったままなので、私は電話が切れたかと思ったほどだ。

「電話切れてないよね？」私は聞く。

「だいじょうぶ。こんな終わり方はしたくなかったし、終わってほしくもなかった」彼がようやく態度を改める。

「私も。でも、他に解決策はなかったんじゃないかな。私たちは最初から将来のない恋に突っ走ってしまった。すぐに終わってよかったのよ」

アリーチェ、お願いだから黙って。あなたは次々にバナナの皮を踏んでは滑っている。

「よかった？」彼はよくわからなかったかのように少し困惑して繰り返す。

「つまり……気にしないで。そのほうがいいの」

彼は何も言わない。「そうだね、そのほうがいい。今日発《た》つから挨拶しようと思って」それから彼はいくらか落ち着きを取り戻して言う。

「戻るかどうかわからないのね」私はあの忌《いま》まわしい晩の彼の言葉を思い出して言う。

「帰ったとしてもここには留まらない。とにかく、ごめん」彼は愚かにも最後に付け加える。

「私のほうもごめんなさい」

いつ果てるともない沈黙にこれ以上耐えることができず、私は粉々になってしまいそうだ。

「連絡は取り合えるかもしれないね」私は提案する。

「君と連絡し続けたら、僕は最後までがんばれないんじゃないか、戻って来てしまうんじゃないかと心配だ。君が僕に選択を迫っても……僕はもう選んだんだ。行ってしまうと決めるのはたやすくなかったが、後戻りもしたくない」

「私は後戻りしてなんて頼んでいない。連絡を取るのをやめるのは……あなたのほうからだと思ってた」私は恨みがましい言い方で言い添える。

「アリス、大人になろう。もうやめてくれ。君だけが大変な時を過ごしているんじゃない」彼が明らかにいらいらして答える。

なんてひどい会話だ。

「でも、私は何も選んでいないわ」

「選択はいつでもできるとは限らないし、変化に適応する知性も必要だ。歩み寄ることができないなら……君は歩み寄るつもりはないんだろう、違うかい？　君を失いたくはないが、もし君を得るために出発をあきらめなければならないとしたら……もう連絡し合わないほうがいい。とにかくもう行かなくちゃ」彼は急に口調を変えて締めくくる。彼の背後のざわめきが聞こえる。これ以上会話は続けられない。

愛とは
変化を目の当たりにしても変わらず
他の人たちが別れても別れないもの。
愛とは
嵐を見据え
梃子《てこ》でも動かない灯台であり
嵐に揺らぐことは決してない。

これが、歩み寄りを語るあなたに私が言いたいこと。

「わかった。気をつけてね」
私が頬に流れる涙を拭《ぬぐ》っていると、彼が私に挨拶をするのが聞こえる。
「ありがとう。さようなら、アリス」

　そして会話が終わるちょうどそのとき、ユキノの部屋から驚くほどタイミングよく日本語の歌『片思いファイター』が聞こえてきた。これはあとで彼女から聞いた説明によると、〈報われない恋の戦士〉という意味だ。彼女はどうしようもないほど音痴で歌い、マイクを持つふりをしてサビをいっぱい効かせて私の部屋に入ってくる。

「今晩はカラオケしよう。おがねい《ティ ペコーロ》」彼女は私たちの電話が終わると、希望に胸を膨らませて聞く。

「タイミングが悪いわ、ユキ」

「悲しいときこそカラオケよ。それに飲もう」彼女は私の手を取ってきっぱりと言う。

「嫌だってば」

「何日もあなたを観察しているけど、『ママレード・ボーイ』の光希みたいだよ。彼女は十六歳であなたは十歳年が多いけどね。失恋で苦しいときは、一日か二日泣き続ける。それ以外は食事も勉強も何もしない。泣いて終わり。でもそれからまたぶりかえすけど、それ以上考えない」

「あなた素晴らしいわ、ユキ」

「ありがとう、そうでしょ！」彼女は私がまじめに言ったと確信して堂々と答える。「さあこの部屋から出て、ヌテラを食べるのもやめて。にきびだってたくさんできてるよ」

「だめ、もう私にはヌテラしかないんだから」

「ううん、それだけじゃない。私もいるし、他にもいるのに、今はアーサー君しか見えてないね」

　彼女の言うとおりだ。

しかるべきときになれば何事も

体も心もまったく不安定なままどっちつかずの雰囲気で研究所をうろついていると、ラーラに図書館での会議の巻き添えにされる。クラウディオがやって来てようやく、私はそれが法医遺伝学の演習であることに気づく。

クラウディオはガラス面のテーブルに大股で近づいてきて、王座に座る王様のように腰かけると、うんざりしたように私たちを見ていらいらと指を打つ。おそらく今日の仕事について思いを巡らせているのだろう。「かわいこちゃんたち、急ごう。僕は時間がない。アンブラ、用紙を回してくれ」

アンブラから差し出されたコピーを、私はかなり興味をもって見る。この間《かん》、クラウディは当件の指示を与える。「最長十五分でプロファイルを比べてみるんだ。それ以上時間がかかるなら、正直なところ君たちはまったく見込みがない」

彼は明らかに喧嘩を売っている。ラーラだけが制限時間内に終わったので私は書き写そうとするが、彼ににらみつけられてやめざるをえない。

「彼女を見れば、君たちが忌《いま》まわしいほどだめなことがわかる。ナルデッリ、結果を発表してくれ」

ラーラが発表し始めても、私はうわの空で彼女の話を聞いている。力がわかず、気分も落ち込みすぎて、法医遺伝学の問題に集中できない。すでに問題を抱えすぎている。もう少し時間があれば検査がうまくできたと思うと残念だ。あくびを繰り返しながら私は拷問が終わるのを待つ。クラウディオが下ネタすれすれの励ましの言葉をかけてやっとお開きにしてくれる。そして私がドアから出て行こうとする直前に、彼が大声で私を呼ぶ。「アレーヴィ」

私は大儀そうに振り向く。「何?」

「ラーラの説明にほとんどついていっていなかったな」

「ついていってたわ」私は厚かましくも嘘をつく。

「嘘だね。アレーヴィ、君たちに分析するよう渡したプロファイルはサヴェリオ・ガランティのものだ」

私はびっくりして目を剥《む》く。「注射器上で採取されたプロファイルと一致しているの?」私は思わず聞く。

「君はそれを知るにふさわしくないかもな」

あなたにふさわしいことを私に言わせないで。

「えらそうに言わないで。あなたは不思議に思うかもしれないけど、私は自分で結果を出せるの」

つい最近、私はこのことをしっかり証明してみせた。

「アレーヴィ、どうしたんだ?　だいじょうぶか?」彼は私の宣言を無視して不意に聞く。

「別に、どうして?」

「顔色が悪いし、やつれている」

「そんなことない、だいじょうぶ」

あまり納得していないクラウディオはため息をついて、「結果のことはラーラに聞いてみて。すごくおもしろいから」と、話を締めくくる。

彼のことを私が以前いやなやつだと感じていたとすれば、今は間違いなくそれより悪い。

ようやく私は仕事に集中できるようになったのだろう、結果がすぐに出てくる。

注射器上の痕跡がサヴェリオ・ガランティのものだったことは、まさにソフィア・モランディーニ・デ・クレスが考えていたように、二人が一緒に麻薬をやった証拠になるだろう。さらにその注射器に付着していた痕跡は、婦人科検査の際に証拠として提出された痕跡とは一致しないから、ジュリアの最後の相手の身元は少なくとも正式にはわからないままだ。

この時点で私は毒性検査の結果がどうなのか自問してみる。しかしそれを知るにはクラウディオにはっきり聞かなければならないが、私は、「君はこのヴァレンティの件についてしつこい」と、何度も言わせることで彼を喜ばせたくはない。

私は自分を狭量で規則にこだわっているように感じてどうにも気持ちが静まらず、帰宅しないで一人で研究所にいる。つまり、何ものにも邪魔されず、最大限不正に動ける理想的な状況にいるわけだ。

目下私の不正な目的は、サヴェリオ・ガランティの毒性検査の結果を手に入れることだ。ジュリアの死からほぼ三カ月が経過しており、あの晩摂取された物質は明らかにサヴェリオの体からほとんど排出されているため、検査結果にそれほど価値はないと思う。血液と尿の中に見つけるのはまず無理だ。髪にならら見つかるはずだが、サヴェリオの髪は短すぎて検査できず、以前使用したことを正確には伝えない。しかし毒性検査はこの点で直近の薬物依存の証拠となり——このことはもしかすると慢性的な薬物依存を示すことになるかもしれない——、そうは言ってもこの事件の霧のなかでは単独の裏付けとなるだろう。

唯一の方法は、クラウディオのコンピュータにアクセスすることだ。もしかするとコピーを保存しているかもしれない。

彼の部屋はもちろん鍵がかかっているが、これは問題じゃない。部屋の鍵はすべて事務所で手に入る。

こうして私は彼の王国に、邪魔されることなく一人でいる。

シャルム旅行のときに撮られた、よく日に焼けた彼を写し取った写真が壁に掛かっている。シャルムは彼にぴったりな旅行先だ。蛍光ペンであふれるペン皿、明かりのスイッチのそばに差し込んである電気式ディフューザーから漂う少しつんとするラベンダーの香り、デスクの上にある本『解剖病理学の覚書』（この機会にめくってみると、キアーラという女性のうんざりするような献辞が、無様に見えないよう努めて下手な字で書かれている）、キーボードの横にぞんざいに放置された軽い近眼用メガネ。彼のプライバシーに侵入して居心地が悪いものの、直接頼むなど論外だ。コンピュータを立ち上げるスイッチを押すと、まったく腹立たしいことにアクセスにはパスワードが必要だ。もちろん私にはわからない。コンピュータを消そうとするそのとき、遠くに足音がする。

しまった！

私の研《と》ぎ澄まされた聴覚が足音を、いやもっと正確に言えばヒールの音を聴き取る。その直後、声も聴き取る。

「ええ、今着いたところ。ううん、心配しないで、ちっとも迷惑じゃない。通り道だったから。ダーリン、あなた研究室のドアを閉め忘れたの？　忘れてないって、開いているわよ。でも変ね。どこって言ったっけ？　デスクの上？　緑色と黄色のファイルがあるわ。了解。じゃあ、またね。今晩はマルタとピエールと夕飯を食べるの。ええ、安心して、ドアは閉めるから」

私の心臓が高鳴り、その音が正直アンブラに聞こえるのではないかと思った。なんてみっともない！　喜劇映画の三枚目みたいにデスクの下に隠れるなんて。

私はクラウディオの研究室に閉じこめられ、動くことさえできない。腕時計の針が大きな音で秒を刻む。私は床に座って、シルヴィアは正しいと独り言《ご》ちる。

しかるべき時になれば知ることができるおもしろ味のない情報のために、私はアンブラに現行犯で捕まって、考えられないような結末になるリスクを冒したのだ。

私は本当に正気を失ってしまっている。

再生

「アリーチェ？　仕事すんだ？　ワリィと〈ボス〉が今日戻って来るから、準備を整えておかなきゃね。一週間いなかったんだから」心配性ゆえにラーラが気をもんでいるのには驚かないが、その知らせ自体に私は慌てる。

「えっ？　今日戻って来るの？」私はびっくりして聞く。

「残念ながらね」

〈神〉とワリィがいないと本当に居心地がよく、冬眠しているようだった。私は個人的な問題のために、研究所でペンディングになっている重大で気の滅入る評価のことを忘れていた。

電話が鳴って、〈神〉が私を呼んでいると事務員に告げられた私は、「くそっ」と、あまりエレガントでない言葉を吐いてしまう。

ラーラが何か聞きたそうな目で私を見る。私は部屋を出て、冷酷な決断が下されると覚悟して所長室へ行く。

その時が来た。

もっとも、彼に呼ばれる気がしていた。〈神〉とワリィが、ワリィと〈神〉が、十日間ずっと一緒だったのだから、話し合って結論を出す機会があったであろうことは、おのずから明らかでもある。

〈神〉はデスクに掛けている。「お話があります」と告げるも、私の顔さえ見ない。彼の声は喫煙で悪くなったアーサーの声に似ていないものの、年齢が違うのに響きは同じだ。彼は厳格で冷淡な人だ。アーサーの父親であるということを考えると、なおさらひどく思える。

「何についてでしょう?」私はあわてず明晰なふうに聞く。

彼が顔を上げると——純粋に感動したことに——、アーサーによく似ている。実際親子である彼らが似ていないはずはないのだが、真実はそういうことではない。

つまり、私はアーサーをいたるところに探してしまうということだ。

「お掛けください」〈神〉が素っ気なくぞんざいに言う。「ボスキ先生に、交通事故による尿道損傷についての仕事を提出しましたか?」

その仕事をしなかったわけではない。あなたの息子に捨てられてぼろぼろになっているのだ。尿道損傷なんて知ったことじゃない。

「ほぼ終わっています、所長。再検証しているところです」

「再検証とはどういうことかね?」

「最初に大枠を作り、それをより専門的にしています」じたばたする私に、〈神〉は今にも襲い掛かって一突きしそうだ。

「あなたは書くように話し、話すように書くことを勉強しなくてはなりません」彼は冷たく言う。

「そうですね」私はか細い声で応える。

「ところでお話ししたかったのはそのことではありません。ちょっとデリケートなお話に立ち向かわなければなりません」

さあ、きた。審判が始まる。公的な弾劾の場にワリィがいないのが不思議だ。

「所長、おっしゃることはすべて、受け入れる覚悟ができています」私は痛々しい尊厳たっぷりに宣言する。

彼は眉をひそめ、うっすらわかるかわからないかというような微笑を浮かべて、大量の紙の山から見覚えのある薄い紙の束を抜き出す。

「ある人からあなたのこの仕事を渡されました」説明し始めるにあたり彼はポケットから老眼鏡を取り出し、それをかけて表題を読む。

それは私が以前書いた論文で、アーサーといたあの晩に破いたものだ。

ある人。

彼でなければ誰だと言うのか。

「あなたはこの論文について迷われておられたようだ……どちらかというと根拠のない迷いだが。これはいい論文だ。とてもいい」私の心臓が狂ったように打つのがわかる。〈神〉はデスクに紙を置き直し、灰色の目で私を見る。「あなたのボスキ先生がらみの問題について知りました」

私は恥ずかしくなって下を向く。「所長、本当に申し訳ありません。努力はしていますし……同僚や、所長のチームの水準に追いつきたくてたまらないのですが、どうしてもこれ以上できません」

「ヴァレリアはあなたを信頼していなくて、あなたが中級レベルに達していないと考えています。何よりしっかりした意志がないと、嘆いています。あなたもそう思いますか?」

私は顔を上げて、彼の氷のような目を注意深く見る。

「必ずしもそうは思いません」

請け合うわけではないが——不可解な人だ——、彼は満足げだ。「世界中が逆のことを言ってこようとも、常に自分の才能にある種の自信をもたなければならないと思います」私はぽかんとして彼を見る。私はそれまで〈神〉を本当の人間だと思ったことは一度もなく、人の形をした神性のような、この研究所に漂う生き物だとしか考えていなかった。彼が人に心を寄せられるとは思っていなかった。

〈神〉はデスクから額に入った写真を取って立ち上がる。差し出された写真を私は彼の手から恭《うやうや》しく受け取る。彼の子どもたちがみんな写っている。ブロンドの髪でふてくされた感じのがりがりの少年のアーサーと、髪をツインテールに結んでピンク色のリボンを付けたごく普通の女の子のコルデリアがいる。

「所長……」

「先に私に言わせて下さい。あなたは見かけによらずとても才能のある方だ。しかし、あなたが生産的になるためには安定と共に常に刺激が必要です。批判ではありませんから、そうとらないでください。単にそう思っただけですから。アーサーは……あなたとはずいぶん違います。見た目よりずっとプレッシャーを受けています。満たされたことが一度もないと感じていて、敗けるのを頑《かたく》なに拒《こば》んでいるかのようです。彼には何かしっくりしないことがあるのです。それが若さのせいだと私は信じていましたが、彼はもう大人です。仕事を辞めてフリーランスになるなど、三十を超えた者に許される態度ではありません。彼は完全に道に迷っています」私が口を開こうとするたびに、彼がストップをかける。「横道に逸《そ》れてしまい、言おうとしていたことから離れていますね。要は、ボスキ先生があなたに心理的な脅しをかけたのは間違いではなかったということです。アーサーのようなタイプではうまくいかなかったでしょうが、あなたでならうまくいきます。ボスキ先生はそうすることで、あなたに勢いをつけてくださったのです。そうでもしなければ、おそらくあなたには今もそれが足りなかったことでしょう」

だから彼女が私を脅したとすれば、彼女は私を少し傷つけもしたのだ。

〈神〉は言葉を継ぐ前に咳払いをする。

「ハルツームへの出発の前、息子に会いました。彼はあなたが間違って低い評価を下したこの論文を私に渡して、あなたの手柄のいくつかについても話してくれました……」

私は青ざめ、耳たぶが焼けるように感じる。「……その手柄について、私はあとでコンフォルティ先生に確認を求めました」

「実はヴァレンティの件に、私は感情的に巻き込まれました。他の件以上に何があるのかわかりませんが、完全に打ちのめされてしまったのです」

「それは間違っているということを、次回は忘れないで下さい」

「まったくの偶然だったのです」

「だからといって、あなたがよい仕事をしたのには変わりありません」〈神〉は私をドアまで送る。それは敬意がこもった行為で前例のないことだ。「あなたが加わった研究プロジェクトについて話をしようとヴァレリアが待っています。彼女のところへ行ってください」

「はい、所長」

私がドアの敷居をまたごうとすると、彼が再び話す声がする。「アリーチェ、あなたを安心させて差し上げたい。あなたはこの研究所で最も優秀であるとか頼りになるというメンバーではありませんが、私は、あなたを今留年させて将来を損なわせるほどあなたの成績に不満足であるとは言えません。留年はありません。あなたのお手柄です」

アンブラが私の立場なら、堂々と自信をもって応えただろう。

ラーラなら冷静に感謝をもって応える。

私は自分なりに応え、泣きじゃくる。まるで満杯のボイラーの蛇口を突然開けてしまったように。

〈神〉は言葉を失い、何よりとても困っている。

「先生、お願いですから少し落ち着いて下さい」彼は態度を硬くして言い、自分のイニシャルが刺繍された綿百パーセントのハンカチを私に差し出す。音を立てて鼻をかむ私はものすごく取り乱して――こんないい知らせは一度きりだから――最後まで話すことができない。

「この数カ月間、ものすごく……緊張が積み重なって……そのすべてが終わったと、だいじょうぶだったと今知って……。だから感情を抑えられないのです」私は彼のハンカチを手でいじくり回しながらにっこりして言う。

〈ボス〉は私にさっさと行ってほしがっている。「とにかく、あなたにこのよい知らせを伝えることができてよかったです。さあ、私が後悔しないうちに仕事に戻りなさい」彼は不愛想に締めくくる。

しかし私は涙にくれていてすぐには行けない。安心しきった私は、思わず「ありがとうございます、〈神〉」と、言ってしまう。

沈黙。

そのあと……「私を何と呼んだかね？」

「いえ……」

「〈神〉？〈神〉か……。実によく言ったものだな。とにかくもうお行きなさい。さあ」

マスカラを滲《にじ》ませ顔に呆《ほう》けた表情を浮かべて彼の部屋から出た私は、ワリィの研究室のドアの前へ進み、研究室に顔を出して彼女に舌を出して清々したい誘惑を抑える。そうする代わりに私はドアをノックして、再び取り戻した平静さをもって意気揚々と彼女に向かう。

「マルコメス先生から、お話がおありだとお聞きしました」

ワリィが整えていない眉をひそめて私を見据える。「座って下さい」私はそれに従い、彼女といて一度も感じたことのなかった落ち着きをもって彼女を見る。「ここから出て顔を洗ったほうがいいですね。仮面のようです」

「取り乱してしまって」と、私は認める。

「今に始まったことではありませんね」彼女が辛らつなコメントをする。「アレーヴィさん、あなたに割《さ》く時間はあまりありません。とにかく、本日マルコメス先生があなたの状況について結論を出されましたから、私は従うしかありません」

「先生、どうもありがとうございます」私は意に反して従順に応える。

「私たちはあなたがオートプシー・イメージングの分野で問題をたくさん起こしたのを知っています」いつもながら大げさだ。たくさんだなんて。一つなのに。「ですが、あなたが提出した作業報告書を、コンフォルティ先生はお世辞とも言えるほど好意的な言葉で表現されました。彼の言葉は、彼が否定しない限り信じるべきだと思います」

「そう思います」私は驚きをごまかそうとして答える。

二重の驚きだ。今日、それぞれのやり方で私をずっと傷つけ、くずだと思わせてきた二人の男性が、真っ逆さまに落ちようとしていた深淵から私を救ったのだ。

ワリィが彼の言葉を信じていないのは明らかだが、クラウディオには彼なりの深みというものがあって、彼に反論するのは簡単なことじゃない。ワリィでさえ、女性という生き物がすべてそうであるように、危険にも彼の魅力にはかなわないのだから。ワリィに嘘をつくなんて、私が初めて接した彼のやさしい行為だった。

「私は必ず約束を守ることにしています。オートプシー・イメージングプロジェクトでうまく証明できればだいじょうぶだとあなたに約束しましたが、実際それが証明されたのでだいじょうぶです」

この意地の悪い女は、マルコメスの意見について話すのをわざと省いている。

でもそんなのどうでもいい。

私は救われた。

クラウディオに感謝することなどたわいもないことに感じられる。私は彼の研究室のドアをノックする。

「どうぞ」

私はドアを慎重に閉める。彼のそばで有頂天だった日々は遠い昔のことだ。

彼はデスクに座り、すごく集中しているようだ。窓から漏れる日の光が、彼のこめかみの光沢のある暗褐色の巻き毛のなかの銀色の毛を際立たせている。彼が緑色の、つけ込む隙《すき》のない目を上げる。

「ああ、君か」

「クラウディオ」私はもじもじ言う。なぜだかわからないが、彼に感謝することに戸惑いを感じる。「すべて解決したわ。私のことをワリィにうまく話してくれてありがとう」

クラウディオは私の目をまっすぐ見る。こんなにじっと見られたのは初めてだ。私は頬が熱くなるような気がして、か細い声で彼に聞く。「どうしてそんなふうに見るの?」

彼が目をしばたたかせると、すばやい微笑が一瞬彼の顔を明るくさせる。彼は放心したように首を振って、「何でもない、何でも」と繰り返し、椅子から立ち上がってさりげなく私に近づいてくる。

「マスカラがこんなふうに滲んで、何だか妖怪みたいだぞ。でもよく考えれば、君は得体が知れないよな」彼は私に話しかけるふうでもなくコメントする。何より独り言を言っているように見える。「とにかく、可愛いアリーチェ、君を手助けできてよかった」

彼が私のすぐそばにいる。私は心臓が高鳴るのがわかる。

「君にその見返りを求めるのは卑怯《ひきょう》かなぁ？」彼はかつてないほど隙を突くような声で聞く。

「何を求めるかによるわ」私は自分が驚くほどすかさず答える。

「これさ」彼は答えると、頭をかがめて私にキスをする。

私はぞくっとして彼を押し返す勇気さえ見つからない。それは短いキスだが官能的で、私は動揺する。彼は幸いなことに完全に閉まっていたドアに一瞥《いちべつ》を投げながらすぐに離れる。

私は信じられずに彼を見つめる。現実に起こったとは思えない。

「実に卑怯なやり方ね」私は指で唇を軽くこすってぼそぼそ言う。

クラウディオは私を動揺させてうれしそうだ。「そうだね」と、あっさり認める。「でも君は身をかわさなかった」

そのとおりで、彼の言葉に答えると私のどこかがそのキスに興味を抱いたと認めることになりそうなので、私は「行くわね」と、ドアの方へ後ずさりしながら言う。足元がおぼつかない感じだ。

「心配しないで。もうしないから」彼はふうっと息をして締めくくる。

「そう願うわ」と言うが、私は死ぬほどあわててしまって話すことさえやっとだ。

クラウディオは再び私を射ぬくようなまなざしを投げかけて鷹揚《おうよう》に微笑む。

「アリーチェ、本当にそのほうがいいの？　本当の本当に？」

本当に……。なんて大げさな言葉なのだろう。私がそんな場面を夢見た頃があったのは確かだ。でもそれは昔のこと。

完全に落ち着きを失い、なおも何も信じられないまま、私はシルヴィアとお祝いをして、夕方六時にはかなりできあがっている。

タクシーで帰宅するが、ちゃんと立っていられない。

部屋に入るとすぐにパソコンをつけて、どうにかきちんと書けるだけの光で、気持ちを集中して書く。


ありがとう。

何のことかわかるよね。
A.

九時になるかならないかで私は眠り込んでしまった。ずっと首が回らなかったから、こんなふうに崩れてしまう。疲労がたまりすぎているのだ。ようやく、すべての病気に効く絶対的な治療が施されたみたいだ。

翌日起きてみるとアーサーから返事が来ている。


君に話さなかったのは、僕の父から君に何もかも言うほうがいいと思ったからだ。とにかく正しい判断をしたのは彼だ。だから君が僕に感謝する必要はない。むしろ僕のほうこそ君の信頼を裏切ってごめん。

アーサー

アーサー。

この喜びはあなたが遠くにいては喜びとは言えない。

私はあなたのことは何も、あなたが間違ったことさえ怒っていない。

ただあなたに戻ってきてほしい。今すぐに。

＊＊＊

正当な理由があったとはいえ、再び彼にメールを書いたことでもつれがほぐれた。

もう連絡を取り合わないということは消息を絶つことを意味するのだから、彼に書き続けるのは間違いなく彼の意志に反している。

しかし私は淋しすぎて自分自身にした約束が守れず、いつもどおり良心の呵責《かしゃく》も感じることなく約束を破る。


あなたが何をしてどこで暮らしているか知りたくてたまらない。

どうしてお互い死んでしまった人みたいに消息を絶つの？　あなたは私にとって死人なんかじゃない。あなたのことがもう何もわからないのがものすごく悲しい。私たちはもはや共生し合う彗星《すいせい》のようではなくなってしまったかのよう。私たちのことがどうだったかなんてどうでもいい。私は消息を絶ちたくない。私にあなたの記事を読ませてくれますか？

あなたのアリーチェより

追伸　私たちの関係が長続きしなくて残念でした。

送信しながら私はメールを始終チェックしないことと彼の返信を望みすぎないことを誓うが、この約束を守るのも非常に困難となる。

うれしいことに二時間後、彼の名前を受信箱に見つける。

彗星だなんてうまい表現だね。とても悲しいが、僕も同じ印象だ。連絡を取り合わないことについて僕は言いすぎた。そこまで言う必要はなかった。許してくれ。

ここハルツームではアクロポール・ホテルに泊まっている。

これほど暑く感じたことはない。何だか不気味だ。気候だけが問題ではないが、最大の問題ではあるだろう。

日中は記事の材料を集めて取材して歩いて過ごしている。夜はそれをまとめて、しばしば夜更けまで仕事をする。

ともあれ、これがしたいと夢見たことだから満足している。

君に話したいことがたくさんある。早くできるといいんだが、今は行かなくちゃ。数時間後にダルフールに出発する。

君のメールが届いていてうれしかった。
じゃあ。

アーサー

人道的支援の基金の仕事はどう運んでいますか？　あなたとリッカルドは何かおもしろいことを見つけられましたか？

アーサー、常に気を付けてね。うるさく思われたくないけど、ちょっと心配です。

A.

返信がすぐ来たということは、彼はオンラインだということだ。私はメッセンジャー機能を設定していないことを悔やむ。

僕はまあ満足している。できるだけ早く君にもっとうまく説明するね。

アーサー

進展

サヴェリオ・ガランティの毒性検査の結果が、クラウディオの研究室で私が盗みを働こうとした数日後に明らかとなった。

家のソファに気持ちよく陣取ってジャニス・ジョプリンのヒットナンバー集を聴きながらアナフィラキシーについての学術的な記事を夢中で読んでいると、ユキノが濃いピンク色のマニキュアをしたかわいい手に今日の新聞を持ってやって来る。

「あなたが興味ある奇人《パッツォ》が載ってる」彼女は私に言う。

「奇人《パッツォ》？　記事《ペッツォ》のことね。ユキ、あなたいつから新聞を読んでるの？」

「大学の勉強なの。読んで、読んで」彼女はソファの私の横に座り、いつでも読めるようクッションの下においてある漫画を取り出して急《せ》き立てる。

私の予想通り、検査は薬物が直近で使われていたことを示したにすぎず、結果そのものは興味を引くデータではない。ただ、ジュリアが亡くなった日についてのサヴェリオの陳述が伴われており、その陳述はもちろん彼がそのために拘束されている遺伝子検査に基づいて再び出されたものだ。

ヘロインは彼が前日に入手した。二人が摂取したヘロインは見た目は同じで、麻薬密売人は彼にクスリの出所は同じだと確約していた。サヴェリオはジュリアとソフィアの家に赴き、ヘロインから解放されようと彼女らにヘロインを託したのだった。翌日の三時頃、ジュリアが彼に電話をして、家まで来てと頼んだ。彼女は頭痛で苦しんでいた。通常彼らはヘロインを吸引していて、注射するのはごくまれだった。その日はしかし、効果がより強く持続すると信じていたジュリアが、静脈注射で摂取すると言い張った。彼女は一人ではできないから、彼が彼女を手伝った。サヴェリオは自分の分は吸引するほうを好んだ。

彼が言うには、ジュリアは注射してから何のアレルギー反応も示さなかったという。彼女はいつものように眠ってしまった。彼も一緒に眠った。彼らが目を覚ますともうほぼ十七時だった。ジュリアは具合がよく気分も高揚して、頭痛もとれていた。彼がヴァレンティの家を後にしたのは十八時頃で、そのとき以降二十三時まで彼にはれっきとしたアリバイがある。つまり、ビアンカが供述し電話の記録によっても証明されているが、ジュリアが姉に電話をした二十時以前に亡くなることはありえないことからも、ジュリアの死亡時間帯すべてがカバーされている。仮にクラウディオが間違って死亡時刻を二十二時と設定しても、それでもサヴェリオはそのとき他の場所にいた。

「でも、彼がパラセタモールを彼女に与えて、そのアレルギー反応を待っていたのに反応が遅れたとしたら?」私はすぐクラウディオに電話して聞いてみる。まだどぎまぎして電話するのは気が重かったけれども。でも、あのキスは彼にとって何の意味もないとわかっているから、彼に対して気を重くする必要はない。

彼は少しの間静かに考え込む。「確かに、ありえる。彼が彼女を殺す目的で服用量を変えたのかもしれない。ただちに起こると思っていたアレルギー反応が起こらなかった。ジュリアはそのあと具合が悪くなったのかもしれない。しかしアレルギー反応は即座であればあるほど危険だ。もし反応が遅れたら、つまりもっとゆっくり段階的であれば、ジュリアは薬を飲むとか、電話で助けを求めたり病院に行ったりする時間があったはずだ……。アリーチェ、そう思わないか？　それに、反応が遅れた場合、よく顔に浮腫が広がるものだが、ジュリアにはそんなものは見られなかった。だから、ほとんどありえない気がする」

「ええ、確かにほとんどありえない。私は、即死に近い即座の反応だった気がするの。とは言っても、まったくありえないわけじゃないけど」

クラウディオは急いでいて落ち着かないようだ。「アレーヴィ、カッリガリスと会うことになっている。まさにこの件について話がしたいそうだ。君も来るか？」

クラウディオ自身が私をこの件から除外してきたのだから、私は本当に驚く。もしかして私の意見の信憑《しんぴょう》性を信じ始めたのだろうか。この事件に私が関わりすぎていることから生まれたそれらの意見を、彼は考え直しているのかもしれない。とにかく、クラウディオに同行したいことに間違いはないのだから、含みの多い彼の意図がわからないにしても、この好機を失うわけにはいかない。

だから私は、「もちろん！」と、やる気満々に応える。

彼がため息をつく。「了解。じゃ、二十分後に君を迎えに行く」

クラウディオと彼のメルセデスＳＬＫは完璧に時間通りで、私たちは車に乗ってカッリガリスの事務所へと向かう。お互い気まずい雰囲気が落ち着かない静けさに流れ込む。彼がようやく沈黙を破って、自分の考えを言う。

「警部は僕に君と同じ質問をすると思う」

「ありえるわね」私が言う。

「絶対にそうだ。目下捜査はいささか暗中模索状態で、容疑者はガランティだけだ」

ということは、ビアンカは私が彼女にあげた情報をまだ使っていない。

私はおずおずと個人的な反対意見を言ってみる。「でも爪に見つかった女性のDNAは、ジュリアの死においてガランティが重要な役割を果たしているという仮説に反するかも」

「そんなこと誰が言える？　あの晩、三人だった可能性もある」

実は、私はそう言えるのだ。ドリアーナとサヴェリオにどれほど連帯責任があるかはわからないが、ビアンカが状況を開示するまで、私は自分の仮説を秘密にしておかなくてはならない。

考えに耽《ひた》っていた私は、今ではよく知る建物に着いたことに気づかない。

カッリガリスはいつも通り気さくに私たちを迎えてくれて、感じのよい言葉を次々と言って大失言をやらかしてしまう。

「コンフォルティ先生、さすがです、アリーチェさんを連れて来て下さったのですね。あなた方の研究所内で生まれた恋の噂は私の耳にも入ってきました……素晴らしい！　仕事上のペアであり、人生のペアでもある！　私と私の妻もずっと一緒に働いてきました」

クラウディオと私は目を見合うが、二人の眼差しにはわずかな困惑が満ちている。

「どうぞお掛けください」彼は肘掛椅子を指して言い終える。

クラウディオは彼の特徴である気難しい雰囲気を漂わせて、何なりと質問をどうぞとカッリガリスに促す。サヴェリオについての記事を読んですぐに私の心をよぎったのと同じ、妥当な興味を示す人のいいカッリガリスに、クラウディは、彼を業界で最も上り調子の法医学者にさせてきた揺るぎない自信をもって応える。

それ自体二十分もすれば終わってしまう面談だが、警部の気前のよさからそれ以上になる。そして、私をとりわけ驚かせたのは、私たちに暇《いとま》を告げる直前に言った彼の言葉だ。カッリガリスは私たちに、捜査がごく最近新たな道をたどり、予想もしていなかったような転換点を迎えていると説明したのだ。それから、クラウディオの目をまるで挑戦するかのように見据えて付け加える。「コンフォルティ先生、近々またお仕事をお願いします」

これが私たちを帰らせる彼のやり方だ。

クラウディオは引きつった笑顔で彼に挨拶をして、私の腕を取って文字通り私を立たせ、一緒に出て行かせる。私はカッリガリスに挨拶する暇さえない。

建物の外に出て車に乗る前、私はとても臭い犬の糞を踏んでしまう。

「君は地下鉄で帰れるよな」彼は状況を見て、いつもの彼らしい仲間への思いやりを示す。

「本気で言ってるんじゃないわよね」私は舗道で靴底をきれいにしながら答える。

「僕は愛車を洗車したばかりだ。そんな状況で君は乗れないだろ」

「最低ね」私は信じられないといった笑みを浮かべて彼に言う。

「地下鉄はすぐそこだ」彼は言い放つと車に乗り込む。私は車の窓を覗いて、その間にかけたサングラス越しに彼を見る。

「残念ね。私の考えを説明してあげられたのに」

「それは残念だ」彼はエンジンをかけて言う。

「時間が経てば私が正しいのがわかるわ。カッリガリスはドリアーナ・フォルティスのことをそれとなく言っていた。そのうち彼女に遺伝子検査をする日がくれば、コンフォルティ先生、あなたは後悔しますよ」

彼は笑いをこらえて頭を振る。彼が行ってしまうと、私は、足の裏に犬の糞をつけたまま、このところの五月の残酷な日々の生暖かい太陽を気持ちよく浴びながら、地下鉄の駅の方へと歩き出す。

決して信じてはならない

考えてばかりでためらいがちな気分で一人家にいると、郷愁と物悲しさにことごとくもてあそばれる。再びアーサーに連絡が取れるのを期待しながら好機を待つという覚悟は、私の非論理的な部分があるかないかの論理的な部分より決定的に優位になると、くじけてしまう。


こんにちは、アーサー。

元気ですか?　ダルフールには着いた?

数日前テレビでコルデリアを見たのよ。彼女素晴らしいわ。本物の女王様みたい。

話したいことはたくさん……あれこれ少しずつあるけど、あなたの話をとても聞きたい。

あなたに時間があるとき、ゆっくりおしゃべりできるといいな。

A.

送信して少なくとも二日経つが返信がない。

「もしかすると何かあったのよ」私の兄のマルコの手を握ってアレッサンドラがおそるおそるではあるが思い切って言う。

私たちはトラステヴェレのトラットリアで夕飯を食べている。いやなやつだと思うほうがまし

「それを一番恐れているんだけど、そう思うのはやめる。こんなふうにごく普通の若い男性として、私の一番仲のいい友達の一人を恋人として、爪に黒いマニキュアも塗っていない彼を眺めるのは妙だ。

「彼に電話しろよ」と、実際的な兄が言う。

私はテーブルクロスの縁をもてあそびながら、「無理強いしたくないの」と、元気なく答える。

「マルコの言うとおりよ。彼に電話すべきよ。いる場所が場所だから、何かあったのかもしれない。かわいそうなアーサー。神に忘れられたあんな場所に彼がいると思うと耐えられない」

アレッサンドラはアーサーを高く買っている。「彼はあなたが今までつきあった人のなかで最高の人よ」彼と知り合うと、彼女は私にそう言った。悪いことに私も彼女と同意見だからこそ、どうにも落ち着かない。「彼は電話に出てくれるわよ、自信をもって」彼女がマルコの手を放して主張する。「電話を取って彼にかけなさい。早く」しまいに彼女は大声で言う。マルコは粘り強くうなずいて彼女をまぶしそうに見る。

「そんな気になれない」私が答える。

彼女は唖然として言う。「いったいどうして？　彼の声、死ぬほど聞きたくない？」

「もちろん」

「さあ、かけなさい。プライドは何の役にも立たないわ。もし私がプライドに耳を傾けていたら、あなたのお兄さんとは……」彼女は話しの途中でやめてマルコをうっとり見つめてほのめかす。これにマルコがとてもやさしい微笑で応じると、その微笑は私の父を思い出させてなんとも不思議な

感じがする。

「もしかするとあっちは携帯電話が使えないかも」私は自分の苦境に立ち返って時間を稼ごうとする。

「ほら、アリーチェ、あなたらしくない。彼は月にいるわけじゃなし。かけてみなさい！」アレッサンドラが鼻息を荒くする。

「携帯電話がバッテリー切れなの」

「僕のを使って」兄が電話を差し出して答える。

四つの目が恋愛映画のフィナーレを待つかのように私に注がれる。

どうするべきか？　私は彼を困らせたくないし、何かうまくいっていないのを知りたくもない。彼が時間も術《すべ》もないから返信していないのだと知りたくもない。何カ月も現金引き出しの額をチェックしない論理と同じで、証拠が怖いのだ。

私は兄の、売られなくなって少なくとも十年は経っている型の携帯電話を受け取り、アーサーに電話する。私は後悔することを、この電話によって悲しくなることを、すでにわかっているが、線がつながってしまったからには後には引けない。

長いこと呼ぶ。緊張の糸も緩んであきらめようとしていると、ようやく彼が電話に出る。

「はい？」彼がうんざりした声で言う。

「アーサー？」

「アリス！」彼は口調を完全に変えて叫ぶ。

彼の声が私の名前を発音すると、私は哀惜の念に強く揺さぶられ、揺さぶられる状況に自ら飛び込んだことを正直悔いている。

「アーサー……」それから彼に何と言えばよいのか？「元気？　メールを書いたけど……ちょっと心配で」私はこの後々まで覚えていそうな瞬間に、私の人生を際立たせる弱さを思い切り露呈する口調で言う。

「ごめん。君の言うとおりだ。できるだけ早く返信しようと思いながらこっちはひどい状態で」

「お願いだから、気をつけて」

「うん、気をつける」私は少し居心地が悪い。彼は私に一行を書く暇もなかったのだ。といったところで、私は何を期待していたのか？　一緒にいたときにお互いを気遣っていなかったのに、今になって無理だ。

「そう、だいじょうぶなら……じゃあ、またね」私はもごもご言う。

「待って！　そっちはだいじょうぶかい、アリス？」彼の声が本当に知りたそうに響く。

「ええ、ありがとう」

「研究所は？」

研究所の問題は唯一解決を見出した問題だろう。「うん、だいじょうぶ」

「僕の父は君が思っている以上に君を評価している」

「それはよかった、心強いわ」

ひどい沈黙が続くが、話題がないから黙っているのではない。話題にどう対処すればよいかまったくわからないから黙っているのだ。

「早く返事を書く、約束する」彼は最後に締めくくる。

「じゃあ待ってる」と、私は答えるが、本当に信じているわけではない。

私は話に聞き耳を立てていた会食者のいるテーブルに戻る。

「彼と話した？」アレッサンドラが急《せ》かす。私はうなずいて、注文したポテトのパイを食べる。

「で、彼、なんて言った？」

「何も。まったく無駄な電話だった。あっ、違う。彼のお父さんが私を評価してるって言った」

アレッサンドラとマルコはわずかにがっかりして見合う。

「それはよかったわね。もっとも、あなたを評価しているのが彼のお父さんより彼だと言ったのならもっとよかったけど」アレッサンドラが思ったところを言う。

私が悲しそうに頭を振ってそれに答えないのは、ありふれたことを言ってしまうなら正直なところ何も言わないほうがよいからだ。

「僕らは無理強いしないほうがよかったかもな」兄ががっかりして言う。

アレッサンドラは彼とは違う意見だ。「彼はどんなになっていようと、現実を直視するべきよ」

私はため息をつきながら、しまいに自分の悲しみを炭水化物で紛《まぎ》らす。


翌日仕事から戻ると、私は机に積み重なった手紙に目を通すことにする。それらはいずれも私のクレジットカードの引き落としに関するもので、それをチェックするのはちっとも楽しくないから、何週間もチェックしていないままだった。

いろんな封筒のなかに医師会からの手紙も一通ある。

さて。今年の会費は払ったし、会長選挙にも投票した。だから何についてかわからない。

アリーチェ・アレーヴィ会員殿

遺憾ながら、職業理念に必ずしも適切とは言えない振る舞いが報告されましたので、その真偽を確かめる目的で内部捜査を行うことをお伝えする次第です。

当件をより明らかにするため、五月十九日十八時に医師会本部に出頭願います。弁護士を立てる必要はありません。

敬具

「シルヴィア？」

「アリーチェ。アーサーを思うあまり自分のよだれにおぼれて死んじゃったかと思ってたわ」

「シルヴィア、笑いごとじゃないの。大変なことになっちゃった」

「いったいどうしたの？」

私は彼女に手紙を読み上げる。

「弁護士の必要はありませんだなんて。明日は私がついて行く。何もされないから落ち着いて」

「シルヴィア。私わかってるの、あなたもわかってるでしょ……」

「電話で話すのはやめて。五時に迎えに行く」

私は運の悪い哀れな人間だ。医師会から除名されるのはもうわかっている。サクロファーノの家に戻ってエミリー・ディキンソンみたいに自分の部屋に閉じこもり、もう出ずにいよう。

この慇懃《いんぎん》無礼《ぶれい》な短い手紙の背後に、ヤコポ・デ・アンドレイスのあのナチスの手があるのは間違いない。


季節風が吹く時期の雨のように時間どおりに、シルヴィアと私は医師会本部で落ち合う。二人ともヴァイオリンの弦みたいに張りつめている。

彼女は私を動揺させまいとある種の平静を保つように努めているが、私同様、あるいは私以上に、事がうまくいかないかもしれないと心配しているのは明らかだ。

「アレーヴィ先生」事務官が私を呼び、医師会の理事会の代表者が数人すでに私を待ち受けるドアを指す。

ライオンのいる円形闘技場に入る気分だ。

「落ち着いて。『ビッグ・ブラザー』[1]に出た女性でも結局除名されなかったんだから」とシルヴィアが私の慰めになると思って言う。

「シルヴィア、私はもっと重大なことをしたのよ」

「そんなのわからないわ。さあ、不安そうに見られないようにね。忘れないで、あなたはここで黙るかすべてを否定するかよ、わかった?」

私は眩暈《めまい》がする。自分の苦悩をうまくコントロールできない。

何かとんでもないことが今にも起こりそうな、今回はただでは済まない気がする。

表面上はみんな物腰が柔らかだ。口調は落ち着いていて、私に何ごとかを責める者はいない。彼らは節度をもって、告発がデ・アンドレイス弁護士によるものであり、弁護士は補償を求めておらず、事を明らかにすることのみ希望していると私に説明する。

ジュリア・ヴァレンティの検死に参加した理由は何ですか?

デ・アンドレイス家を訪問した理由は?

ビアンカ・ヴァレンティとの関係はどのような性質のものですか?

そして最後に、ジュリア・ヴァレンティの死体から検出されたDNAをドリアーナ・フォルティスのDNAと比較検査したのは本当ですか?

最初の三つの質問には何も隠し立てするところのない人のように落ち着いて答えることができるとしても、最後の質問を前に、私は動揺を抑えることができない。

「デ・アンドレイス弁護士はどのような根拠に基づいて私にこの質問をなさっているのでしょうか?」

シルヴィアが私の足を突っついて、もう一度その質問を読み上げる。

理事会の代表者はまったく自然に応える。

「デ・アンドレイス弁護士はそのことをビアンカ・ヴァレンティから知りました。比較検査のことは本当ですね、アレーヴィ先生」と、急き立てる。

しかし私はもはやうわの空だ。

私が職を失う危険があるのを知ったうえで、ヤコポ・デ・アンドレイスは私を密告したのだ。

ああ、私は何というばかなのだろう。

「もちろん、それは本当ではありません」シルヴィアが私の代わりに答える。

「ビアンカ・ヴァレンティはアレーヴィ先生にこの仕事を遂行するよう報酬を払ってまで頼みました。告発されるべきなのは彼女です！　一方でアレーヴィ先生が拒否したのは、引き受ければ罪を犯すことになることがよくわかっていたからです。そうはいっても、アレーヴィ先生はまだ一人で遺伝子検査を行うことができません。まだ研修を終えておらず、法医学の専門医ではありませんから。彼女の指導教員と話をしていただければ、このことを証明して下さいます。私が考えるに、デ・アンドレイス弁護士は、この件を私的に利用したい何者かの言葉を信じてしまったのではないでしょうか。ヴァレンティさんは個人的な打算があったから私が付き添っている人を厄介ごとに巻き込んだのでしょう。証拠はありませんが」

「ええ、証拠はありません。実際弁護士は事を明らかにすることだけを希望しています。彼は何も証拠をもっていません、そうでなければ、おそらくすでにアレーヴィ先生を刑法上で告訴されているはずです」

私の悪事の跡が残らなかったのは幸いだ。

「この件は怖い思いをしただけで終わるわ」本部の建物から出て自分の車のほうへと向かいながらシルヴィアが言う。「それに、少なくともあなたにはいい薬になった」

そのあと理事会が調査結果を公認するのを先延ばしにしたため、現在私は再び新たな深淵の縁にいる。かといって、私がこの感じに慣れっこになったとは言えそうもない。それどころかへとへとだ。

「わかったと思うけど、あれは脅しの身振りだったのよ」シルヴィアは私の目を見つめて言う。

「どういう意味で?」

「どういう意味ですって、アリーチェ? ヤコポはあなたにこの件に関わるべきじゃないとわからせるために、あなたのお尻をぶるぶる震わせようとしたっていう意味。むしろ彼があなたに警告を送ってこなかったのは驚きよ」

「でも、考えてみて、こんなふうに動いたということは、彼は何か隠しているってことじゃない」

「いいえ、はっきりしたのはあなたが本当にいかれてるってこと。にせものの誠実さでやってると困ったことになるって警告したでしょ。ビアンカ・ヴァレンティには何も言うなってあれほど言ったじゃない。誰も、もちろん部外者は、絶対に信用しちゃいけない」

「信じていたわけじゃないの、本当に……なぜ彼女のことでこんなふうに困ったことになってしまうのかわからない」

「そんなの明らかよ。あなたは彼女のことを何も知らないでしょ。彼女はあなたに法を破るよう要請して、あなたは滞りなくそれを果たした」

「ありふれた話にしないで。私はビアンカのためにしたのじゃなくて、ジュリアのためにしたの」

「アリーチェ、それはあなたの妄想よ。わかってる？」

適切とは思えない妄想という言葉にかちんときて、いらいらして彼女を見る。「妄想？　なぜそんなふうにステレオタイプ化するわけ？　探求心であり粘り強さよ。私はこの人生で、異常だと思われずして何もいいことをできないわけ？」

「間違っているのはそこよ。あなたはまともなことなど何もしていない。結果的に留年しないですんだのは、クラウディオとマルコメス・ジュニアのおかげ。医師会から規則が理由で召集され、教官たちに見放されるところだったのよ。それでうまくいったと思っているの？」

ああ、まったくひどい！　真実とはなんて過酷で残酷なんだろう。「ううん。実はどうしたらいいのかわからず混乱している気がする。でも、それも終わるわ！」

「アリーチェ、理性を取り戻すのよ。難事を永遠に切り抜けることはできないわ。今回はヴァレンティの件だけど、次回は何か別のことが待っている。もしやり方を根本的に変えると決心しなければ、大量の厄介ごとに埋もれることになるわよ」

「私のために言ってくれているのはよくわかってる」私は彼女の言い分を認める。

シルヴィアはため息をつき、私の家のほうへ向かう道を行こうとハンドルを切る。「マンゾーニ通りで降ろしてくれる？」

「これが感謝なの？　こんなふうに私を残して行くの？　少なくともティア・マリアを一杯ご馳走

してくれると思ってたけど」

「ごもっとも。今晩おごるから。今は行かなくちゃならない。大事なことなの」

不思議なことにシルヴィアは、寛容に私の気持ちを汲んでマンゾーニ通り十五番地の前で降ろしてくれる。

私は呼び鈴を鳴らす。

「はい？」

すぐに彼女の低い声だとわかる。動悸《どうき》が速まり取り乱していると感じるが、私は彼女に言う。「ビアンカ？　アリーチェよ。一言だけ言わせて。ひどいわね。私は医師会から除名されるかもしれない。まさにあなたのお陰よ」

「しかたなかったの。でも、できる限りあなたを守ったわ」彼女がすかさず答えるから、私はすぐそこを離れるつもりだったのにその時間さえない。「上がってきて。話しましょう」

私は上がることはできる。彼女の自己弁護に耳を貸すことだってできるだろう。でも、どっちにしろ、彼女がしたことは道徳的に受け入れられるものにはならないだろう。彼女のところに行くことはできるが、彼女の魅力でまた言いくるめられてしまうのは確実だ。上がることはできるが、もしかすると新たな厄介ごとに首を突っ込むことになるかもしれない。だって、現時点でビアンカを信用できないのは明らかなのだから。でも、もし彼女と話さなければ、彼女がなぜ私を裏切ったのか、裏切って後悔しているのかどうかもわからない。

彼女のところに行くことはできるが、私は行かない。

どちらにしろどうでもいいことだ。私のこのところの毎日は不明瞭なことばかりだ。ビアンカ・ヴァレンティはそのひとつであり続けている。

「いいえ、結構よ。あなたに全部話して、すっきりしたわ。さようなら、ビアンカ」

しばらくして、精彩のない口調で返事がなされる。

「気をつけてね、アリーチェ」

（1）ビッグ・ブラザー（Big Brother）

1999年にオランダで放送されたテレビ番組で、外部から隔離された場所にカメラとマイクを仕掛け、そこで複数の男女が生活する様子を全て放送するという趣旨。各国のシリーズが存在する。

ドリアーナに目を向ける

私は自分が嫌な気分と最悪の気分のあいだで揺れているように感じる。ユキノは私の不幸のすべての元がアーサーとの破局だと信じて、私に気晴らしをさせようとショッピングに連れ出す。私の不幸は実はもっと大きい不安であり、私を空っぽにする混乱であり、重心を失うようなことだということが、彼女にはわからないだろう。

私は衰弱してどんどん具合が悪くなっている。涙が頬をつたって流れ、しまいには泣くことで救いを見出す。

アーサー。

彼だけが私に耳を傾け、理解し、助言できるだろう。

私は研究所にいて、午前十時だ。ハルツームは今正午のはずだ。これはメールで説明できることじゃない。彼に話をして声を聞く必要がある。心配するなと言ってくれるのが彼でなければならないのだ。私は彼に電話をかけ始めるが、イタリア時間の十三時になっても応答はなく、携帯電話は切られているようだ。

メールを書くしかない。

アーサー

あなたから連絡が来なくなってずいぶんになります。ちょっと心配で、どうしているかとても知りたいです。

こちらは、どこから話をすればよいのかすらわかりません。

私は現実を認めなければならないのでしょう。あなたの助けが必要です。助けてくれますか?

どうしていいかわからないの。助言をお願いします。

ジュリア・ヴァレンティに関することです……。


私は続けて事実をまとめようとするものの、取りつかれた人のうわ言のようにならずに全体を順序と秩序に則って表現するのは難しいことに気づく。書いては消し、また書いて、十の下書きを保存して、ようやくテレビ番組の情報誌に載っている探偵物語の要約みたいな話を送信する。


返信して。

アーサー、お願い返信して。


返信メールが届く。

それがこれだ。

この数日連絡しなくてごめん。うん、こっちはだいじょうぶ。

パソコンの前にいられないんだ、申し訳ない。

じゃあ、また。

アーサー

返信については、もちろん何も言わないでおこう。

こんな中身のない返事ではいいように考えることもできない。

私は早くもこのメールのことを忘れようと努力しているところだ。

こんな気分で少し前に仕事から帰宅した私は、午後三時頃テーブルについている。

一緒にいるのは、今や節度を失ってしまったユキノだ。

「待ってたよ！　サプライズを用意しました。イタリア風パスタです」

「ありがとう、ユキ」私はうわの空で応える。

「今日はいつも以上に消極的だね」

「そういうときもあるわ」私はユキノが本物の味がわからずに拵《こしら》えたジェノヴェーゼソースであえたリボン状のパスタを食べながら応える。

「今晩映画に行く？」

「そのことはもっとあとでまた話そう」

「あなたは何週間も笑ってない。普通じゃないよ」

「笑う理由も微笑む理由もないのよ、ユキ」

ユキノは首を振って頑固に否定する。「日本ではこう言うの。いいことがあったから笑うんじゃなくて、笑う門には福来るって」

「覚えておくわ」私はぼんやり答える。

「音がしてるの、あなたの携帯？」

その通りで、くぐもった振動がソファに置き去りにされたバッグから伝わってきて、電話が鳴っていることを知らせている。

ラーラからで、彼女はこっそり電話しているようにささやく。「アリーチェ、急いで研究所に来て」

「帰ったばかりでお昼ご飯を食べているところ。災難続きだったから、もう家から出たくない」私はうんざりして答える。

「急いでって、言ったでしょ」

「〈ボス〉かワリィについての厄介ごと？」私は静脈の血液が凍ったようになるのを感じつつ聞く。

「ううん。ヴァレンティの件なの。もう切らなきゃ。とにかく急いで」

ユキノは私があっという間にテーブルを立つのを見ている。私は急いで上着を着て、背後から私に叫ぶ彼女を気にも留めない。「歯に何か詰まってるからきれいにして！」

研究所に着いた私は何が起こったのか理解しようとするものの、目に入るのは制服を着た男性ばかりで、知った人がいない。すかさずラーラの番号に電話をするが受信を拒否される。

私の研究室は空っぽで、事務所もそうだ。

遠くにクラウディオがやって来るのが見えるが、私を完全に無視している。

「クラウディオ!」私は白衣のボタンをかけ終えながら彼を呼ぶ。

彼がいつもの洗練された雰囲気で振り向き、私を興味深そうに見る。「アレーヴィか? タイミングがいいな。ヴァレンティの件となると君はいつもスイッチが入る」

「偶然よ」私は肩をすくめて答える。

信じられないことに、彼は何気なく私の白衣の襟を直す。彼の手が私の首に近づくと、私はびくっとする。

「検察官がドリアーナ・フォルティスへの遺伝子と毒物の検査をするよう命じた」

知らせはあっと驚く効果があるが、彼の目つきからするに、彼はその話題を掘り下げたくないのは明らかだ。

「ほら、言ったとおりでしょ?」私はさらっと彼に聞く。「謝ってほしいわ」

「アレーヴィ、うるさくしないでくれ、いいな。今はだめだ」

ブツブツと文句がわき上がる。

「ラーラがどこにいるか知ってる?」私は臆面もなく彼に聞く。

彼が私のほうを向き、射すくめるようなどう猛さで見据える。

そうこうしていると私たちはアンブラに出くわした。激情的で職業意識に燃えた彼女はヒールの高い靴を履いて、メッシュを入れた髪がつやつやしている。

「ダーリン、遅れたわね。フォルティスはもう採取室にいるわ」

彼が冒涜《ぼうとく》の言葉のようなものを発しながら応えると、二人は私が存在しないかのように行ってしまう。彼らをすぐ追いかけなければ。

採取室の外ではヤコポ・デ・アンドレイスとカッリガリス警部があたりをうろついている。一人はすべてを背後に捨ててしまいたい、もう一人はどうしても解決策を見つけたいという思いにふけっている。ヤコポが冷ややかに挨拶をするので、私は彼の例に倣う。彼が医師会に出した告発を知っているだけに、彼に再び会って、私は怖くなった。偶然彼と目が合うたびに足が震えるのがわかる。彼が動転した様子でものすごく悲しげなのが気の毒だ。一方、カッリガリス警部はいつものように温和で友好的だ。

採取室のなかでは、居心地の悪さとまったく心ここにあらずの雰囲気を交互に漂わせてあたりを見回すドリアーナが、初めて彼女を見たときのようにもろく、無防備に見える。

クラウディオはことの他緊張しているように見えるが、実際には、ほとんどの人にはわからない程度の動揺だ。でも私は彼をよく知っている。私は何より経験から恐怖のにおいを嗅ぎ取ることができる。どれほどの苦労を重ねて築き上げたかわからない、動じることのない冷酷で素晴らしい職業人という名声のカーテンの背後で、クラウディオは何かを恐れている。

今の場合、ことごとく間違ってしまったのではないかと恐れている。

事件を表層的に扱ってしまったかもしれないと恐れている。

「フォルティスさん、腕を出してください」

ドリアーナがうめき声をあげて、しゃくりあげる。

「フォルティスさん、お願いですから採血させてください」

ドリアーナは緊張症のようだ。彼女はしまいに無表情な眼差しをクラウディオに向ける。

「いやだったの。いやだったの。絶対いやだったの。ああ、神様。ジュリア」彼女は不安をかかえた少女のように手で顔を覆ってしゃくりあげる。

ドリアーナ、何がいやだったの？

彼女の弁護士がすぐに割って入る。「フォルティスさん、落ち着いて下さい。コンフォルティ先生、採血を何分か待っていただけませんか。この方は協力できる状態にありませんので」

クラウディオがいらいらしてため息をつく。「弁護士さん、彼女の状態は十分たっても変わらないと思いますよ」

「コンフォルティ先生、まあ少しのご辛抱を」

クラウディオの顔つきが硬くなる。「ちょうど二十分したら、フォルティスさんがどんな状態であれ採血をします」

クラウディオの指示で私たちが部屋を出ると、私はその機会を利用してラーラを捕まえる。

「今話せる？」

「知らせてくれてありがとう、ラーラ。私、今頃家でぼんやり過ごして、こんな重要な展開を見逃すところだったわ」ラーラが茶化して答える。

「ラーラ、本当にあなたに感謝してる」

「うーん」彼女が答える。「とにかく、こういうことなの。あの晩のことについてドリアーナが鍵となる証言をしたらしくて、もちろん彼女が警察に話して捜査することになったわけ」

「もっと詳しく話してくれる?」

「ううん、私が知っているのはこれだけだもん。しかもアンブラからだから、この情報を手に入れるのにどれだけ苦労したか」

ラーラは白衣のポケットからPOLOをひと包み出して――POLOってまだ存在するの?――、私に一つくれる。

「ドリアーナはまったく現実が受け入れられないみたいね」彼女が言うと、POLOが歯で砕《くだ》かれる音がする。

「そうかもね。あるいは彼女、実は自分をつぶそうとしている何かを知っているのかも。誰かの死に巻き込まれている人のように良心に呵責がある人は誰であれ調べてみないとね」

ラーラはそうだと言わんばかりにうなずく。「頭痛がし始めた。しばらくして止まなければ降参しなくちゃ。ニメスリドある?」

「研究室へ取りに行ってくるわ」私は行きかけて答える。

私がバッグのなかの薬を取って、実験室が集まる研究所の翼棟の方へ戻っていると、男性の声に注意を引かれる。

今となっては私がよく知る声だ。

それはヤコポ・デ・アンドレイスの声で、彼は人目を避けようと、私の研究室の隣の使われていない小部屋で、努めて小さな声で電話で話している。

「もう電話しないでくれ。たくさんだ！」

盗み聞きなどすべきでないのはわかっている。

しかし私はそこを離れるどころか、もっとよく聞こえる場所を探す。

「僕は彼女に会いたいんだ。本当に。彼女はか弱い人間だ。君は良心が痛まないのか？」

間がある。

「君にはそれはわからない。彼女は……特別だ。僕の一番の親友だ」

再び間がある。

「これが目的なのか？」と、それから少しの間黙ったあと、彼は続ける。「大間違いだ」彼はひどく後悔を滲《にじ》ませた声でつぶやく。「大間違いだ！　僕の人生から出ていってくれ、もう何も知りたくない」そして最後に言う。「僕は君に何も約束していないし、君のことは僕にとって本当にどうでもいい」

私がその場をすぐに離れられないでいると、ひどく苛《いら》立った彼が外に出て来て、一瞬のうちに殺すことさえできるような眼差しで私を射ぬく。

「また君か！」彼は怒って言う。

「ここは私の研究室なので」私は自分の名前と一緒にアンブラとラーラの名前があるドアを指して

自己弁護に努める。

「確かに、そのとおりだ」そう答えるも、ひどく怒っている。そして私を廊下の真ん中に残して採取室の方へ歩いていく。まさに我を忘れている。その直後に再び彼を見ると、表面上は落ち着きを取り戻していたが、不安から顔には動揺が表れている。

しばらくして、私はドリアーナを残した部屋へと向かうクラウディオをつかまえて、後に続く。入室して彼女を見ると前にもまして顔色が悪いが、このこと以外には状態は変わっていない。

「終わりだわ」ドリアーナが顔を手で覆って崩れながらつぶやく。

クラウディオは目をきょろきょろさせ、いつものやり方で彼女の苦しみを遮る。

「フォルティスさん、こちらへ。腕をお願いします」

彼が彼女の手をとって伸ばすと、彼女は無関心を装ってされるがままである。

「誓うわ、私が彼女を殺したんじゃない」

「フォルティスさん！」彼女の弁護士が言う。「コンフォルティ先生、どうぞなさってください」

「言われなくてもします」クラウディオは気分を害して答える。

そして彼の言葉の最後がぶっきらぼうに聞こえた途端、針がドリアーナの真っ白いきめ細かな皮膚に刺さる。

こうしてすべてがようやく完結した気がする。私が関わるか関わらないかはわからないが、真実がどのようなものであれ、まもなく明るみに出る運命にあるのだから。

小さくても重大で新たな問題

極度の緊張と落胆とのあいだの状態で、私は特にどの番組を見るともなくテレビの画面を見つめている。

夜の十時になって、コルデリアから電話がかかってきた。ずいぶん電話をし合っていない。私のほうは気まずさを避けようとして。彼女のほうはどうかよくわからない。けれども、私は彼女が好きだから申し訳なく思う。彼女の調子がいつもと違う。

「アリーチェ、コルデリアよ」

「こんばんは！　電話をくれて本当にうれしい」私は正直に言う。

「まあね、私も。というか、私はうれしくない。普段アーサーと一緒にいたときのあなたと電話で話すのならうれしいんだけどね。正直、彼から紹介された女性のなかであなたが一番よかったと思う。そう何人もいたわけじゃないけどひどい人もいたから。それはともかく、こんな状況であなたに電話するのはうれしくない」

私は警戒する。「どんな状況？」

「落ち着いて、いい？」

「アーサーのこと？」私は直感的に聞く。

「彼、ハルツームの病院にいるの。リッカルドがついさっき電話してきたところ」

「何かが起こるって思ってた。そうなるだろうって。けがをしたの？　捕まって拷問を受けたの？　コルデリア、隠したりしないで！」

「うーん、それほど劇的なことじゃない。ジョン・ル・カレ(1)というよりは、ロザムンド・ピルチャー(2)かな。マラリアに罹《かか》ったんだけど重症じゃないから心配しないで」

「どんなマラリアか知ってる？」私が尋ねる。これまでは自分のことで混乱していたが、今、この知らせが私にとどめを刺した。

「どんなマラリアって、どういう意味？」

「マラリアには、ほとんどが死にいたるかなり重いのもあれば、治癒可能なのもあるのよ」私はしびれを切らして応える。

「アリーチェ……、私はよく知らないの。でも、よくなったということは致命的じゃなかったってことでしょ。そうじゃない？　とにかく、リッカルドは詳しく話すことなく、最悪を脱して病院にいるから心配はないとだけ言ったわ」

「お父様はご存じなの？」

コルデリアは一瞬間をおいた。「ええ、父には電話した。いろんなことを頭に詰め込まれたけど全然わからなかった。病気の予防手段にキニーネ剤、それ以外はわからない。父がハルツームの病院長に電話して……アーサーはかなり悪かったけど、今は危険を脱したみたい」

「あなたはアーサー本人と話せた？」

「いいえ。何もかもついさっきのことなの、アリーチェ」彼女は強調する。「一時間前のこと」

「彼と話したい」私は彼女にというより自分自身に言う。

「あなたにリッカルドと病院の番号を教えるわ」彼女は親切に言ってくれる。

「ねえ、コルデリア、知らせてくれてありがとう。私とあなたのお兄さんとのことを考えれば、思いもよらないことだった」

「あなたのことは当然のこととして考えた。何よりもあなたは知っていたいだろうってわかっていたからそうしたの。あなたたちのことが未解決な気がするからなおさらね」彼女は心配そうに言い添える。「そろそろ切らなくちゃ。リッカルドに電話して。何かニュースがあれば知らせ合おう」

ためらうことなくすぐリッカルドに電話すると、彼は四回目の電話であらたまった安心できる口調で携帯電話に出る。

「アリーチェ、何も怖がることはない。すべてコントロールできている。医師だからきっとわかるだろう。医師はマラリアには四つの異なる種類があると説明してくれた。彼が罹ったのは命に関わるのじゃないんだ」説明しようとする彼の声は時折しか聞こえない。

「本当にそうなの？」私は思わず声のトーンを上げて言う。

「もちろんだ！」

「彼にかわってくれる？」

沈黙。「アリーチェ、申し訳ないが彼は休んでいる。医師は眠らせておくようにと言っていた。かなり具合が悪かったんだ……。僕らはダルフールから戻ったばかりで、最初彼はたいしたことないと信じていた。ちょっと疲れている気がすると言っていた。そうしたら震えと嘔吐が始まって……

すごい高熱だった。その時点で僕は彼を病院に連れて行くことになった」

「なぜ今になってコルデリアに電話したの？　無責任だわ！」私は彼を責めるくらいしかできなかった。

彼の弱々しい声が明らかに彼の居心地の悪さを示している。「たぶん僕は彼の言うことを鵜呑《うの》みにするべきじゃなかったけど、信じてくれ、病気のことは誰にも言うなと彼が最後まで言い張ったんだ。彼の希望に反することはできなくて」彼はとても真面目な口調で私に説明する。「もし家族が知ったらみんなにうるさくされるという考えに彼は取りつかれていた。だから僕に彼のメールをチェックして、彼に代わってすべてに返信するよう頼んだ。君に返信したのも僕だ。君は当然わかってるだろうけど」

事実を消化するのに少しの時間が必要だ。

「で、あなたは彼の言いなりになったの？　彼はうなされていたけど、あなたは？　リッカルド、私、まったく信じられない。あれは大切なメールだったのよ。私はあの返信のせいで最悪だったのよ」

「他にどうしろっていうんだ？」彼が身をかわす。

「何も返信しないことだってできるでしょ？　そうすれば、彼が私の問題を無視したとは思わず、問題を知らないいんじゃないかと思っていたかもしれない」

「アリーチェ、本当に申し訳ない。僕は彼の言いなりになるべきじゃなかったということだね。君を安心させるようにって彼は言い張った……だから僕はそうした。それ以外、僕は関係ない」

「あとで彼と話をするのに電話していい？」私は冷ややかに聞く。

「もちろん」と、答える彼は、私に非難されてちょっとうんざりしているようだ。

会話を終えると私はいきなり泣き出す。際限なく、神経を高ぶらせて泣く。私はアーサーのために、自分のために、ビアンカのために、そしてジュリアのために泣いた。でもどれだけ泣こうといかなる安らぎももたらされない。

私はそれからかなり疲れたが一時間待ってリッカルドに電話する。でもアーサーはまだ眠っていて、結局無駄に終わる。

「ずっと眠っていてだいじょうぶなの？」私は聞く。

「だいじょうぶらしい。アリーチェ、状況が深刻なら君に言う。たぶんコルデリアにじゃなくて、君に言う。君は信用できる」彼ははっきりと言う。

私は彼を信じるしかないから、再び待ち続ける。

本を読むことも、寝ることも、他の何もできない。不眠症に苛《さいな》まれ、夜中落ち着かなくテレビを見る。五時に眠くなるものの、七時には再び起きて仕事に行かなければならない。ただ、仕事も、あまり疲れすぎないようにする。遠慮はやめて〈神〉と話をしようと思う。

彼も――私はすぐにわかる――緊張しているようだ。一メートル八十五センチある彼が、デスクの前に立って葉巻を吸う。
「先生……」恐る恐るドアをノックした私は、ためらいつつ切り出す。

「何の用かもうわかっています。病気は良性だから今回は切り抜けられそうだ」

「彼と話をされましたか？」

「した。調子がいいと言っている」

私はアーサーを知っているが、彼は文句を言われないように死にそうなときでも調子がいいと断言するだろう。

「彼は戻って来るでしょうか？」

「直接聞いてごらん。アレーヴィさん、とにかく、今は仕事に戻りなさい。仕事がかなり遅れている」彼はあまり価値のないもののように私を扱って、そう最後に締めくくる。

私が頭を下げて部屋を出ようとすると、呼び止められる。「アレーヴィさん、この前私を何とお呼びになったかな？」

私は数秒ためらうが、答えるより他ないことはわかっている。「〈神〉です」

彼の顔に浮かんだものが偽りでないとすれば、このあだ名が彼にかすかな微笑みを再び浮かべさせるに充分だということだ。


午前の中頃、私はリッカルドへの電話を試みる。彼は、アーサーには取り次げないと言う。今アーサーは、製薬会社の人と、ダルフールの人たちのワクチンの状況についてリッカルドと共に始めた調査のことで話をしているからだそうだ。私はコルデリアがくれた病院の番号でアーサーに電話することに決める。

私の電話を受けた女性看護師は英語を話さず、いつまで続くかわからないほど待たされた挙句、病棟の医師に——幸いなことにイタリア人だ！——つないでくれる。

フラガッシという医師だ。プライバシーの問題があり私に情報を話すのを少しいやがるが、私は自分の耳にも気の毒に聞こえるすがるような口調で彼の抵抗に打ち勝って同情へと導く。こうして私は、アーサーが調子よく夜を越し、したがって病気の経過もよく、唯一の腎臓の問題もやはりうまくコントロールされているのを知った。

しかし彼は、アーサーは透析を受けているから取り次げない、と言う。

透析？　ということは、重症だ！

「いいえ、先生、ご心配なく。近いうちに透析の機器から外れますから。腎臓はそれほど危険な状態ではありません。重度の溶血が起こったことで必要以上に腎臓が痛んだのです」

この手短な要約は、状況がうまくコントロールされているというのとまったく一致しない。「彼と話をするには、いつかけ直せばよいでしょう？」私はか細い声で聞く。

「何時間かしてからにしましょう」フラガッシ医師が答える。

会話を終えると私は待つ態勢に入るが、居ても立ってもいられない。押しつぶされそうに苦しいのに何もすることもない私は、コルデリアに電話する。

「ようやくアーサーの声が聞けたわ」彼女が私に告げる。なぜ私だけが話せないのか？「ちょっとだけで、すぐ切れちゃったけど。小康状態にあるみたいだった。彼って鈍いのよ。以前中耳炎で死にそうになったことがあったの。彼の母親が彼にちっとも気を配らず、症状を軽視していたの。彼が助かったのは一種の奇跡よ。あれ以来アーサーは何にでも耐えられるようになって、病気になったなんて聞いたこともなかった。彼にとっては今回のこともインフルエンザ程度のことになるわ」

インフルエンザ程度の病気だなんて、まったくコルデリアらしい考えだ。

少しして私はなおもリッカルドに電話してみる。彼の携帯電話は電源が切られている。病院にかけて直接フラガッシを頼むが、線が切れて今回も話せない。

この状況に私は徐々に辛抱できなくなる。何もできず、怒りで爆発しそうだ。

午後私が精神的に参りそうになっていると、電話がかかってきて理性が戻る。それとも私は電話のせいで理性を失っているのか。

「アリス」彼だ。彼の独特な声の抑揚は定まらない。

「アーサー！」と、こらえきれずに私は叫ぶ。「ずっと電話してたの」

「聞いたよ。落ち着いてなきゃだめだよ」口ぶりが大儀そうだ。

「アーサー……どう？」私は喉がつかえて、声が自分の耳にも不自然に聞こえる。

「ましになってきた」彼が静かに答える。

「そうなの。それにしても、マラリアの予防策はしてなかったの？」なんて愚かな質問だ。予防策のことなんてどうでもいいのに。

「うん、予防は始めていたけど……何度か錠剤を飲むのを忘れたのかもしれない」

話すだけでも疲れるのがはっきりわかる。聞きたいことはたくさんあるが、同時に彼を疲れさせたくない。

「アーサー、大変だったね」とだけ、私はどうにか言う。

「じきに治るよ」

「とても疲れているみたい。かけ直そうか?」

「疲れてないよ。それに君は好きな時に電話していい」彼が答える。電話の向こうに、いろんな声が聞こえる。一人じゃないようだ。

考えが混乱して、彼に言いたいことが出てこない。それでも他より優勢な思いが大混乱に勝って、制御できずに言葉として現れる。

「アーサー……ああ、アーサー、あなたがいなくてものすごく淋しい」

言ったほうがいいことと自分のなかにしまっておいたほうがいいことのあいだで、彼は迷っているようだ。そして彼はしまいに声のトーンを下げる。「ここでは空気さえ足りないけど、ないもののなかで一番耐えがたいのは間違いなく君だ」

私は頭を壁で支えながら床にへたりこむ。「帰って来て。お願い」私は急に泣き始め、絶え絶えの弱い声でつぶやく。

「戻る気はない」彼はそれがもちろん正しいというように答える。私はため息をつき、黙ったままだ。「とにかく今はそうしたくてもできない。このひどい病院からまだ出られない」

「イタリアならもっとちゃんと治療してもらえるわ」私はもはや何にすがればいいのかわからない。

「そうは思わない」彼は毅然として答え、「もう行かなきゃ」と、最後に言ってそそくさとそれ以上話をすることもなく、私のほうは何時間でも疲れることなく続けられる会話を終わらせる。

私は前よりストレスを感じて立ち上がり、バスルームに行って顔を洗う。鏡の自分の姿を見つめる。どうすることもできない怒りを描いたかのようだ。

（1）ジョン・ル・カレ
一九三一年生まれのイギリス出身の小説家で、スパイ小説で知られている。

（2）ロザムンド・ピルチャー
一九二四年生まれのイギリス人小説家。短編集やロマンスものを多数発表しており、「シェル・シーカーズ」や「ロザムンドおばさん」シリーズが特に有名。

少し前までは頼めないと思われていた共同作業

容態が安定しているように思われるアーサーとほんのわずかな時間であっても連絡を取ることばかりを待ち望んで過ごした数日後、研究所で、彼にしかできないようにかっこよく着飾り、香水のにおいをさせたクラウディオが、私のところにやって来た。

いつもよりおとなしく愛想がいい。

「話がある。ちょっといい？」

「もちろん」私は当然のこととして答える。私たちは彼の研究室へ行く。

「座って」彼はデスクの前の肘掛椅子を指して言葉を継ぐ。デスクには、彼がアンブラと一緒に写っている写真が堂々と置かれている。それを見た私は嫌気がして口を一文字にする。

「見苦しいわね」私は本心を漏らす。

「実は僕もそう思うんだ。やめたほうがいいって彼女に言うべきだったんだけど失礼な気がして」

「えへん」私が少し困って咳払いをするのは、この部屋を見たとたんに私の人生で一番あわてたキスを思い出したからだ。私たちのあいだには妙なよそよそしさがある。

「アレーヴィ、僕のこと怖い？」

「怖い？」

「僕が今にも君に後ろから抱きつくかって感じに君は距離を取っている。そんなことしないよ」

「それはよかった」

「この瞬間、君が僕に何か聞くとしたら、何だと思う?」

「クラウディオ、あなた酔ってるの?」

「もちろん酔ってない。研究所ではね。名声を失うから。答えて。君は僕に何を聞きたい? もう一度キスしてほしいことじゃないのはもう明らかだ。じゃあ、何だ?」

私は一瞬考えて正直に応える。「結果を知っているの?」

「ほらね。僕は君を自分のポケットよりよく知っている。とにかく君が僕に聞きたいのはそれ以外ないよな。まあとにかく、結果はまだだ。まだだが、このことで君に来てもらった。要するに、君がドリアーナ・フォルティスを疑ったのは正しかった。何が根拠かわからないが、君が言ったとおり、時間が経つにつれて君が正しくなっていく。心から君を称えるよ」

彼が冗談で言っているのかそうでないのかわからないが、そんなことはどうでもいい。

「ジュリアを殺したのが本当にドリアーナ・フォルティスかどうか私はわからない。考えてみると、サヴェリオ・ガランティだったかもしれない。あるいはソフィア・モランディーニ・デ・クレスかもしれないし、ヤコポ・デ・アンドレイスだってありえる。誰でも彼女にパラセタモールを投与しえた。でも、初めて見たときからドリアーナに納得がいかなかったのは確かで、もし誰かを名指ししなければならないとしたら……私はおそらく彼女を名指しするわ」

「直感的にそう思ったんだな、言うことなしだ」

「カッリガリスはあなたにドリアーナを疑うにいたったいきさつを説明した?」

クラウディオは指をデスクの上で打つ。「フォルティスに打ち明けられたと思われる新たな証人について聞いたよ」

「それが誰だか知ってる?」私は自分の質問の愚かさに気づく前に思わず聞いている。クラウディオがそれを知るはずもないし、それが誰かわかる最大の材料を有しているのが彼よりもむしろ私であることは一目瞭然だ。

証人は女性だ。

ビアンカだ。

「アレーヴィ、僕を誰だと思ってる? 証人について僕が何を知っているというんだ? 的外れだぞ」彼がいらいらして言う。クラウディオはいつも、超多忙なのに時間がまったく足りないことを仕方がないとしなければならない人のような感じを漂わせている。「僕らの話に戻ろう。僕が知っているのは毒性検査の結果だけだ。毒物学者が稀にみる速さで検査を行って、結果は陰性だった。でも、たいしたことじゃない。何カ月も経っているし、ドリアーナ・フォルティスが薬物依存なんて問題に関わっていると思った者はいないのだから」

「私の意見では、二つの出来事はまったく関係がない。ジュリアがサヴェリオと薬をやったのは午後早い時間で、ドリアーナと会ったのはその後のこと」

「僕はもうどう考えればいいのかわからないし、包み隠さずに言うと、興味もない。君を呼んだのはご褒美《ほうび》のためだ。ドリアーナ・フォルティスの遺伝子プロファイルを作る手助けをしてくれないか」

「もし、プロファイルはもうあるって言ったら？」私は大胆にも聞く。

「何だって？」クラウディオが額に皺《しわ》を寄せて聞く。

「クラウディオ、私……」彼にどう言えばいいのか。しばしば私は考えないで話してしまうからこうなってしまう。

「個人的に作成してみたの」

「ということは、信用できるな」彼が冷ややかに言う。

「いやなやつ」

「で、いったいどうやったの？」

「話せば長いの。それに、あなたのからかいに身をさらすつもりはないから言いたくない。私はそれをした、で終わり」

「アレーヴィ、許可なく遺伝子検査をするのが違法だということは知っているよな？」彼はためらいつつ尋ねる。

「もちろんよ。私を誰だと思っているの？」

「そうだな。じゃあ、そのＤＮＡをどうやって手に入れた？」

「言いたくないと言ったでしょ」

「サンプルをどうやって手に入れたか説明しないなら、比較検査を行うのを拒否する。僕には職業倫理が備わっているからな」

「サンプルがドリアーナのものだということは保証する。だから、クラウディオ、ややこしいこと言わないで。あなたはそんな人じゃないわよね」

クラウディオはちょっと間をおいて私から目を離し、自分のパソコンのモニターへと目を向ける。

「ほら、これが、ジュリアの爪に見つかった上皮物質のプロファイルだ」彼は私の方にモニターを回して、ソフトウェアから得たファイルを見せる。私は既に知っているが、写真は色が付いた先端が一列に並んだ帯で構成されている。各先端はドリアーナのプロファイルにある先端と照らし合わされなければならず、この照合をクラウディオは私に頼んでいるのだ。

数分後、私はファイルを持って彼の部屋に戻る。

クラウディオは何一つ言わず比較を行う。私もじっと見る。結果はもう明らかだ。

「一致している」驚いて私を見て彼が告げる。

「びっくりした?」

「うん。君がいい仕事をしたからだ。もちろん不自然なところもある。ほら、例えばこれはドロップ・インで、外部からの汚染だ」彼はある先端をペン先で示す。「とにかく、一人で全部したにしては、プロファイルはよくできている。つまり、僕が君のことをワリィに褒めておいたのは正しかったということだ。とにかく、アレーヴィ、最初の痕跡をどうやって手に入れたかは僕に説明しないほうがいい」

「本当にそのほうがいいわね。ところで、おもしろい話をしましょう」私は彼の隣の肘掛椅子に座り直して提案する。

「だからつまらないふりをしないでね。昔あなたは事件についてあれこれ思い悩んで過ごしたものだった。当時はまだ研究員じゃなかったけど。私は時々、あのクラウディオはどこへ行ってしまったのか、そして、彼に取って代わった興味をなくした人は誰かって自問するの」

思い当たるふしがあったのか、クラウディオが驚いて私のほうを見る。彼が放つミントの香水は強くて、つんとするほどだ。「僕は何も変わっていないと思うけど」彼は思い上がることなく淡々と言う。

「微妙な変化なの」私は説明する。「あなたはいつだって仕事へのアプローチが情け容赦なかった。今私が見て思うのは、距離を置いているというのか……以前はなかった無関心な感じ」

彼の顔に苦々しい表情が浮かぶ。「じゃあ、アレーヴィ、おもしろい話をしよう」彼は今しがたの私の言葉を繰り返し、およそ和《なご》やかな方法で話題を変えようとしたようだ。

「君からのメッセージは受け取った。了解。君は物事がどう展開したと思う？　ジュリアがドリアーナを引っ掻《か》いたことはわかっているが、それは自己防衛としてだろうか？」

クラウディオは大儀そうに息をつく。「ありえるわ。カッリガリスにはなんとしても真実を見つけてもらわなきゃね。だって、ジュリアが何時にパラセタモールを飲んだか確定されなければ、捜査を受けた全員のアリバイに大混乱が生じることになるんだから」

それから私は、彼がもしかすると答えられない質問を投げかけるのを思いつく。「カッリガリスはもしかしてあなたに、ジュリアが二十一時十七分にヤコポ・デ・アンドレイスにかけた電話について何か詳しいことを言った？」

クラウディオは思い出そうとするように目を細める。「うん、ちょっと前だけど、デ・アンドレイスが電話に出なかったというようなことを言ったよ。それで、実際彼は、彼女が彼に助けを求めようと電話したのに彼が出なかったから彼女を死なせてしまったと考えて苦しんでいたと」

「彼はなぜ電話に出なかったの？」

「君は質問をしすぎだ」彼はパソコンを切り、立ち上がって答える。

「ねえ、クラウディオ、このことは間接的な確証にもなるわ」

「何の？」彼は最悪の答えを想定して聞く。

「ジュリアとヤコポ・デ・アンドレイスがいい仲だったたっていう事実の」

「何だって？　君の想像がまた動き始めたみたいだな」

「考えてみるとこういうことよ。だってドリアーナはジュリアをひどい目にあわせたがっていたでしょう？　ジュリアの最後の相手が確定されないからこそ、唯一考えられる動機のような気がするの。もしヤコポでなければ、誰だって言うの？」


クラウディオがしぶしぶうなずく。「妥当な線だ。もし事がそうなら、僕らはこの検査を早急にしなくちゃいけない。さあ、アレーヴィ、歩け。ラボに行こう」

「何で？」私はよくわからずに聞く。

「僕がサンプリングしたものの検査をしよう」彼はうなじを揉《も》みながら屈託なく答える。

それは彼らしい仕草で魅力的だ。

「何で？　時間の無駄よ。比較したばかりのプロファイルがもうあるじゃない」

クラウディオはあきらめ顔で私を見つめる。「君がどんな方法で手に入れたかわからない痕跡を、僕が信用できると思うか？　絶対一致はするが、僕は検査をもう一度する。というか、一緒にもう一度しよう」

旅に出ることになったそもそもの理由

気落ちするほど退屈な日曜日のあと、朝、研究所にいる私に、コルデリアが楽しそうに電話をかけてきて、彼女の家の近くに最近オープンしたピッツェリアで一緒に昼食をとろうと言う。

コルデリアが店の外で待ちわびた様子で私を待っている。茄子紺色のゆったりしたブラウスに足にぴったりのジーンズで、とても素敵なすみれ色のバレエシューズを履いている。

「遅刻よ」彼女は思ったままを言う。

「私だって一度は遅れる権利があるわ！」私がむっとして答えると、彼女は薄い唇をとがらせる。

痩せっぽちでぶるぶる震えている彼女は、〈神〉が少なくとも十回分の検死の謝金を払ったはずの大きなエルメスのトートバッグからミントキャンディを取り出して私を見る。

「私、狼みたいに空腹なの」彼女は私に告げる。

「そうなの？」

「さあ、行こう。無駄にする時間はないわ」

ラジオのBGMでソフト・セルの『汚れなき愛』がかかるなかピッツァを注文する彼女に、私はアーサーについてもちろんあらゆることを質問攻めにする。

「最近彼と話した？　よくなった？　まだ透析をしているの？」

「何があっても絶対にオリーヴは入れないで」彼女はウェイトレスに言う。「うん、アリーチェ、今説明する」

注文を終えた彼女が、きっぱりとした口調で再び私に向き合う。「あなたは辛抱のかけらもないわね」

本当だ。それが私の最悪の欠点だ。

「我慢できないの。自分をコントロールできない。彼にすぐ戻ってほしい」私はわがままな子どもの口調で言う。

「実は私も我慢できないの」と、彼女は私が当たり前のことを言ったように答えて、「他でもない、あなたと話したいのはこのことなの」と、共謀をたくらむように告げる。

「どういうこと？」

「ハルツームに行きたいんだけど、一緒に来てほしいの」彼女はミネラルウォーターを自分のグラスに注ぎながら無邪気に説明する。

何と行動的な女性なのだろう。私だってちらっとそう考えはしたが計画を練る勇気はなかった。

私はしばらく唖然としたままだ。

「どう？」彼女が急《せ》き立てる。

ここで、注意深く事を分析する必要がある。

コルデリアとハルツームに行きたいか？

死ぬほど行きたい。

今行くタイミングは？

明らかに悪い。

何よりも、これはアーサーの、関係を断ち切るという考えにまったくそぐわないと思う。私が彼のすぐ近くにいることを知って喜ぶかどうかもわからない。と言っても、これは緊急事態だ。それに何より私がいなくて彼は淋しい。彼がさり気なく懐かしそうに言ったあの言葉を思い出すと、私は身震いがする。

彼をもう一度取り戻しに行かなければ。

「アーサーはこのことを知っているの？」それは表向きの質問だけれど、聞かないわけにはいかない。

「もちろん知らないし言えないわ。決断するのよ、アリーチェ！　あなたと私がハルツームに行くなんて素敵でしょう……」

ハルツームが休暇を過ごす場所などではないことや、新たなゲリラ戦があるため現地政府が灯火管制を再び敷かなければならなかったとインターネットで読んだことを、彼女に説明してもほとんど役に立たない。ハーグの裁判所が人道的な罪で大統領を弾劾したという事実は言うまでもない。コルデリアは私がなかなか返事をしないのを穏やかにかまえて見守り、「たいしたことなんて起こらない。あなたはいつも大袈裟ね。素晴らしい冒険になるわよ」と、夢見るように言う。世間知らずのコルデリアにはすべてがゲームだ。「で、イエスなの、ノーなの？　とにかく私は出発する。もしアーサーのために出発する気がないのなら、私のために出発するべきよ。すごく危険だと思うのなら一人で行かせられないでしょう？」顔の他の部分に比して釣り合いが取れないほど大きな灰色の目で、彼女が私を見据える。

「あなたのご家族は？」私は彼女に聞く。

「私の家族なんて関係ない。私は出発するだけ。来るの、来ないの？」

「旅行会社へ行こう」私はこう言って深呼吸をするが、実際は興奮しきっている。


「ハルツームにはお仕事で行かれるのですか？」白シャツにイゴールと書かれた青い名札を付けた旅行会社の社員が尋ねる。

「どうして仕事だと思うの？」コルデリアが聞く。

「コルデリア、彼は消去法を採ったのよ。スーダンには休暇で行かないでしょう。特に今は」私が母親で彼女が娘みたいに、私はまじめな人の口ぶりで答える。

イゴールがぽかんとして私たちを見る。

「仕事で行くんじゃないわ。わかった？」彼女がはっきりさせる。

すると、「大使館にビザを申請しなければいけません」と、イゴールが呑気《のんき》に言う。

コルデリアと私はびっくりして顔を見合う。

「ビザ？」私たちは同時に言ったことに驚く。

イゴールは同情するように私たちを見つめる。「ビザは当然です。ほとんどすべてのアフリカの国は入国にビザが必要です」

「それで、ビザをとるにはどのくらい時間がかかりますか？」私は一息に尋ねる。

「最低二週間です」彼は私たちがそんなことを前もって考えていなかったことに驚いた様子で、私たちをじっと見続ける。

「面倒ね！」コルデリアが憤懣《ふんまん》をぶちまける。

「緊急なんです。もっと短時間でとれませんか？」私は常識的であるように努めて聞く。

「とれません。無理です」

「そんな、何でだめなの？」コルデリアが神経をとがらせて大声で言う。

「少々お待ちください。電話をしてみます」イゴールは手帳を握り、必死に電話番号を押し始める。

そうして最後に私たちを見て、厳《おごそ》かに話す。

「可能性はありますが、リスクはすべてお客様の責任です」

「どうすればいいの？」コルデリアがインディ・ジョーンズの映画のなかにいる気になって言う。

「カイロのエジプト大使館でビザを申請できます」

「ということは？」私は早くも混乱して尋ねる。

「まず、カイロまで行く必要があります。あちらに着いたらスーダンのビザを申請します。お金はかかりますが数時間でとれます」

「でも、確実ですか？」私は半信半疑で聞く。

「まあ、確実かどうか……。おそらくということです。それが唯一の可能性です。多くの方がこの手を使っておられます。ご都合が悪ければ、普通の手続きでかかる時間を辛抱強くお待ち下さい」

「待っていられないの」コルデリアが毅然《きぜん》とした口調で言う。「あなたがおっしゃるとおりにするわ」

「お高くつきますが」イゴールが具体的なことを言う。

「かまいません」彼女は彼女が属する社会階級特有の尊大な態度で動じることなく続ける。

私の金欠状態の財布には大打撃だが、アーサーのためなら何だってする。

「それでもしうまくいかなかったら？」私はさらに混乱して尋ねる。

「エジプトで素敵な休暇をお楽しみください」イゴールは穏やかに微笑んで答える。

「だいじょうぶよ、アリーチェ、うまくいくような気がするの」私がためらうのを見てコルデリアが言う。「あきらめたくないんでしょう？」

そう、絶対にあきらめられない。「コルデリア、冗談はよして。わかった、やってみよう」

「それでは、木曜日十一時五十五分のローマーカイロ便に二席空席があります。直行便ですからカイロに十五時十五分着です」イゴールは言う。

「火曜日は無理？　もしくは水曜日は？」コルデリアが聞く。

「火曜日は明日よ、コルデリア」私は彼女をとがめて言う。

「ああそうね。まあ私は二十四時間で支度ができるけど、あなたはできない？」

「そういう問題より、座席がございません」もはや疲れ切ったイゴールがあいだに入る。

「ああ、そう。ハルツームにヒルトンはある？」それからコルデリアは彼に尋ねる。

「ええ。でも、まず復路便とカイロのことを考えましょう」彼が答える。「もちろん一晩目はカイロで過ごされます。翌日の金曜日、スーダンのビザを取得するのに大使館に足を運ばれて、そして最後にすべてうまくいけば、土曜日十五時にハルツームへ出発され、十八時三十五分に到着される予定です。ところでハルツームにはどのくらい滞在されますか？　現地到着時にお帰りのチケットをすでにお持ちいただかなくてはいけませんので」

「でも、もしビザがとれなかったら？」

「残りの航空券が無駄にならないよう、別の日にフライトを移します。ビザが整うまでということで、フライトを二週間まで伸ばせます。お伝えしましたように、すべてはお客様のリスクです。それに何よりとんでもなくお高いです。それで、復路のお日にちは？」

「少なくとも一週間後ね。さあ、早くしてしまいましょう」コルデリアが急き立てる。

イゴールは不可解な表情で私たちを見つめる。

「じゃあ、ヒルトンに泊まる？」彼女が提案する。

「ううん、ホテル・アクロポールのほうがいいわ」私が答える。

「どうして？」彼女が気分を害して聞く。

「アーサーが滞在しているから」わかりきったことだ。

「より正確に言うと、アーサーは病院にいるわ」

そのあいだイゴールはますます気落ちして私たちの話を聞く。「私はヒルトン以外考えないわ」

こうなると私は彼女に嫌気がさす。

「アクロポールじゃなきゃ、私はすぐに帰る」私たちはわがままな二人の女の子みたいだ。

コルデリアはグッチの文字が入った小さな靴で床板を打ち付けるが、ようやく渋々受け入れる。

eチケットをバッグに入れた私は不安定な気持ちになる。私の一部は早くも向こうにいたがっているのに、他の部分は宙吊り状態のことを考えている。

そのうえ、シルヴィアが物事をいっそう難しくさせる。

「覚えておいてちょうだい。医師会ではまだ公式な決定がなされていなくて、あなたはまだ崖っぷちにいるのよ。アーサーだってあなたと安定した関係を築こうなんて露ほども思っていないし。アリーチェ、彼はあなたのことをあまり愛していないか、全然愛していないわ」

「私が彼に折れないのは、共に以前の関係に戻りたいからよ。彼は私を必要としているわ」

「あなたはそう考えたいのね」

「ううん、彼が私にそう言ったの」

「彼は戻るつもりはないとも言ったわ。どんな将来があなたたちにあるわけ？」

「そんなの誰もわからない」

「私が言うわ。将来はない」

「ほっといてちょうだい」

「おせっかいしたいのはやまやまだけどできないの。私はあなたの幸運を祈るだけ」

さあ起きて、素晴らしい朝よ

アフリカ旅行までちょうど二日だ。旅行には健康と厚かましさが必要となるだろう。けれども私はまったく心配にならない。むしろ最大の決意に達したときにだけなれるような軽やかさで、雲の上を歩いているようだ。

そうして、私はこのとても穏やかな精神状態でクラウディオのもとへ行く。秘書から連絡があって私が出向くと、彼は研究室で柔和と言えるほどの微笑を浮かべて迎えてくれる。

「ヴァレンティの件について最新情報を君に知らせようと思って呼んだ。興味ある？」

「もちろん」

「カッリガリス本人からの情報で、まだ公式じゃないから君で留めておいてくれ。ドリアーナ・フォルティスが事件について彼女の言い分を証言した。二月十二日午後六時頃、ジュリアと口論になったと供述している。事件前、彼女たちの関係は穏やかではなかったと。このことは電話についての君の証言によっても証明されている」

「カッリガリスは口論の動機を説明してくれた？」

「彼は詳しく言わなかったし、もちろん僕も聞かなかったけど、公式な説明は、二人が昔からお互いに抱いていた反感を払いのけられずにきたということになる、と言ってた」

「でも……あの午後私が聴いた会話は……もっと具体的な恨みのようだった。何となく反感があるというのではなくて、特定の何かについて言っているようだった。ドリアーナはジュリアとヤコポに嫉妬していたんだから。明らかじゃない！」

「熱くなるな。そのうちわかる、単に時間の問題だ。手始めに、もしかしてあるかもしれない二人の関係を立証しなくちゃ。ドリアーナはそのことについては何も触れていない」

「なぜだかわかる気がするの。ヤコポを守るためよ」

クラウディオが額に皺《しわ》を寄せる。「いずれにせよ問題の核となるのは、ドリアーナに二十一時から二十三時のあいだアリバイがあるということだ」

「証言者たちは例の大騒ぎを、正確には何時に聴いたの？」

「さあな。僕はそのことには興味がない」

「あなたが死亡時刻を二十二時に定めたことに、私が納得していないのは知っているよわよね？」

クラウディオに歩み寄りの様子が見て取れる。不思議なことにいらいらしておらず、珍しく公平に答えている。「二十一時十七分のあの電話の説明が僕にはつかないんだ」

「あの電話は、ドリアーナ、あるいはデ・アンドレイス本人の側の、警察をまく試みかもしれないわ。考えてみて。爪にドリアーナのDNAと、デ・アンドレイスのものと見てほぼ間違いない精液が同時にあるということが示すのはただ一つ」

「十分考えられる、というかほぼ確実に、二人は一緒だった」と、クラウディオが締めくくる。「君が間違っているとは言えない。だからこそ早急に、ジュリアから採取した物質の検査をしなければならない。カッリガリスもこの路線を考えているはずだ」

「もしあなたが死亡時刻を二十一時より前かもしれないと認めたら、ドリアーナにはもうアリバイはなくなってしまう」私は慎重な口調で彼に気づかせる。それは普通なら特に影響を与える内容ではないけれど、クラウディオには真正面で爆発した爆竹ほどの効果がある。

「僕が何を認めるって?」彼はいくらか顔色を変えて聞く。「正直に言って、死亡は二十一時以降だったと今も信じている。彼女はまだ温かかったし、死斑《しはん》と君が呼ぶものも、実際のところわずかに確認できるにすぎない影だった。硬直の兆《きざ》しがまったくなかったのは言うまでもない。びっくりするほど、まだ生きているみたいだった!」彼は私にと言うより自分自身を説得するように言う。

「ドリアーナとヤコポは麻薬売買をしているのかな」私はまだどこか納得いかないという思いを反芻《はん》芻《すう》してつぶやく。「他に説明がつかないのよ。ドリアーナが彼女にあのパラセタモールを与えた。しかも、彼女に故意にショックを起こさせる陰険なやり方でね。方法や口実はわからないけれど」

「君がそれを考える必要はもちろんない。カッリガリスに知恵を絞らせればいい。こうして見ると、僕は自殺の仮説を完全に捨てられないな」

「ドリアーナと口論したあとでジュリアは自殺したかもしれないということ?」

「ありえる」彼はあえて言う。

確かにありえる。私はジュリアについてずっと話をしてきたが、短期間に彼女の人生と接点があったとはいえ、彼女を知っているとは言えない。それに、自殺だったと考えるのを私がどこかで拒《こば》んではいても、物事の状態からその仮説を除外できないことも認めざるをえない。おそらく他の誰よりジュリアをよく知るビアンカ本人が、ありえると考えているのだ。

しかし私は、彼女が服用したパラセタモールの錠剤の包みが見つかっていない理由を自問し続ける。彼女自身が飲んだのなら、どこにゴミを捨てたのか。彼女の家では何も見つかっていないのだ。ということは、パラセタモールは第三者によって彼女に与えられたと考えられる。しかし残念ながら、考えてばかりいるのをやめる時が来たようだ。クラウディオはしびれを切らして仕事に戻りたそうだ。私もそうするしかない。

私はユキノと一緒にピッツァの昼食をとっている。彼女はこの数日ウフィッツィ美術館を見にフィレンツェへ行っていて、お気に入りのドラマを数回分見逃してしまった。「アーサー君、病気なの？　そんな！　そんな！」私が彼女に最近の出来事をわかりやすく説明すると、彼女は大声で言う。「研究所であなたに意地悪なことをいっぱいするあのひどいやつが病気にならないで、あんなにやさしいアーサー君がなぜ？」

「ユキ、人生はそんなものよ。とにかく彼は回復してきているから、私たちは心配しなくていいの」

「今日のあなたはあの哲学に従ってるね、かい……かい、なんだっけ？」

「快楽主義？」

「あ、そう。私には難しすぎる！　昨日大学で授業があったの。禅みたいでいいね！」

「そうね、ユキ。それより実は、あなたをびっくりさせることがあるの。私、旅に出るの！　スーダンの彼のところへ行くの」私は勝ち誇った口調で告げる。突如勇気を出せたことを本当に誇りに思っている。ユキは喜んで目を見張る。

自分の考えをイタリア語で言い表せない彼女は、日本語で長々と話すことにする。

「アーサー君への贈り物をあなたに託してもいい？　病院でのお供に本を贈りたいの」

「ユキ、もちろんよ。彼、喜ぶわ。当然、私がやって来たのを見た驚きを彼が消化してからね」

「彼は知らないの？」

私は首を振る。実際のところ、それは一番触れたくない問題だ。

そしてこの昼食のあいだで初めて、ユキは楕円形の目を見開いて数秒間黙っている。

それから、「あなたは立派だよ」と、厳粛に告げる。

私はその希望の言葉をこの旅行に託す。無邪気でロマンティックな彼女は私の空想を温かく励まし、この旅行が私たちが仲直りする決め手になると言ってくれる。彼女は正しいと、私は思いたい。だが、出発前に私はカッリガリスと話をしなければならない。不安に思うことがあるからだが、彼と話すことだけが私からあらゆる疑念を取り去ってくれるだろう。


今では私をすぐにわかってくれる濃茶色の巻き毛の若い女性に丁重に迎えられ、半ばがらんとした待合室で待機させられる。ペンキが剥げた薄黄色の壁は冷ややかで、窓が開いているにもかかわらず、かすかに黴《かび》のにおいがする。待っているあいだコルデリアからいくつかわからないくらいメールが届く。メールは今のタイミングにふさわしいものもあれば、旅行用にプラダのバッグを買ったという不適切なもの、はたまたスティック状のケロッグを急いで買いだめしておくというものもあり、あとはだいたい同じような内容だ。そうはいいながらも彼女の興奮に影響された私が出発前に買っておくべき物をリストアップしていると、制服を着た例の女性が、カッリガリスの年寄りじみた執務室に入るようにと合図をする。

「アリーチェさん！　またお会いできてうれしいです」

「私もです、警部」

「それはそれは。お掛け下さい！」

　私は座る。これまで彼に大胆ともいえるような確認や要求を浴びせかけてきたが、今日は初めて居心地が悪く感じる。というのも、今回は、捜査に寄与できることを何も持ち合わせていないからだ。ひたすら誠実に、新聞あるいはクラウディオの説明で満足のいかないあらゆる疑問を解決してほしいと彼にお願いするしかない。

「何のお役に立てますかな？」彼は手の指を組んで、特徴のない顔に興味津々の表情を浮かべて聞く。

「警部、お話ししたいと思いまして……。あの、もっと正確に言えば、ヴァレンティの件について情報を伺いたいのです」私はためらいながら切り出す。

「アリーチェさん、あなたはどっぷり浸かっておられる……」彼が片方の頬骨を掻《か》きながら言う。

「私の置かれた状況はご存知ですよね。この件とは特別なつながりがあるんです。こんなことが起こったのは初めてですし、もう二度とないでしょう。というか、そう願いたいです」

「特にお知りになりたいことは何でしょう？」彼は先を促す。

「警察のほうでは、他殺と自殺のどちらに傾いているのでしょうか？」

「アリーチェさん、いったいどうされました。あなたは自殺を除外されておられましたよね」

「そうです。でも、警部の意見を知りたいのです」

「なるほど。実は私も自殺だとはあまり考えられないのです。理由はさまざまです。何より自殺の状況となるデータがありません。家の中にも外にも彼女が服用したパラセタモールの包みは残されていませんし、うつ状態を示すものは何も見つかっていません。ヴァレンティは薬物中毒だったものの、我々が尋問した人物はいずれも、彼女に自殺する兆候はなかったと言っています。姉以外の女友達はいずれも。実際、女友達の一人アビゲイル・バットンが、共通の知り合いの自殺についてたまたまヴァレンティとした会話のことを話しています。そこでヴァレンティは、自殺を絶対しないということの一連の理由を述べています。重要なことではないと思われるかもしれませんが、これは看過できる要素ではないと思います。自殺よりも思いがけない事実のほうがありそうだと私は見ているとだけ言っておきましょう。つまりこれは不慮の死じゃありません」

「お考えがはっきりわかりました。他殺だということですね」

「そう確信しています」

「警部、可能でしたら……。ドリアーナ・フォルティスに目を付けられたのはどうしてでしょう?」

「さあて、私があなたにそれを言うなど、どうか期待なさらないでください!」彼は私に忠告する。

「そもそもなぜ彼女のことが気になられるのでしょう? とにかく、私に言えるのは、フォルティスが、ヴァレンティが亡くなった午後に彼女とかなり激しい喧嘩をしたと言った、という証言があることです」

「彼女は他に何を話したのですか？」

「何も。実際フォルティスは私の証人には何も打ち明けていないと必死で否定しました。もっとも、誰だってしていないと言いますから信用はできません。だが、打ち明けていないとしたら、証人はその喧嘩の詳細をどうやって知ったのでしょうか？」

ドリアーナがビアンカと話をしていないのははっきりしている。ビアンカはすでに確信していた何かを指し示すために、ドリアーナとの親密さを利用して身を隠したのだ。哀れなドリアーナは嘘などつかない。

それにしても、妙な考えが私の脳を刺激する。ビアンカは自分の仮説に確信がありすぎるくらいだった。私たちが話をした午後、彼女は仮説のような口調で自分の意見を言ってはいなかった。事実のように話していた。

「どんな詳細ですか？」私は尋ねる。

「私の証人は喧嘩の詳細を知っていました。このことはフォルティスが認めています」

「どういうことでしょう？」

「喧嘩をしているうちにフォルティスがヴァレンティに非難を浴びせかけたのですが、その非難の詳細を私の証人は繰り返し言えましたし、フォルティスもその内容を否定していないのです」

ビアンカはどうしたって詳細を知りえない。というのも、彼女とドリアーナのあいだで会話が決してなされていないのは確かなのだから。

二つに一つ。証人がビアンカでない、もしくは、ビアンカがドリアーナではない誰かによって例の喧嘩について打ち明けられたかだ。

あの午後の状況をうかつにもビアンカに話した可能性のある人物はただ一人。ヤコポ・デ・アンドレイスだ。

しかし私は自問する。もしビアンカがすでに喧嘩のことを知っていたのなら、彼女が私にDNA鑑定を要請したのはなぜだろう？

私に浮かぶただ一つの答えは、あの喧嘩の詳細を彼女が他でもないヤコポから得たのはそれより後だったということだ。しかもよく考えれば、ビアンカは従兄に私と彼女の秘密をばらしているのだ。

このことをすべて考慮すれば、彼女とヤコポのあいだには彼女が言うよりもっと親密な関係があるということだ。

「ところで、アリーチェさん……申し訳ありませんが、私は先約がありますので」彼は時計を見ながらやんわりと言う。

私はもっと留まりたかった。そして、勇気があれば、ヤコポがあの午後ジュリアと一緒にそこにいたことを示すために、ヤコポ・デ・アンドレイスの遺伝子検査を要請するにあたってカッリガリスが何を期待しているのかを聞きたかった。だってまさにこのために、ドリアーナとジュリアが激しく言い合ったのはかくも明らかに思われるのだから！

「とんでもないです」私は立ち上がりながら答える。「警部、本当にどうもありがとうございました。感謝しています」

カッリガリスが微笑む。「先生、あなたはとても感じがいい方だ。熱意と興味があり注意深い。これらはめったにお目にかかれない才能だからこそ、素晴らしいと思われます」

幸運は常にそれほど立派でない者に報いを与えるということの新たな証拠だ。

私はことごとくプライドを失っていたが、褒《ほ》め言葉をもらって帰宅する。

カッリガリスは私を出口まで送らず、悠々と肘掛椅子に座ったまま手を振って見送る。そして、挨拶を返しちょうどドアの敷居を跨《また》いだところで、私は一人の女性にぶつかった。香水でそれが誰だか即座にわかる。

「ビアンカ……」

彼女は迷惑そうだ。私のへまのせいで彼女の高価なバッグが床に落ちて、中身が全部出てしまった。私は落ちた物をバッグにしまおうとする彼女を手助けしようと本能的に身をかがめる。

「ほっといてちょうだい」彼女はつぶやいて、赤い革の財布に、揃いの鍵入れ、最新型の携帯電話、手鏡、ポケットティッシュ、マルグリット・デュラスの本、ヘレナ・ルビンシュタインのリップグロス、錠剤の包み、チューイングガムの箱、髪留めを、必死でかき集める。ビアンカがとても平凡に見える。全然平凡ではないにもかかわらず、平凡に見えると確信をもって言える気がする。

彼女は私の視線を避けて、偶然ぶつかって迷惑なだけのどうでもいいもののように私に背を向ける。

私のほうは、地下鉄で帰宅するあいだ、悲しみと、惹きつけておきながら自分を捨てた人に感じるあのそこはかとない落胆を感じて、彼女のことを考えずにはいられない。

少しいらいらして、へとへとになりながら階段を上がって家に着いたが誰もいない。シャワー室に入って、シャワーでさっぱりする。そして、シャンプーのあと豪快に髪をすすいでいたちょうどそのとき、私は体に電気が流れたように感じる。

私はガウンをまとい、とても動作の遅いパソコンを点《つ》け、インターネットエクスプローラーが作動するのを待ちながら震えている。

検索エンジンに「パナドール・エクストラ」と入力する。

最初のリンクをクリックすると、成分の説明書きがある。

アメリカで出回る鎮痛剤で、最近イタリアにも導入された、パラセタモールの前段階の薬。

ビアンカがバッグに入れていた錠剤の名前だ。

パナドール・エクストラの特徴は、カフェインも含んでいることだ。

私はすぐクラウディオに電話する。

「ジュリア・ヴァレンティについての毒性検査の結果が載ったファイルを送ってもらえる？」私はいきなり聞く。

「アリーチェ、外で夕食をとっているところだ」

「もうそんなに遅い時間？　ごめんなさい」確かに八時を過ぎている。

「いいよ」

「うーん、じゃあ……ファイルが送れないとしたら、でも、送れるはずないわよね……もしかして、ジュリアの血液中にカフェインが含まれていたかどうか覚えてる？」

クラウディオが軽く咳払いをする。「アリーチェ、君は近々旅に出るって聞いたよ。荷物の準備をしたほうがいいんじゃないか？」世界中のどんな職場でもそうだが、秘密にしておくのはほとんど不可能だ。

「もう準備はできているからご心配なく。ねえ、がんばって思い出して」

「含まれていた気がする。わずかな量で」

「彼女がパラセタモールといっしょにカフェインを服用したなんてありうるかしら？」

「お願いだ、アリーチェ。ヴァレンティの件を考えないで夕食をとってもいいかな？　おとなしくしろよ。そのことは明日話そう」

最後の動揺

スーダンへの出発を翌日に控えて、私はとても興奮している。

ジュリアを殺したパラセタモールがビアンカのバッグのなかにあった錠剤ではないかと疑って動揺しているのだ。

研究所にはヤコポ・デ・アンドレイスがいて、彼に驚くほど恨みがましい目でじっと見られた私は、気持ちをかき乱される。

今朝私は、いつものきちんとした身なりで会う人みんなに無味乾燥な礼儀正しさを示して研究所内を動くヤコポを、伏し目がちに眺める。彼に「弁護士さん、もし差し支えなければ、検査は私の同僚のアレーヴィ先生にしてもらいます」と言うクラウディオを、アンブラが激怒して眺めている。

ヤコポは急にこちらを向き、私を物質的に取り除く方法を研究しているかのように見据える。

数秒間、私は彼が同意するかどうか知りたくて息もできない。デ・アンドレイス弁護士は、鷹揚《おうよう》にクラウディオのほうを向いて答える。「申し分ありません。むしろ、そのほうが喜ばしい」

「わかりました。アリーチェ、弁護士を採取室にお連れしてくれ」

ということで、私はヤコポを連れて長い廊下を通って行く。私たち二人だけがいるシュールな静けさを彼が破り、上質のギャバジンのジャケットを脱いで椅子に座る。

空色のシャツと紺色のネクタイを着けた彼が、明らかに疲れてはいるが落ち着きはらって私の前にいて、極上の男性用香水のにおいをさせている。私が知り合ったときより少し伸びた髪が、彫刻のような顔の輪郭を和らげている。髭《ひげ》が完璧に剃《そ》られ、非の打ちどころのない雰囲気をたたえた彼は、明らかに私を困らせようと思っている。

「矛盾していますね、この状況は。アリーチェ、そう思いませんか？」

採取に必要な器具を台に置く私の手が震えている。

「なぜでしょう？」私は無邪気を装って応える。

「他でもないあなたがこの検査をされるということに矛盾がある」

「あなたは差し支えないとおっしゃいましたね」

「実際差し支えありません。あなたに差し支えないなら、なぜ私に差し支えがあるんですか」彼がわけのわからない口ぶりで応える。

「ということは、両者ともに了解ですね」私はそう言って、口の中の粘膜をこすり取って唾液を吸い込ませ、そこから後ほどDNAを抽出するための丸めた綿を手にして近づく。今回は、血液採取は必要ないと考えたクラウディオが、この種の採取をすることにした。以前に彼は毒性検査の目的もあり、血液検査を行っている。「口を開けてください」私は彼を促す。

彼が従うと、きれいで健康的な歯並びが見える。そしてしまいに、唇が弧を描き、抑えきれず微笑みがもれる。ジュリアは何度この微笑にうっとりしたことだろう。

「どうなさいました？」私が声をかけると、彼は下を向いて片方の手で目を覆う。

私はこの対面を、究極におかれた哀しみをずっと待っていた。もちろん、ヤコポ・デ・アンドレイスは笑いがこらえられなかったのではない。

「考えられない。考えられない」彼は繰り返す。

人は不安になると笑うと聞いたことがある。彼の笑いもそうなのか。

「デ・アンドレイス先生」ヤコポが視線を上げると、それは顔に浮かぶ微笑とは正反対の、冷笑に変わり果て、それまで見たこともない苦悩を表している。死刑囚の苦悩のようだ。「だいじょうぶですか?」

「だいじょうぶですかだって?」彼は青ざめて応える。「だいじょうぶでいられるなんてまさか思われないですよね?」私に対してではない恨みがましさで私を見据える。有無を言わせぬ怒りだ。

「申し訳ありません」私はおずおず答える。

「申し訳ないと? あなたは何よりご自分のなさったことを申し訳なく思われるべきでしょう。この件は切り抜けられるでしょうが、恥を知るべきだ」

私は自分のたがが外れているように感じて、丸めた綿を手にして震えながら唖然として彼を見つめる。

「先生、私……」

「片棒を担がれたんですよね、あの……」彼は途中で言うのをやめる。

「先生。私の過ちや間違いは別として、起こっていることは……、どちらにしろはっきりさせなくてはなりません。理由はよくおわかりですね」

彼が私を興味深そうに眺める。「何がおっしゃりたいのでしょう?」

私はいやな気持ちを押さえて思い切って言う。「喧嘩のことを人に話したのは迂闊《うかつ》でしたね。その人が警察に話したわけですから」

ヤコポは愕然《がくぜん》としている。どんな返答にもつながらない彼の顔の表情は、まさに私が予期していたことの確認となった。ヤコポはビアンカに話したのだ。あの午後起こったことを彼女に話したのだ。ジュリアとドリアーナの喧嘩について話したのだ。

彼がそうしたのは、現在彼とビアンカが考えられている以上にずっと親密だからだ。

クラウディオがやって来たので、私はそれ以上聞くのをやめる。

彼はおそらく私たちの動揺した顔を見て驚いたのだろう、「何か問題でも?」と尋ねる。

「いいえ、すべてうまくいっています」私はすかさず答える。

「まだ採取していないのか?」彼が指摘する。

「もう終わるところです」私はすぐ答える。

「そう願うよ」彼は冷ややかに答えて、ドアを閉める。

「始めましょうか?」なおも愕然としているヤコポに、私は尋ねる。

「どうして……」彼は再び私を遮るが、言いよどむ。

「どうして私がそのことを知っているかですか? 直感です。ただそれだけです」

ヤコポは黙って採取させる。終わって採取室を出る前、彼は躊躇《ちゅうちょ》しているように、何かを言う必要を感じているように見える。あるいは、ただ私がそう思うだけかもしれない。

彼はクラウディオにもかなり不愛想だったようだ。クラウディオは、私が彼に困ったことをしなかったか確かめようと私を呼んだ。

「デ・アンドレイスに何をした？　めちゃくちゃ腹を立ててたぞ」

「私が？　何も。彼に検査をする仕事はどうなった？」

「カッリガリスが鍵となる証人から新たに詳しい話を聞いた。まあとにかく、単に時間の問題だから、おのずと解決するさ」

「どんな詳しい話？」

「あの午後の喧嘩のとき、フォルティスは一人じゃなかったという事実についてだ。アレーヴィ、話のついでに君の昨日の電話のことをもっとよく話してくれないか」

「何でもない。とりとめのない考えよ」

クラウディオはこの返事で満足しているようだ。「取りかかろうか？」白衣のボタンをはめ、壁に掛かった絵の額縁に姿を映して、彼が提案する。「ボスが言うように、転石苔むさずだな」

そして部屋を出る直前、それが当然の愛情表現であるかのように彼は私の手を取る。

真実（あるいは、多くのうちの一つの真実）

晴れ渡った空の暑い日々が長く続いていたのがにわか雨により中断され、今晩は湿気が多い。灰色がかった光のなか、地面に残った水たまりに、自分の姿を映せそうだ。

私はビアンカの家の正面玄関の前にいる。呼び鈴を鳴らすが返事がない。あたりを一巡してからもう一度鳴らそうとしていると、バーバリーの傘をさした彼女が通りをこちらにやって来るのが目に入る。

水彩画みたいに私の輪郭をぼやけさせたまさにこの湿気が、彼女の完璧な姿を損なわないのは、物理と化学の神秘のままだ。とても質のよい紺色で薄手のトレンチコートに身を包み、髪を大きくふわっとしたシニョンにまとめている。薄い唇は深紅に塗られている。いつもながら陰りのある、黒くて濃い長い睫毛《まつげ》がひしめき合う目を、彼女はときどきしばたたく。ランコムの香水の広告の女性みたいだ。

彼女は私を興味深そうになんとなく落ち着きなく眺めて、「こんばんは」と、私がよく知る声で切り出す。

「こんばんは、ビアンカ。お話があるの。時間あるかしら？」私は一見落ち着いているが、自分が萎縮するのを感じる。

彼女は自分のすることに少しとまどいながら家の鍵をバッグから取り出す。

「いいわ。それに、私もあなたに説明をしなければならないし」彼女が時折見せる、濃茶色の目にはっきり浮かぶ深みには、磁石のような効果がある。

私たちは何も言わず一緒に階段を上がり居間まで来る。彼女が飲み物を勧めてくれるが、私は断る。

「じゃあ、どうぞ」彼女は微笑さえ浮かべるかのように切り出す。「私に何を言いたいの?」

私がすぐに応えないどころか何も言わないから、彼女は途方に暮れてしまう。

私はどう話を始めようか迷っている。自分の即興の能力にまかせて、どきっとするような切り出し方にする。

「パナドール」と、私は呟《つぶや》く。

「えっ?」と、彼女は答えるが、よく聞き取れなかったのか、あるいは、はっきりしすぎるほど聞こえたからなのかはわからない。

「ビアンカ、あなたがジュリアに飲ませたパナドールよ」

ビアンカが青ざめたので、一瞬私は彼女が気を失うのではないかと心配する。

「アリーチェ、いったい何のこと? 妹の死の責任が私にあると暗に言いたいんじゃないわよね?」彼女は見るからにむっとして応える。信じられないと同時に落ち着きなくおもしろがっているようでもある。

「暗に言いたいのじゃなくて、確信しているの」

ビアンカが携帯電話を手に取る。「警察に電話するわよ」

「どうして？　しないほうがいいわよ。それにしても、ずいぶんうまく作り上げたわね……。真実が表に出ることはないのだから、あなたが騒ぐ必要はないじゃない」

ビアンカは全身に怒りが渦巻いている。「アリーチェ、あなたおかしいわ」

「おかしい人間はしばしば真実を言うものよ。特にね、ビアンカ、私の真実はいとも簡単に説明できるの。あの二月十二日のジュリアの一日をもう一度考え直してみるだけでいいの」

ビアンカは見るからにしびれを切らし、私を黙らせるか話をさせておくか決めかねているが、とにかく今のところは私を遮らないから、私は続ける。

「朝食の直後、ジュリアはサヴェリオに会って彼とヘロインを摂取する。それからサヴェリオは立ち去る。午後六時頃、もう数年前から彼女と関係を持っているヤコポが家にやって来る。ジュリアは、ヤコポがあなたともいい関係になっていることを知らない。この関係はもしかするとずっと、あなたたちが子供の頃からなのかもしれない。三人で一緒に大きくなったのだもの。彼はかっこよくて兄妹愛にあふれているから、あなたたちは二人とも彼に恋をしてしまった。しかし彼はジュリアを選んだ。そしてあなたはそのことをずっと消化できず、いまだに消化していない。彼女の世話をしたり、ニューヨークを去り彼女の面倒を見にここに戻って来なければならなかった重荷も、あなたは消化していない。だからその難しい性格の小娘があなたの存在を曇らせるのに耐えられなかった」

ビアンカは動転して私を黙って見つめている。彼女の顔の青白さは心配になるほどだ。

「ジュリアとヤコポに戻ると……二人は切れ切れに、可能な時間に会う。彼はジュリアにすごく惚れているけれども、彼女とドリアーナのうちどちらを選べばよいのかわからない。とにかく彼は実際にドリアーナに愛情を抱いている。彼らはもう何年も付き合っていて、彼は彼女を一番の女友達だと考えている。そのうえドリアーナは桁外《けたはず》れの金持ちで、彼女の持参金にヤコポはいやな気はしない。あなた自身がドリアーナを差し向けたかもしれない可能性はあるけれど、ドリアーナがあの午後どうやってなぜジュリアとヤコポをほぼ現行犯で捕まえたのか私にはわからない。ビアンカ、はっきり言えば……あなたはすべて知っていたのね。と言うのも、ジュリアがあなたにヤコポとの関係を話していたからで、あなたは内心嫉妬で死にそうだった」

不思議なことにビアンカは私を遮ることなく聴き続ける。だから私は続けるが、自分の考えを表せば表すほど、それがより唯一可能な真実に思われる。

「それで、ドリアーナはおそらくジュリアについて疑いを抱いていた。だからもちろん、自分の恋人の生活にいささか登場しすぎる従妹に対していい思いを抱いていなかった。都合よく煽《あお》られたドリアーナがいきなりジュリアの家に現れると、彼女の取るべき道はすぐ明らかになる。彼女はジュリアを攻撃して、何年も抑えてきた侮辱の言葉をすべて向ける。ジュリアはそれに応えないで耐え忍ぶタイプではないから、ドリアーナを引っ掻《か》いて悪口を浴びせる。ドリアーナはジュリアのアパートメントを出て行ったけれど、さらにひどいことに、ジュリアをひどく動転させたのは、ヤコポがドリアーナを追ったことだった。ヤコポはジュリアを一人そこに残して公認の恋人のために彼女を捨てた。八時頃のことよ。ジュリアは絶望している。そして、いつものように事がうまくいかなくなり誰に相談すればよいかわからなくなると、ジュリアはいつもしていたことをする」

私はビアンカに話を終わらせてほしくて、そこで止まる。

だがビアンカは黙って私を見続ける。

「ジュリアは彼女を助けてくれるただ一人の人に電話する。つまり彼女の姉に。ジュリアはあなたに電話をした」

ビアンカが咳き込んで、息が乱れる。彼女の瞳はこのうえないほど細まり、アドレナリンで熱を帯びている。「続けてちょうだい」驚いたことに彼女はか細い声で言う。

「彼女があなたにすぐに来てと頼むと、生まれたときからいつもしていたように、あなたは彼女を助けるのを拒《こば》まない。こういうわけであなたは彼女の家にやって来た。家にはまだヤコポのにおいがしている。ジュリアはいつも以上に悲しんで取り乱し、見るからに動揺している。彼女はあなたに今しがたドリアーナとした喧嘩のことを話す。彼女は動揺しているものの、それでよかったとも思っている。今やドリアーナが二人のことを知って、ヤコポが心を決めることになるだろうから。ジュリアはあなたに精神を落ち着かせるものを頼む。彼女はもはや合法であろうとなかろうと、麻薬の助けなしにはどんな感情も抑えられない。あなたは彼女に落ち着くように言って彼女を観察し、彼女が望む精神安定剤を与えるのではなく、あなたがニューヨークで暮らしていた時代から使っている錠剤のパナドールを渡す。ジュリアはあなたが危害を加えるなんて思いもよらないから、錠剤をすかさず受け取る。もちろんあなたはこんな機会は二度とないと思ったでしょうね。こうしてあなたは文字どおりの意味で、その瞬間を捉えた。ビアンカ、彼女はどのくらいの時間で死んだの？　十分、十五分？　一瞬で死んだの、ビアンカ？　あなたは彼女が死ぬのを見たのよ」

ビアンカはわずかにわかるくらいに震えている。ようやく私の話を遮りたそうにするが、私は自分が思っていた以上に決然としている。

「最後まで言わせて。九時十七分、ジュリアはすでに死んでいて、あなたは何をすればいいか自問する。あなたは捜査をかなり平凡なやり方でそらすことを考え、すごいことに、今のところうまくいっている。あなたはジュリアの電話を使ってヤコポに電話したのよ、彼が出ないのはもうわかっていたのだから。そうしてようやく、解放感を感じてあのアパートメントを立ち去る。

翌日以降、あなたはヤコポに接近する戦略を開始する。自分の存在感を増そうと、彼の心の痛みを利用する。あなたは彼の思いがわかるし、親しみがあるし、何よりジュリアを思い出させる。彼はそれに屈し、あなたの夢がかなうことになる。傷ついて混乱したヤコポを慰められるのはあなただけだから。彼はあなたのところに来て、あの午後起こったことを語り、自分の良心の呵責《かしゃく》について話す。あなたは自分がジュリアの代わりにすぎないことに気づかない。ジュリアを追いやったあなたは、残る障害物はただ一つだと思い始める。ドリアーナよ。ところが、この件において障害物を取り除くのは簡単だった。彼女に疑惑を振り向けるだけでいい。ところがあなたは、ジュリアの爪の物質がドリアーナのかどうか確かではなかったから、不都合に備えるため、あなたがうまい言葉で罠《わな》にかけた、だまされやすい愚かな研修医を利用する」

ビアンカについて私自身が感じたことを思い起こすと、私はその愚かさに赤面してしまう。

「自分の目的を果たし、ヤコポの恋人をひどい目にあわせて、あなたはこの件が終わったと信じている。実はとても大きな間違いを犯しているのに。あなたはヤコポがドリアーナに抱く愛情の強さを過小評価している。彼はあなたがしたことを恐ろしく思っている。で、私は医師会に告発され代償を払ったわけだけれど、正直なところ払って当然だと思う。それから、おそらくヤコポはあなたの押しも不快に感じている。ジュリアの死に対する痛みを分かち合っていた大好きな従妹のあなたが、本質的な理由で、耐えがたい、そしてとりわけ迷惑な恋人に変わってしまった。そもそも、ビアンカ、あなたは彼女じゃない。あなたはジュリアじゃないの」

　ビアンカはびくっとするが、口を開かない。

「ヤコポはためらうことなくあなたをお払い箱にするわ。ドリアーナが窮地に立たされ、彼を侮辱さえしないで去ろうとしているまさにそのときにね。女性は本当に愚かになれるもの。というか、なれる女性もいる。でもあなたは違う。あなたはあなたのやり方で、つまり復讐をもって怒りに反応する。だからこそ昨日カッリガリスのところに、ヤコポを告発しに出向いた。あなたは、あなたが大好きな、たぶんあなたが本当に愛する唯一の人、すなわちあなた自身を救うために彼を告発したのよ」

　この部屋に充満する静けさは逆に耳をつんざくようだ。私は自分がこれほど明晰で大胆でいられたことが信じられない。自分にはないと思っていた力の源があるのだ。

　ビアンカがよろめきながら立ち上がる。彼女は頭を垂れてドアへと近づいて開け、身のすくむような眼差しで私を見る。「さあ、私の家から出てって。あなたの話は聞いたし、もうこれでいいでしょ。生涯二度とあなたに会わないことだけを望むわ」

　私は床から自分のバッグを取って、ドアのほうへ行く。

「さようなら、ビアンカ」

体のあらゆる筋肉が引きつって頭がふらふらする。朝から自分を別人のように感じていた。それもそのはず、私は自分自身と、私が冒すすべてのリスクに決着をつけたからだ。

リスクは人生の一部をなす。徹底的にするなら、リスクに直面する勇気を持つ必要がある。

こうして私はスーダンへ旅立つ。

うまくいくかどうかわからないけれど、旅立つ。

自分の道を投げ出して虚空へと飛び込むことで、常識を背後に残し、家から私を連れていってくれる飛行機に乗り込む。

帰って来たときどうなっているかは、神のみぞ知る。

シェルタリング・スカイ

カイロ空港はこのうえなく雑多な人間が入り乱れている。私は周りを見てまごつく。それほど冒険向きじゃないということだ。

空港の外では、いきなり熱が出たみたいに酷暑でくらくらする。通常の手続きを迂回するために大使館に出向くという考えが、急に間抜けで軽率に思える。イゴールは合法だと保証してくれたしシルヴィアは心配するなと言ったが、悪くすれば私はカイロに留まってコルデリアと休暇だ。私は神経をいたわるために——びっくりするほどしっかりもちこたえている——、自分がしたことの結果を考えないでおく。自分が思う以上にたわいもないことかもしれないのだから。

カイロの大使館に着くと、私はコルデリアに、「私に話させて」と、毅然《きぜん》とした口調で言う。

「何で？」彼女がむっとして応える。

だってコルデリア、あなたは大変な問題を起こすでしょ。「あなたは一生懸命になりすぎて、困ったことになることがあるから」

「アリーチェ、知ったかぶりしないで。そもそも彼らは私たちがお金さえ払えばどうでもいいのよ。お金はあるわよね？」私はうなずく。「じゃあ問題ないわ」

実際、今回ばかりはコルデリアが正しかった。蚊と不安と闘いつつ二晩過ごした翌日、私たちはお金を払ってビザを手にする。土曜日の午後、私たちが再び機上の人となると、今回こそ目的地から私を隔てるものは何もない。

　これまで私が飛行機で旅行するたびに必ず海が見えた。群青色と空色の果てしない広がりが。今、砂漠が海に取って代わった。下には、砂とは思えないような明るい黄土色の砂が広がる。

「アフリカを旅するのは初めて？」私が飛行機の窓からうっとり外を眺めているのを遮ってコルデリアが聞く。

「家族とのクルーズで午後だけチュニジアで下船したことがあるけど、それもあり？」

　コルデリアは鼻に皺《しわ》を寄せる。「それはだめ」

「じゃあ、あなたは？」

「もちろんあるわ。一度映画に出たことがあって、一カ月間アルジェリアに滞在したの。そのあと私の役はカットされたけど素晴らしい経験だった。それに小さい頃、アーサーとケイトのところに何度も行ったわ」

「ケイトって誰？」

「アーサーの母親で、父の二番目の奥さん」

「でも、なぜいつもヨハネスブルクに行っていたの？」私は興味津々で彼女に尋ねる。

「子どものときからアーサーと私はよく行き来していたの。これはうちの家族では珍しいことよ。兄たち、つまり最初の奥さんの息子たちのことは、私あまり知らないの。マルコメス家の他の人たちは、正直なところちょっといやなタイプなの。アーサーと私は両方とも一人っ子で、すべての兄弟のなかで一番年下で、年がかなり近くていつもすごく仲が良かったから、私たちの両親は家族の絆の意味を与えようと私たちが仲良くするのを奨励したの。これは実際にはマルコメス家に通用する考え方ではないけれど。そうは言っても、私の母とケイトがずっとうまくいっているのを、あなたはおかしいと思うでしょうね。アーサーは夏休みをいつも私たちのアレッツォの別荘で過ごしたの。で、私は頻繁にヨハネスブルクの彼らの家に行っていたってわけ。ある年、あっちで母とクリスマスを過ごしたら、夏だったからすごく変だった」

「ケイトってどんな人?」

「彼女は自分の人生にとてもこだわりのある人よ。ずっとそうなの。彼女が父を捨てたのよ。父は彼女にすごく惚れていたのに。でもケイトは素晴らしい女性なの。今はちょっと太っちゃったけど、あいかわらず美人ね。アーサーは驚くほど彼女に似ていて、ケイトの男性版よ。彼女はキャビン・アテンダントだったから、家から離れて過ごすことが多かった。アーサーは彼女から旅行癖を受け継いだのかしら、彼女、数年前から二番目の夫とフロリダに移住して根を下ろしちゃったみたい。でも私はあやしいものだと思う。彼らは生まれつき流浪の民なのよ」

「それで、アーサーはそんな状況を大変だと思っていたのかしら?」

「わからない。気持ちを出すような人じゃないでしょう、彼は。大変だと思っていたならそう見えないようにした。すごく自由だったのは居心地よかったとは思うわ。彼に拘束はちょっと窮屈だから」

飛行機がハルツームを滑空すると、心臓が高鳴るのが感じられる。

「アフリカに初めて足を踏み入れるのは神聖な瞬間であって、二度と忘れることはないとアーサーはいつも言うの」コルデリアが教えてくれる。

「あなたにとってはそうだった?」私は彼女に聞く。

「いいえ。私、アフリカは好きじゃない。彼がアフリカが大好きなのは、まあ自分の故郷みたいなものであって、客観的じゃないのよ」

税関での果てしないチェックが終わって空港から出たとたん、エジプトより厳しい酷暑に私は溶けそうだ。着ている麻のシャツでさえ耐えがたい。太陽は目をくらませるほどで、空の強烈な青さのなか、これほどくっきりした太陽は見たことがない。空気は砂っぽく、無の真っただなかにいるようだ。コルデリアも戸惑いながら私たちの到着を唯一知るリッカルドを探して、大きなサングラスをかけて辺りを見る。私たちはアーサーに知らせるのがよいかどうかずいぶん悩んだが、結局、彼は絶対同意しないだろうという確信から、状況を考えればそれをサプライズと呼ぶことが少なくとも冒険だとしても、彼へのサプライズにすることにした。本当のところ私は、彼にがっかりさせられたくなかったのだ。間違いをいとわないかわりに、私は自分のやり方を通したかった。間違っていたとすれば、何がどう間違っていたかは今日わかる。だが、大きかろうと小さかろうと、私は心底この間違いを犯したい。

二十分ずっと待ち続けて、ようやくリッカルドが古ぼけたジープに乗ってひょっこり現れる。

「エアコンはあるわよね」コルデリアは彼に挨拶さえせず一言目に言う。

気の毒なリッカルドは背伸びして私たちの荷物を載せながら、いや、車にエアコンは付いていないよ、と答える。コルデリアが鼻を鳴らして、当然の権利として助手席に座る。

「快適な旅だった？」チョコレートみたいに日焼けした彼が礼儀正しく尋ねる。

「ええ、ありがとう。ずっとおしゃべりしてたの」

それからリッカルドが「すぐ病院に行こう。彼がどんな顔をするか見るのが楽しみだ」と言って、掘り起こしてならした混沌とした道を行くも、私たちは何度も泥沼にはまってしまう。車からトヨタのカローラまであらゆる乗り物であふれている。道路は人力車からトヨタのカローラまであらゆる乗り物であふれている。

「溶けそう。何度あるの？」灼熱の空気を少しでも動かそうと手であおぎながらコルデリアが尋ねる。

「四百度？」暑さでふうふう言いながら私は答える。

「病院はやめて！　まずアクロポール・ホテルに連れていって。シャワーを浴びなきゃ」

私は彼女を絞め殺したいが、無駄だろう。彼女の言葉しか耳に入ってこないリッカルドは、私が彼女に反対して何と言おうと彼女をアクロポールに連れて行くだろう。

「アリーチェ、彼女をアクロポールに降ろして、すぐ病院に連れて行こうか？」

「通り道なの？」

「でもないけど、だいじょうぶ、そうするよ」

コルデリアが鼻息を鳴らして、「ああ、あなたたちうんざりする。わかったわ、リッカルド、私たちをまっすぐ病院に連れて行って。あなたがそんな状態で彼に会っていいのなら……」と、私のほうに向いて付け加える。

彼女の言うことには一理あるが、私は辛抱できない。それに、機内のトイレで化粧直しをしたからそれほどひどくはない。歯も磨いたし手首にトニックもかけた。

外見だけは彼に会う準備ができている。


ハルツームの街を通って、ようやく、最近建てられた病院に着く。病棟は明らかに余剰だが、私の想像とは異なりかなり清潔で設備もいい。リッカルドが先導してくれる。私は自分がどう感じているのかもわからない。病棟に着くとフラガッシ医師が大歓迎してくれて、サプライズはアーサーにとてもよいだろうと言う。

アーサーは本当に知らないようだ。

「順番に入って驚かせましょう。そのほうがおもしろいわ」コルデリアが長い金髪をささっと束ねてささやく。顔にちょっと脂が浮いて、マスカラがすっかり滲《にじ》んでいる。

「まず私が入る」

私は彼女にやさしく微笑む。そのあいだに、私はバッグ——特別なときのための大きなロンシャンのベージュのバッグで、完璧なコロニアル風のスタイルだ——にいつも入れている手鏡で手早く化粧を直す。ウォータープルーフのマスカラはべとべとした蒸し暑さにも耐えた。Tゾーンが少しテカっているのをティッシュでおさえてグロスを薄くつける。ドアに近づくと早くも彼の声がして、コルデリアをなじっている。

「頭がおかしくなっちゃったのか」彼は彼女に言うが、怒ってはいないようだ。「こんなところまで来るなんて……」

「ひどい場所には違いないけど、大切なお兄さんのためなら何だってする」コルデリアがやさしく答える。

彼の笑い声がする。その声が聞けずにどれほど淋しかったか。まるで馴染みの音楽を聴くようだ。

「ひどくないさ」彼がやんわりと彼女を正す。

「この貧しくて汚い街がひどくないとしたら、他のどの街がそうかしら。ところでアーサー、サプライズはまだあるの」彼女はリッカルドのほうにウィンクしながら声を大きくして付け加える。

今となってはこのサプライズがとてもこっけいに思われる。すべてが私たちのあいだで危ういバランスを保っている。

私は彼を本当に知っているとさえ言えない。ケイトについても、アレッツォでの夏休みについても、何も知らなかった。彼の過去についてはほとんど何も知らない。好きな色だって、お気に入りの映画だって、知らない。月並みなことだが、男女の仲は大小のありふれたことによっても成り立っているのだ。

私はここで何をしようとしているのだろう？　頼まれもしないのに彼の領域に押し入るなんて。冒険以上のことだ。

もはや逃げられない。私にできるのは、最初はうれしい驚きで、そのあとたぶん不憫《ふびん》に思って見つめる彼の目に直面することだけだ。

部屋はベッドと簡易ベッドで混み合っていて、なんとなくにおう。人間は汗をかくものなのだ。アーサーが裏表に青いTシャツを着て立っている。何キロもやせ、日焼けが引いた肌は土色だ。今もにこにこしてリッカルドとコルデリアと一緒に話しながら落ち着いている様子だが、私は胸を締め付けられる。彼は自身の影になってしまったようだ。

彼がコルデリアの興味津々の目を追って視線を上げ、それが私にとまると、そこにはまったくの驚きが読み取れる。

この色褪《あ》せた四つの壁のなかで私たちの視線が交わる。

自分が抱く感情の力で私はつぶされそうになる。

「君かい？」彼が頭を少しかしげてつぶやく

彼の視線に耐えられない私は下を向く。「私……そんなつもりなかったんだけど……」何と言えばいいのかもわからない。

私の頭が真っ白になったのを見てとったアーサーが、部屋の真ん中から私のほうへやって来る。彼は少しのあいだ止まって、注意深く私を見ている。私が彼に手を差し出し少しずつ近づき、お互い向き合うと、彼は私が知っていた彼とは思えないほどおずおずと私の指に触れる。そしてやっと微笑んで――明るくて自信に満ちた彼の最高の笑顔だ――、私を抱きしめる。それは、私たちしかいないみたいに、見ている人たちを無視した、ほとんどそうするしかないといった抱擁だ。

彼は粗悪な石鹸のにおいがするが、私にはたまらなくいい香りだ。彼の伸び切った髭《ひげ》が私の剥《む》き出しの首をわずかに刺激する。居心地の悪さやためらいの気持ちもあるが、彼を抱きしめることができて最高に幸せに感じる。

その間、他の病人たちは、昼の連続ドラマの主人公であるかのように私たちを見る。

「お熱いこと……。どうでもいいけど、私、息が詰まりそう！　アーサー、病室から出ていいかお医者さまに聞いてみる？」コルデリアが邪魔をする。

彼がやけどしたみたいに、急に身を引く。

「許可なんて取らなくても、もちろん出られる」

「よかった。じゃあここから出ましょう」彼女は彼の腕をとって性急に答える。だが彼は――私は気づく――、私から目が離せない。なんという素晴らしい感覚だろう。

「シャツが裏表よ」コルデリアが言う。

「来客があるとは思わなかったから」彼はTシャツの両脇の縫い目をちらっと見てにこにこして答える。その間、気持ちが高ぶって何も言えなかった私が彼に目くばせをしながら思わず彼の肩に手をのせると、彼が私の手に軽く触れる――腕には何度も点滴が付けられたのだろう、包帯が巻かれている。

現実離れした雰囲気のなかを、私たちは待合室のようなところに歩いて行く。

「君の思いつきだったんだろう？」アーサーが妹の頭を撫でて聞く。

「そのとおりよ。でも、すぐに強力な支えが見つかったの。アリーチェは付いて来るのを一瞬たりともためらわなかった。そうよね、アリーチェ？」

彼が思わず振り向いて私を見るから、私は彼の目のなかで消えそうになる。「え、うん」私はまごつく。

「自己弁護として君に言うけど、僕は最後までやめるように言ったよ」リッカルドが口を差し挟む。

コルデリアが鼻を鳴らして、「あなたの意見はどうでもいいの」と、手厳しく答える。彼女が彼に厳しい理由がわからない。

私がリッカルドの気持ちを汲み取って微笑むと、彼はちょっとしょんぼりして視線を落とす。

アーサーが妹の頬を指で軽くはじいて、「意地悪だな」と言う。彼女は猫のような微笑を浮かべて、品よくリッカルドに詫《わ》びる。

「何か飲み物を買ってくるよ」リッカルドは彼女に答えず厳《おごそ》かに申し出る。

「私、コカ・コーラゼロがいい」伯爵令嬢が要求すると、「ないと思うけど」と、彼が困ったように言う。

アーサーと私はその間ずっとお互いを求めて見つめる。懐かしさが込み上げてきてとてつもなく気分がいい。

「アーサー、本当に痩せたわね。このひどい場所からいつ出してもらえるの?」コルデリアが我慢できずにまた話を戻す。

「近いうちだ」彼は漠然と答える。そして、「で、君たちどのくらいいるの?」と聞く彼の額の皺が伸びると、眉の傷跡が私が覚えている以上にくっきりする。

「来週いっぱいよ。だから、私たちと家に帰りましょう」

アーサーの顔が曇る。彼をあまり知らないとしても、私は彼のいくつかの特徴を見落とすことはない。「コルデリア、アーサーには早すぎるんじゃないかな」私が割って入る。「元気になったら」彼は真剣な面持ちで、「リッカルドと仕事を再開する」と断言し、「それが終わるまではローマに帰らない」と、きっぱり締めくくる。一瞬、彼のその態度に私は説明できないほど傷つく。でもそれはわかっていたことだ。私は何を期待していたのか。彼が荷物をまとめて私と家に戻るとでも？　私ががっかりして黙ったのに気づいてだろう、彼が私の頬に触れると、気温が少なくとも四十三度あるのに彼の手はとても冷たくてびっくりする。「マラリアに罹《かか》るためだけに、僕はここに来たんじゃない」

リッカルドがペプシ・ライトを振りながら戻ってくると、コルデリアが彼に敬意を示していやな顔ひとつせずそれを受け取る。アーサーは水を、私はゲータレードのようなものをもらう。私たち四人がいる広間の壁は緑色で、湿気であちこち剥《は》がれ落ちている。薄めた消毒液のにおいに混ざった汗が強くにおうなか、私たちは多くの人に囲まれて壊れかけた簡易椅子に座っている。気取った雰囲気のコルデリアはここに間違ってたどりついた感じで、アーサーは漂流者みたいな打ち捨てられた表情をし、リッカルドは檻《おり》の中のライオンみたいで、私は完全にまごついている。

くる病の子どもたちや何人いるかわからない四肢を切断された人々――地雷のせいで、ある者は片方の足を、別の者はもう片方の足を、両方の足の人もいる――に目を留めていると、常日頃から大切だと思っていることが空疎でかけ離れたことのように感じられる。

仕事上の競争や、私の無駄遣いのすべてが。すべて遠くへ行ってしまえばいい。私は自分が生きていることをありがたいと思う。

リッカルドのジープに乗り蒸し暑さに包まれると、額で汗のしずくが玉になり、乾いて腫《は》れて疲れた目に砂の粒が入る。それにもかかわらず、自分でも不思議で仕方ないが、ここハルツームが今まさに、間違いなく私がいたいただ一つの場所であると言える。

そこはかとなく愛情が感じられる会話の断片

アクロポールは飾り気のないホテルだ。コルデリアがホテルをちらっと見て忌々《いまいま》しそうに私を見る。何も置かれていないアーサーの部屋は私たちの部屋からあまり離れていない。そうこうするうちに、リッカルドが私たちの世話を焼いてくれる。

「シャワーは、私が先に浴びる」コルデリアが主張して、化粧ポーチを持ってバスルームにこもる。私はエアコンをつけ、バッグから雑誌を取り出してベッドに横になる。

突然バスルームから悲鳴が聞こえてくる。『サイコ』のシーンを想像しながらバスルームに入ると、シャワールームの床を平然と這う巨大なムカデ——あるいは、別の何か——を前に、無防備なコルデリアが壁に張り付いている。「やっつけてちょうだい、気持ち悪い！」パニックに陥った彼女は私にすがる。

「さあ外に出て。フロントに電話して」

いきなりコルデリアが吹き出す。思わず私も彼女に続いて吹き出す。二人で酔っ払いみたいに笑いながら、彼女は電話の相手にあったことを説明する。そういうこともあります、とホテル側は言う。不衛生だからではないのです。まだ疑っているコルデリアは、ビーチサンダルを履いてシャワーを浴びる。

それからしばらくして、私はベッドで読書をし、彼女は衛星番組アルジャジーラを見る。

「少しはわかるの?」私は彼女に聞く。

「もちろんわからないけど、ここで他に何があるっていうの。ジェームズ・マカヴォイの映画かなにか?」彼女はため息をついて答える。

その十分後、彼女が早くも深い眠りについていると、私の携帯電話が振動する。一瞬アーサーであればいいなと思うが母からで、天候やゲリラについて質問攻めにあう。

二十分して『ヴァニティ・フェア』を十頁読むと、再び携帯電話が振動する。

「アリス」アーサーの声だ。彼には私の顔は見えないが、私は幸せそうに微笑む。「ホテルはだいじょうぶ?」

「巨大なムカデ以外は……ええ、だいじょうぶ」私は災難について手短に説明する。彼はあまり取り合わない。「グランド・ヴィッラでも出るんだからびっくりしないで。モルディブのリゾートにだってゴキブリがいる」

「気分はどう?」私は彼に尋ねる。

「とてもいい」彼が答える。

「よかった」

「うん」

「明日また会いに行くね」

「了解。じゃあ、おやすみ」

「おやすみなさい、アーサー」

「アリーチェ」突然彼が言葉を継ぎ、少しためらって言う。「君がここにいてくれてうれしい」

私は即座に答えず、一瞬沈黙がある。「私もここにいられてうれしい」

「本当に……ありがとう」

「どういたしまして」

私は前よりずっとうれしい気持ちで読書に戻る。ところが、気分のよさは長続きしない。うとうとし始めると、シルヴィアからＳＭＳが届く。

ヤコポ・デ・アンドレイスとドリアーナ・フォルティスがジュリア・ヴァレンティ殺害の容疑で拘留されています。

彼らのアリバイは？　ドリアーナは九時以降アリバイがあるが、もちろんヤコポはない。なんという不当なひどい仕打ちだろう。

私はものすごく不安な一夜を過ごす。

翌日、一晩中記事を書いて眠そうなリッカルドが、私を病院に連れていってくれる。私が起こそうとしても、コルデリアは上流階級の習わしで、正午より前に部屋を出る気はないと寝ぼけ声で答えた。

道のりはとても長く感じられるが、リッカルドが相手をしてくれる。

「ところで、あなたたちの調査はどう?」

リッカルドが咳払いをする。「うまくいっている。でも、僕らが集めた資料のどれだけが本当に出版できるかわからない。アーサーは徹底的にしようと言い張るけど……彼はまだ仕事がよくわかっていない。理想家だから、ニュースを淘汰しなければならないのをわかっていないんだ。彼は現実を細部まですべて描き、美化もせず、僕らをひどい目に合わせるやつらの足を踏まない注意を怠ってしまう。僕らはジャーナリストにすぎない。ジャーナリストってのは情報を高く買ってくれる人に売るものなのに、彼はそれをわかろうとせず、本当に何かを変えられると信じているんだ。彼が悪いんじゃなくて、世間知らずと経験不足が問題だ。君とコルデリアはここまでよく来てくれた」

彼は賢明にも話題を変えてそう言う。

「せめてもと思うの。もし自分が家から遠く離れたところで病気になったら……誰かに支えてほしい。もちろんあなたが不十分だと言っているのではなくて」そして私は、「でもあなたには仕事があるでしょ……」と、もごもご言う。

「うん、君が言わんとしていることはわかっている。表には見せないけど、アーサーも喜んでいる。本当に」

リッカルドはアーサーの大部屋まで付き添ってくれて、それから街中を回って写真を撮らなければならないからと言い、二人だけにしてくれる。

私はアーサーが横になるベッドの端に腰かける。彼は憔悴《しょうすい》しているようだが、疲れた目に新たな希望にあふれる動きが見える。

「アリス、どうだろう……タバコを吸ってもいいかな？」アーサーが小声で私に尋ねる。

「よくないと思うわ」

「どうして？」彼は食い下がる。「肺は問題ない。血液が悪いだけだ。腎臓だってだいじょうぶ。それなのにどうして煙草一本がいけないのかわからない。むしろ、今の状態ではよくなるだけなのに」

「フラガッシ先生は何て言ったの？」私は彼に尋ねる。

「彼には聞いていない。びっくりするから。ものすごく心配性なんだ。まったく面倒だよな、アリーチェ。タバコをおくれ！」彼は座ろうとし、しまいには立とうとして言う。ふらふらするのに私の腕の支えを頑固に拒む。

　私たち二人はよそ者のように感じて廊下を歩く。私は何も言わず彼の後ろを行く。

「仕事はどう？　よくなった？」

「ええ……ずっと落ち着いたわ。でも仕事のことはもう話したくない。吐き気がする。今週は休暇に徹するの」それに、彼はあのメールを読んでいないから、彼が明らかに何も知らないビアンカとヤコポとジュリアのことを話すつもりはもうとうない。もううんざりだ。

「病人の付き添いが休暇だって？」

「そう、病人があなたならね」アーサーは驚くほどの隈《くま》で縁どられた青い目で私を見つめる。

「この場所は健康によくないから、ここでずっと過ごすべきじゃない。君を連れ出してくれるようリッカルドに頼んでみるよ。ハルツームは君が考えているよりずっときれいだ」

それはあなたの目のなかに美しさが宿っているということよ。

「アーサー、私の望みが本当に赤道上で休暇を過ごすことだったら、私はカリブ海を選んだわ。私はここから動かない」

「マラリアの予防はしてる?」彼は話題を変えて私に尋ねる。

「もちろん。ものすごく大変で、足首が腫《は》れてるわ」

「こんなひどい状態になるよりはずっとましさ。気をつけて。薬局で蚊よけのスプレーを売ってる。あまり役に立たないけどないよりましさ。リッカルドに一週間分買うよう言っておくよ。君と、もちろんあの困ったちゃんにも。アリーチェ、コルデリアがまったく夢見るお嬢ちゃんだって気づいてた?」

「あなた今頃知ったの?」

「そうじゃないけど、日ごとに悪化している。僕らは彼女を身勝手にさせるべきじゃないな」

「そのうち直るわ」私は彼を安心させるために言うが、内心では正反対のことを思っている。

私たちは病棟の外まで来ていて、煙草を一本ほしがる彼に私が仕事柄思わず拒否すると、彼はそれほど文句も言わない。

「一人で歩き回ってはいけない。コルデリアにもそう言ってくれ。ここは安全な場所じゃない。出かけるときは必ずリッカルドと一緒に。彼にアル・モグランに連れていってくれるよう言うといい。白ナイルと青ナイルの合流地点で、目を見張るような場所だ」

「了解」

「写真は禁止されているから撮らないで。撮影権を買わなければならないんだ」

「どうかしてるわね」

「そういう決まりなんだ。それから、グラン・ヴィッラでの夕食には連れて行ってもらっちゃだめだ。僕が歩けるようになったら連れて行く」アーサーは、泥を含んだ雨で汚れた、閉まったガラス窓の向こうの眺めに目をやる。「土がすごく赤いのわかる？　赤道地帯特有だ」岩を指して説明する。「僕は小さい頃、訪れた場所の土をフルーツジュースのガラス瓶に集めていた。実際には母が僕にたくさん持ってきてくれたものだけど。あの土はどこに行ってしまったんだろう」こんなにやつれて弱々しい彼を見るのは悲しい。「君を南アフリカに連れて行きたい。僕にルーツがあるとすれば、あそこだから」アーサーは私の目を見て力なく微笑む。

「どうして私たちはすべてを台無しにしちゃったのかな」私は宙を見据えて彼に聞く。

アーサーの表情が険しくなる。彼は青いコットンのパジャマのズボンのポケットに手を入れて、私から昼食のトレイの載ったカートを引く運搬人に視線を移す。スープと茹《ゆ》で肉のにおいが私たちの周りに広がる。ものすごく気持ちの悪いにおいだ。「わからない」とだけ、彼は大人の掠《かす》れた声で子どものぼんやりした戸惑いを伴って呟《つぶや》く。運搬人はアラビア語でアーサーに何か言い、それから病棟に入って行く。

「あの人、何て言ったの？」私が聞く。

アーサーが深く息を吸う。「僕は阿呆だって」

「本当に？」

すると彼は柔和に微笑み、「いや、おばかさんだって。もっとも僕の想像だけど」と、私の手を取って言葉を終えると、私を彼の部屋に連れていく。

イタリアからの知らせ

インターネットにつなぐため、私はリッカルドに彼のノートブックを使わせてくれるよう頼んだ。夕方になり、ここではあまりすることがないから、彼とコルデリアが、リッカルドがホテル滞在中に知り合った二人のイギリス人とテラスでカクテルを飲んでいるあいだ、私はヴァレンティの件についての主要な新情報を探そうと日刊紙のサイトを検索する。こうして私は、ヤコポ・デ・アンドレイスがジュリアが亡くなった夜を母親と家で過ごしたこと、このことがどうにか彼のアリバイとなること、そのアリバイについて取調官が捜査中であることを知る。ドリアーナのアリバイは確実となったが、彼女は申し立てられた一連の告訴に答える義務がある。ヤコポとドリアーナは共に立ち向かうことで互いを守っている。私は、真実が明らかにならず、二人が冤罪《えんざい》になるのではないかとすごく恐れている。

電子メールの受信箱もチェックしてみると、とても興味深いメールが届いている。

一通目。

キリマンジャロの山裾で、どうしてる？　流浪の君は元気かな？

医師会の公式な通達が届いた。私たちの予想通りあなたは無事だったけど、もう次はないわ。ヤコポ・デ・アンドレイスはそれどころじゃなかったからあなたの首はどうにかつながった。ビアンカ・ヴァレンティの尋問ももちろん行われて、彼女は当然、自分とヤコポのあいだに誤解があると言っていずれの告訴も退けた。まったく！　なんて人たちなの。

メールちょうだい。

シルヴィア

終わりよければすべてよし。私は崖っぷちを歩いて来たけど転落しなかった。二度としないから心配しないで。

アーサーについては、私がここにいるから彼が幸せそうであること以外何もニュースはないわ。そして正直言って私もとても幸せです。

じゃあね。

A.

二通目。

私は今、もはや耐えられない辛すぎる出来事から遠く離れてニューヨークにいます。あなたが私に語ったことだけど……。

アリーチェ、あなたは偶然を見くびっている。見くびりすぎている。まったくの偶然で起こることだってあるのよ。それなのに、私は運がよかったと非難するなんて。私もそう思ったことがあったかもしれない。でも、改めて私を見て。私は運がよかったと本当に思う？

何もかも忘れてしまいましょう。時が解決してくれるに任せて。

ビアンカ

私は彼女に返信しないでおく。彼女のメールは私にとてもいやな気持ちを残し続ける。

翌日、私は自分が信じているところをアーサーに聴いてもらう。現実を見る彼の見方に照らし合わせることが長いことできず、私はその必要性を切羽詰まって感じている。

「つまり、彼女は証拠を残してないの？」病棟の廊下を歩きながら彼が聞く。

このひどい病室の外で彼を見ると身震いがする。

私はうなずく。「私の直感にすぎないの。ビアンカが彼女なりにどれだけ自覚的にあるいは無意識的に私の直感を確実なものにしたかはわからないけれど」

アーサーは私の話に動揺していないようだ。私は時々自分が人と違うと感じることがあり、それは必ずしも好ましい感じではない。でもアーサーといるとそう感じることはない。多様性を偉大な価値と見なすような素晴らしいところが、彼にあるからだ。

「とにかくカッリガリスとそのことを話すべきだと思う。彼はもう君がどんな人かわかっているから、門前払いしたりしない。そうしないとだめだ。ビアンカが自分の妹の死の償いをしない可能性はあっても、君自身が自分をとがめることになってはだめだ」

「そのとおりね。私がしたことに意味を与えられることにもなるし」

「とにかく、君がしたことはすごいことだ」彼は私の鼻先に軽く触れて言い添える。「君は君らしいかわいい英雄だ」

微笑む私は、もしかして赤面しているかもしれない。彼を抱きしめる必要を感じて、そうする。

彼が抱擁に応えてくれると、一瞬のうちに、この軽率で途方もない旅自体に意味があるように感じられる。

世界にどっぷり浸かることにした。たとえ深みにはまろうと、物事の流れに身を任そう。どこへ行こうと構わない

一週間が病院と短い街の散策のうちに、濃密で不思議な感じで過ぎていく。アーサーと私は、過去や未来にも関わる悩ましい話題にはもう触れず、お互い見つめ合い、それとなく微笑み合うこの妙な現在を、穏やかに過ごすにとどめた。この場所ではすべてが不動に思われ、この蒸し暑く息の詰まりそうな環境で私のお金は底をつきそうだが、居心地は悪くなく、また戻って来てもよさそうな気がする。

私の出発まであと一日となる。

アーサーは病棟で居ても立ってもいられないようだ。

「もううんざりだ」

「完全に治っていないからまだ外出できないわ」私は反対するが、どこかで密かに、病院の壁の外で彼と数時間過ごしたいと強く思っている。

「すごく調子がいい」彼がきっぱりとした口調で答える。「僕は今日外出する。お願いだ、タクシーを呼んでくれ」

「リッカルドに知らせようか?」

「この時間は仕事だろう」彼は腕時計で時間をチェックして答える。

「彼を呼んだほうがいいわ」私は答える。

医師たちが、しかもフラガッシが承諾していないにもかかわらず、彼は退院の同意書に署名する。袋にわずかな持ち物を入れて伸びた髪を適当に小さく束ね、部屋の仲間にアラビア語で挨拶すると、刑務所から出るようにドアの敷居を跨《また》ぐ。

リッカルドはコルデリアとすでに外で待っている。アーサーが助手席に座って窓を開ける。手始めに煙草が吸いたいと言う。

「先生、彼にご褒美《ほうび》をあげてもいいですか?」リッカルドが彼らしく慇懃《いんぎん》に私に尋ねる。

「それほど害はないから、いいでしょう」

「この期に及んで君が断るはずはないよな」

リッカルドが彼にキャメルを一箱渡す。アーサーは窓を開けてそれを吸い、「人生最高の煙草」と言う。それからシャワーを浴びるためにホテルに連れて行ってくれと言い、夕方そのシャワーのことを「人生最高のシャワー」と言うのだった。

夕方、コルデリアと私は自分の部屋で彼を待つあいだ支度をする。八時頃アーサーとリッカルドがドアをノックする。ようやく私は――少なくとも身体的に――私が覚えているアーサーを再び目にする。彼は白檀《びゃくだん》の香りをさせ、きれいに顔の髭《ひげ》を剃《そ》っている。髪は清潔で、あらゆる女性がうらやましがる例のウェーヴがかかっている。麻のブルーのシャツを着て、その色が彼の美しい目のブルーをなぞっている。

彼はそわそわと私の肩に手をのせて挨拶する。キスもしないし触れもしない。身体的だけでなく、身のこなしにおいてもアーサーが戻って来た。

「今夜は豪華なホテルに行こう」リッカルドが切り出す。「僕らはそれくらいしてもいいよな。ただ、灯火管制が敷かれる前に急がなくちゃ」

コルデリアにプレッシャーをかけて急《せ》かすが、少なくとも十五分かかる。オレンジ色の長衣を着て銀と赤色カメオのエスニック調の長いネックレスをつけてやっと部屋から出てくる彼女は、タリサ・ゲッティによく似ている。

ようやく私たちは店に到着する。それはホテルとレストランを兼ね備えていて、私が彼女から取り上げたホテルのことをいまだに根にもつコルデリアが私を怖い目つきで見るほど高級だ。私たちは席に着き、灯火管制を恐れてそそくさと注文する。

アーサーは彼らしい活力を取り戻して魅力的だ。

彼を見続けないためには超人的な努力がいる。

何もかもが最高におもしろい。こんな奇想天外な街でこの仲間たちと同じテーブルに着いているなんて、そうあることではない。みんながそれぞれ私の知らないおもしろいことを話してくれる。彼らは世界のことをよく知っている。彼らが外国の政治や国際的な問題について話すのを聞くと、私は自分がひどく無知だと感じる。コルデリアでさえ私よりよく知っているように思える。とにかく、素晴らしく忘れがたい晩だ。彫像のようなアフリカ人だけに認められる優雅さのある、背が高く黒檀《こくたん》のように黒いピアニストが、全身白づくめで、ジャズを披露する。滅多にない雰囲気だ。

この場所にいると思わず現実感を失いそうになる。

こんな晩は、一生のうち一度きりだ。

アクロポールに戻った私たちは、一時までホテルの他の宿泊客と、国際的でお互いに情報や意見を交わし合う雰囲気の大広間で過ごす。さまざまな会社の駐在員と、観光客がいて、私は一週間のうちにみんなとすでに知り合っていたが、アーサーと一緒にいて、自分の印象を彼と分かち合える今になって初めて彼らに興味がわく。

ようやく大広間の人が減り始めると、リッカルドが引き揚げようと提案する。アーサーと私は秘密の暗号のようなどこか魅惑的で私的な眼差しを交わす。友人たちが私たちの先を行き、私と彼はお互いを注意深く見つめ合いながら離れずに廊下を歩く。リッカルドが私たちに挨拶をして自分の部屋へと行く。コルデリアは私たちの前で裸足でよろけると、サンダルを手に『ライク・ア・ヴァージン』を歌う。

アーサーの手を求めて握ると、私は身震いがする。

「僕の部屋においで」彼が囁《ささや》くが、それは招待というより命令だ。私は間違いなく真っ赤になっていると思う。

「できなかった話もいろいろあるし」

「了解」私が素直に答えて彼について行こうとすると、コルデリアが部屋に入りながら私にウィンクする。

アーサーがドアを開けて私を中に入れて、籐《とう》のコーヒーテーブルに鍵と煙草の箱を無造作に置く。彼の部屋は私たちのとたいして違わないが、少し狭い。デスクには紙が何枚も散らばっている。彼とリッカルドは記事というより専門書を書いていたのだ。

私が紙をめくっていると、ほとんど気づかないうちに彼が近づいて来ていて、振り返るとそこにいる。私たちは向き合ってずっと黙ったまま動かない。

「君にまた会えてよかった」と、彼は言おうとするのに、感情がこみあげて声がかすれる。私が彼の気持ちを汲んでうなずくと、彼はやさしく話し続ける。「宙ぶらりんになったままのことを話さなければならないとわかるのに、マラリアにまで罹《かか》らなくちゃいけなかったのかな？」

「もっと早く話しておくべきだったかもね。できることなら後戻りしたい」私は呟《つぶや》く。

アリーチェ、我慢よ、この瞬間に泣き出しちゃだめ。めそめそしちゃだめ。

「僕は戻りたくない」私はがっかりして彼を見る。「誤解しないで。僕が戻りたくないのは、また同じことの繰り返しになって君に辛い思いをさせるかもしれないからだ」

「私が勝手に辛くなったの。あなたはいつだってとても正直だった。一度も自分自身について嘘をついていないわ」

アーサーはうなずくが、完全に同意しているようには見えない。

それから、私たちはもう何も言わず——もっとも、もう言うことはないのだ——、私が願っていたことが起こる。

リズムを刻んで垂れる洗面台の水の音が、私の眠りをわずかに妨げる。蚊帳《かや》があるにもかかわらず、一匹の蚊が飛び続けて私を悩ます。満月の明るい月を避けて私は寝返りを打つ。

けれども、アーサーの腕のなかで過ごす今夜は、完璧だ。

＊＊＊

私たちは借りているいつものジープに乗っている。アーサーが運転席、コルデリアが助手席、リッカルドと私は後部座席だ。コルデリアだけがしゃべっている。私とあとの二人は黙って、口数少なく彼女に応える。私の気分は超がつくくらい落ち込んでいる。

搭乗の準備を整えてしまうと私はいっそう意気消沈する。空港にあるバールで、アーサーと私は他の二人と離れてコーヒーを飲む。

「着いたらすぐ電話して」彼が私に念を押す。

「わかった」

「僕はここにあと十日ほどいて、それからパリに移る準備でローマに戻る。そうなれば、それほど大変じゃなくなる」

「わかった」

「僕がいないあいだコルデリアを頼む。彼女はますます落ち着きがないから」

「わかった」

「『わかった』ばかり言うのはやめろよ」

「わかった」私はくすくす笑って答える。

「冗談で言ってるんじゃない。そんなにしょげることないじゃないか」

「陽気になれないの。私、ものすごく怖い」

「何が？」彼は手で髪を後ろへはらい、しびれを切らしたように聞く。

「あなたのことも、私たちのことも」私は弱々しい声で答える。彼が私を支えようとしてもうまくいかない。

「怖がる必要はないよ」彼はやさしく言い添える。「もう僕らのあいだはうまくいっているし、僕も元気になった」


簡単に言うけれど。


とにかく、主義として泣き言はもうたくさんだ。「そうね。ちょっと取り乱しちゃった」それは本音ではないが、彼にそう思わせなければならない。

「わかるよ」

驚くほどタイミングよくコルデリアがリッカルドとともに私たちに加わる。別れのときがきて、もう時間はない。アーサーが私の髪のにおいを嗅ぐ。「よい旅を、不思議の国のアリスさん」彼がコルデリアの興味津々のゴシップ好きな耳を避けて、ウィンクしながら私に囁《ささや》く。「僕もじき戻る」

「早くね」私は呟《つぶや》く。

「わかった」彼は辛抱強くうなずく。

「アーサー、愛してる」

彼はそれに応えず、私の頬をやさしく撫でて手を振って見送る。

悲しみに苛《さいな》まれたまま、私は搭乗口へと向かう。振り向かないように努めて。私が目に涙を溜めているのを、今は、いつも感情を押さえてみせる彼に見せたくない。コルデリアが私にガムを差し出していると、私の背後で誰かが立ちどまるのがわかる。振り向くと、彼がいる。

彼が私に小声で言う。「ごめん。思いを伝えるのがへたで」彼の唇から微笑がのぞき、一瞬彼の確固とした口調にためらいが浮かぶ。

「でも……僕も愛してる。全身全霊で」私は頬を流れる涙を手の甲で拭《ぬぐ》ってうなずく。

彼が私の額にキスしていると、フライトの搭乗をうながすアナウンスが聞こえる。私は一瞬コルデリアの方を向く。「いいわよ、ゆっくりやって。あのベンチでかわいい甥っ子でもつくってちょうだい」

アーサーはまず彼女に微笑み、それから私の心に飛び込んでくる。

一日であっても、私たちはヒーローになれる

「カッリガリス警部と面会の予約があります」

「すぐお取り次ぎいたします」

戻って二、三日して、早くも私はこの警察管区管理局にいる。自分自身に誓いを立て、それを守ろうと思っている。

待合室にいる私は、髭《ひげ》を生やしたシンハラ人の男と娼婦にじろじろ見られる。

カッリガリスが彼の執務室から顔をのぞかせる。不運な人の面持ちは初日と変わらない。

「先生、どうぞ。コーヒーを淹《い》れさせましょうか?」

「はい、ありがとうございます」私は図々しく答える。

カッリガリスは煙草に火を点《つ》けて電動で角度を変えられる肘掛椅子に身を沈める。

「日焼けなさって、素晴らしい」彼が切り出す。「あなたらしくていい」

「ありがとうございます、警部。アフリカ旅行から戻ったばかりなので」

「だから最近連絡をいただいていなかったのですね。あなたの面会や電話にはほとんど慣れっこになっていましたから」

「おっしゃるとおりで、戻ってすぐ一番に警部との面会の予約を取ることを考えました」

「それはそうと、今回は、ダマスカスへの道でどんな啓示に打たれましたか?」

笑ってあげなくちゃ。「警部……ただの仮説にしても、ビアンカ・ヴァレンティが妹の死に関与しているかもしれないとお考えになられたことはありますか?」

彼の特徴であるやさしいまなざしが、困惑の表情に変わる。

「先生にかかると私は困ってしまいます。とにかく、返事はイエスです」彼はあっさり答える。「何となくそんな気がしたものですから……仕事で私はよく、とてもよく、自分が感じるところに従います」

「そうですか」私は彼の返答に驚いて言う。「私は……いくつか考えを整理してみました」と、どうすれば一番うまく真実を語ることができるか確信がないまま、私はためらいつつ話し出す。するとしまいに言葉が命を得たかのようにおのずとあふれ出す。彼の中立の表情が前より輝いた表情に変わるが、黙って遮ることなく聴いてくれる。

眠れなくなったほどの話の重みを吐き出した私が話し終えると、彼はしばらくびっくりしているように見える。「あなたは本当におもしろい方だ。ジョルジョ・アンチェスキがあなたの話を聞いたら、あなたを正しいとはしませんよ。あなたは例を見ない無邪気さで、ぎこちなさと抜け目なさのあいだを揺れ動いておられる。私にはあなたがどのくらい無邪気なのか、無邪気そうになさっているのかわかりません」

「カッリガリス警部、まったくこのままです。残念ながら」

「いいえ、残念なんかじゃありません。あなたはご自分の才能を誇りにすべきです……。誰もあなたを信じないのに自らを危険にさらし、必死で仕事をしてご自分の道を貫かれたのです」

「まじめにおっしゃっているのですか？　私を信じていらっしゃらないのでは」私は悲しそうに呟く。

「いいえ、信じていますとも。まったくもって、心から」

私は額に皺《しわ》を寄せる。「驚いています。警部は私が作り話をしているとお思いになられることはほとんどありませんでした」

私への礼儀からだろう、カッリガリスはわずかに引きつった微笑を浮かべる。

「ところで、先生……。あるいは親しい話し方にしましょうか、アリーチェ？　何と言っても、あなたは私の娘くらいの年なわけだから。いや、違うか」彼は自分の脳に複雑すぎる数字の計算にかかずらわっているかのように話を中断する。「そうだ、もしかすると孫娘だ」

「そうですね」

「ところでアリーチェ、一つだけ、たった一つだけだが探偵に必須の資質がある。それ以外は習得できるし変えることもできる。だがこれは生まれつきあるかないかで、なければ問題だ」

「と言いますと？」

カッリガリスが腕を広げると、シャツの脇の下に汗のしみが見える。

「観察能力だよ。観察をする能力」彼はいっそう威厳のある口調で、強調するように繰り返す。「それはそうと私は君を観察してきた。君は虚言症じゃないし、嘘もついてない。君にはまだ知らせられないが、現在我々はヤコポ・デ・アンドレイスを釈放しようとしている。従妹を殺したのは彼じゃなかった。同じくドリアーナ・フォルティスでもなかった。彼らの諸々を調査したが、すべて彼らの証言に一致している。ビアンカ・ヴァレンティが私は最初の瞬間から腑に落ちなかった。この事件に関わっている他のすべての人物はあの日のジュリアの生活をいろんな形でかすめた跡を残しているのに、彼女は残していないのだから。ビアンカは表面的にはいずれの嫌疑もかけられていない。残念ながら私たちには目下彼女を拘束するものがないから、彼女は嫌疑の外に留まるだろう。私自身、彼女について捜査する動機づけの口実が何になるのかわからない。彼女のバッグのなかにパナドールがあったことを口実に使うのはやはり無理だ。どのみち他の薬にもカフェインは含まれているわけだし……。証拠という観点からするとこの推理は弱いが、実際これ以外に犯行の再現はできない」

カッリガリスは、それ自体恐ろしい一つの現実を私に示すことでやるせない気持ちになっている。少なくとも罪のない人が誰一人濡れ衣を着せられていないのが唯一の慰めだ。

「彼女がニューヨークに発《た》ったのはご存知ですか？　もう帰って来ないと思います」私は新たな情報として彼に言う。

「まあ、そうだろうな。ここは彼女にとって危険な土地だ。誰にも知られることはないが、彼女は妹を殺してデ・アンドレイスとフォルティスをつぶそうとした。彼女を引き留めるものはもうなくなったわけだ。だからアメリカへ行って面倒を起こすんだ」ひどく苦々しそうに締めくくる彼は、たいそう幻滅している。それから、「アリーチェ、君には素晴らしく探偵の才能があると思う」と言われ、私は驚く。

私はその褒《ほ》め言葉を、無関心を装い微笑んで受ける。「ありがとうございます」

「とてつもない危険を冒したのはおわかりかな？　私は地獄耳だから、君の医師会との問題も当然知っている！」

「無事に抜け出せて幸運でした」

「君、その幸運に私も一肌脱いだのだよ。デ・アンドレイスが君についての嫌疑を表明したとき、証拠が何もなければ時間と金を無駄にするだけだと言って彼に告訴を思いとどまらせたのは、私だ。ひどく怖かったと君が思うだけですむのがわかっていたから、規律上の処罰の方向へもっていった。もっとも、ひどく怖いと思うのは当然の報いだ」

「感謝と恩義を感じています、カッリガリス警部」

「君がつぶれるのは残念だったから」彼は煙草をバレンシア土産の灰皿で消して、ハッカドロップを取り出し私に差し出しながら打ち明ける。「ということで、君に提案がある」

私はアンテナを立てて、問いただすように彼を見る。

「提案ですか？」

「そう、パートタイムの仕事だ」

私はとてもびっくりして目玉が飛び出しそうになる。「仕事ですか？　私に仕事を下さるのですか？」

カッリガリスはぽかんとしている。「そのとおり。仕事だよ」

「本気ですか？」

「もちろんだ」

「お受けできません。まだ専門医ではありませんから」

「時たまの仕事だし、採用するわけじゃない。何というか、自由に働いてもらう」彼は顎《あご》を撫でて詳しく言う。「個人的な助言が必要なときに君を呼ぶ。そうすれば君は他人事に首を突っ込める――首を突っ込むのは好きだろう――、まったく自由に、厄介ごとに巻き込まれる危険なしで。私は君の能力を本気で信じているから、君の助力を役立てられるとうれしい」

「実はもうごたごたに関わりをもたないと誓ったのです」

「そうか。できるだけ君の気に入るような方法でいこう。このことはジョルジョと話したから、君さえよければ、彼は同意する」

「彼にはヴァレンティの件は話されていないですよね、カッリガリス先生？」

「詳しく話してないのは確かだ。さあ、アリーチェ。返事をしてくれ。受ける、受けない？」

私は少しぼーっとしてあたりを見て、自分に問いかける。もし、まったくの違法と無責任のなか、私がこれまでピンクパンサーのずる賢さと大胆さで動いてきたのなら、提案を受けた場合、私は何をしでかすだろう？　他にどんな厄介ごとが考えられるだろう？

謝辞

以下の皆様に感謝の意を表したい。エージェントであり、私を導いてくれたリータ・ヴィヴィアンに。彼女なくしてこの本はこのような形で実現しなかっただろう。信頼して温かく迎えてくれたロンガネージ出版社に。一瞬たりとも私を信じることをやめずにいてくれた母に。応援してくれた祖父母に。私とともに夢を見てくれたガエターノとアンナとフランチェスコ・ティッリートに。その物腰がジュリアの着想となったキアラ・ティッリートに。温かさと大きな情熱を示してくれた、私の「後天的な」家族みんなに。私にいろんなことを教えて下さった先生方、とりわけ、時間を割いて下さったアレッシオ・アズムンド先生、本物の〈神〉であるクラウディオ・クリノ先生、そして、いろいろ説明して下さったヴィンチェンツォ・ボナヴィータ先生に。寛容な評価をしてくれたラウラ・バッレージに。人の満足を喜ぶことのできる数少ない人としてアマリア・ピスコポに。知的で寛大なアレッサンドラ・ロッカートに。きらきらした洒落た会話を拝借させてもらったルイーザ・ビアジーニに。アンブラ・ミルティ・デッラ・ヴァッレみたいにならないでいてくれた私の研修医時代の同僚一同に。かわいいカミッラとルルに。アーサーのなかに彼の片鱗を込めた、今は亡きリシャルト・カプシンスキーに。インスピレーションのかけがえのない源、コールドプレイに。クイーン、フランコ・バッティアート、エンリコ・ルッジェーリ、デヴィッド・ボウイ、ポール・ボウルズ、ザ・ドラムスとモルガンに。

最後に、誰よりも、私の永遠の重心であるステファノに。

訳者あとがき

世間には実にさまざまな職業が存在する。私たちは日常生活でその一部を見ているにすぎない。アレッシア・ガッゾーラの『法医学教室のアリーチェ　残酷な偶然』（原題 *L'ALLIEVA*）を初めて読んでつくづくそう思った。法医学という言葉は聞いたことがあっても、法医学の専門医が具体的に何をするのかよく知らなかったのだ。だから本書を訳すにあたり、ある外科医に法医学の専門医について聞いてみた。眉間にしわを寄せて発せられた「僕らは人の命を救うために仕事をしているのであって……」という答えは、日々命を救うために尽力している医師だからこその反応でありながら、法医学の仕事を私たちが住む世界から隔てているようにも思えた。

本書の著者ガッゾーラは一九八二年イタリアのメッシーナ生まれの法医学の専門医で、二児の母である。若くてチャーミングな彼女が、事件現場や病院の死体安置所、あるいは解剖室で、日常的にいたましい死と向き合ってきたなど、誰が想像できるだろう。

一方、物語の主人公アリーチェ・アレーヴィは医学部法医学専門課程の研修医で、著者に限りなく近い存在だ。実際、著者はインタビューで作品を自伝的と認めており、描いた場所や出来事のほとんどが仕事で遭遇したものであり、現実はもっとひどいとも言っている。我こそはと自信満々の同僚の中で、注意散漫で情にもろくドジばかりするアリーチェは落ちこぼれだ。だが人がどう思おうと、時折見せる医師としての直感や洞察力に加え、彼女には科学と人間を結びつける契機となる繊細な心や正義を獲得するための情熱やねばり強さが備わっている。

アリーチェの物語はひょんな「偶然」から始まる。現場検証で目にした死体がその前日に知り合った女性ジュリアのものだったのだ。仕事に私情を差し挟んではならないと承知しているものの、動揺した彼女はジュリアの死体にメスを入れることができず、仕事の境界線を越えた事件の解明という深みにはまっていく。犯人であるジュリアの近親者は、そんなアリーチェのジュリアに対する個人的な気持ちを逆手にとって解明を妨げる。この一つ目の「偶然」を縦糸としてもうひとつの「偶然」が横糸となり話は織り上げられていく。アリーチェは兄の写真展で、法医学界の権威である上司の息子アーサーと出会って恋に落ちるのだ。黄泉の国で働く彼女も、職場を離れればごく普通の若い女性だ。理想的な恋人との出会いに胸をときめかせ、彼の一言に一喜一憂する。月給は服やアクセサリーにつぎ込まれ、恋や仕事で落ち込めばルームメイトとポテトチップスを食べながらアニメ三昧で憂さを晴らす。読者はそんなアリーチェに親近感を抱くはずだ。

本書の醍醐味は何よりミステリー仕立てにある。一般的には馴染みのない法医学の観点から事件が解明される特異な臨場感は、アリーチェの分身である著者がその専門医であるからこそ実現された。法医学の暗いイメージと対照をなすアリーチェの恋がもたらす幸福感も素敵だ。著者がインタビューで「私の本は『ミステリー仕立てのコメディ』で、いわゆるミステリーではありません。ミステリーの要素はアリーチェのことを語るきっかけのようなものです」と述べているように、ジャンルをミステリーとロマンティック・コメディのどちらにするかは迷うところだ。また、個性的でお洒落な登場人物たちも魅力的だ。陰惨な事件にあった死体と向き合う医師のイメージとはほど遠いアリーチェの健康的な若さ、ジュリアと姉のビアンカの現実離れした美しさ、アーサーのクールなたたずまいと仕草、彼の妹コルデリアのバランス感覚の欠如と育ちの良さ、日本とアニメが大好きという著者が描き出したルームメイト、ユキノの姿は読者を惹きつけてやまない。アリーチェとアーサーが歩くローマの風景も、有名な建築物や謝肉祭が近い街の雰囲気に彩られて読者を楽しませてくれる。

だが、本書は何よりアリーチェの闘いの記録であることを忘れてはならない。ハラスメントの権化のような同僚クラウディオへのアリーチェの言葉には、男性優位の職場で働く女性の、権力に内在する暴力への無念さが表れている。同性からの妬みや嫉妬、足の引っ張り合いも侮れない。恋の駆け引きにおいてもアリーチェはジレンマを抱えて生きている。アリーチェは今後どこへ進んでいくのだろう。

本書は現在六巻まで刊行されているシリーズの一巻目であり、二〇一六年秋にはイタリアでテレビドラマも放映された。日本語の続刊も順次発表される予定である。

固有名詞の日本語表記はできるだけ原語に沿うよう努めたものの、あまり違和感を抱かずに読んでいただくために原語の発音と若干異なっている場合があることをお断りしておく。なお、アーサーはイタリア人が読むとアルトゥールとなるが、英語が公用語の環境で育った彼の背景を鑑み英語読みとし、各章のタイトルに多用されている音楽や文学からの引用は、あくまで物語に沿う形での訳とした。

最後に、訳者を辛抱強く導いて下さった編集担当者を始めとする西村書店の皆様、この翻訳の機会をつくって下さった博多かおる先生、訳者がイタリアを研究する道を開いて下さった和田忠彦先生、医学的観点から翻訳をチェックしてくださった東都医療大学の勝部憲一先生に、この場をお借りして心よりお礼を申し上げる次第である。

越前貴美子

アレッシア・ガッゾーラ（Alessia Gazzola）
1982年4月9日イタリアのシチリア島、メッシーナ生まれ。2000年に高校を卒業した後、法医学を専攻し専門医となる。旅行と読書と料理が好きで、夫と2人の女児とともにヴェローナ在住。5歳で初めての物語『抜け目のないコウモリ』を書く。2010年28歳のときに著した本書は好評を博し、ドイツ、フランス、スペイン、ポーランド、トルコ、ルーマニア、セルビアで翻訳された。同シリーズは2016年までに6タイトル刊行されている。RAI（イタリア放送協会）により、シリーズの主人公アリーチェ・アレーヴィの恋と仕事のドタバタをめぐるテレビドラマが制作され、2016年9月〜10月にシーズン1が放送された。

越前貴美子（こしまえ・きみこ）
東京外国語大学博士後期課程修了。現代イタリア文学専攻。イタリア語非常勤講師。イタリア学会会員。共著に『イタリア文化55のキーワード』（ミネルヴァ書房、2015年）、共訳に『ユリイカ　特集アントニオ・タブッキ』（青土社、2012年6月号）がある。

法医学教室のアリーチェ　**残酷な偶然**

2017年9月7日　初版第1刷発行

著　者　アレッシア・ガッゾーラ
訳　者　越前貴美子
発行人　西村正徳
発行所　西村書店　東京出版編集部
〒102-0071 東京都千代田区富士見2-4-6
Tel.03-3239-7671　Fax.03-3239-7622
www.nishimurashoten.co.jp
印　刷　三報社印刷株式会社
製　本　株式会社難波製本

ISBN978-4-89013-746-6